KEITAI
SHOUSETSU
BUNKO SINCE 2009
野いちご

クールな極上イケメンは、
私だけに溺愛体質。

【極上男子だらけの溺愛祭！】

雨乃めこ

JN031241

○ STARTS
スターツ出版株式会社

イラスト／朝海たいこ

ひょんなことから私が住むことになったのは、
お金持ちばかりが入学する星音学園の特別寮!?
慣れない生活に、
最初は不安だらけだったけど……。

「なんかあったら呼べばいい」
「俺達、ゆるちゃんのこと好きだよ」
「もっと堂々としてな。ゆるちゃんすごいんだから」

寮のみんなとだんだん打ち解けて……。

「ゆるの匂い、落ち着く」
「ほら、俺だってちゃんと男だよ」
「ホント不用心だね、ゆるちゃんは」

甘い彼らに、
胸がドキドキして──。

狭い世界にいた私を、
みんなが、
連れ出してくれたから──。

極上イケメンは、私だけに溺愛体質。

人物紹介

篠原 ゆる
しのはら ゆる

家庭の事情により、超エリート校・星音学園の特別寮に住み込みでお手伝いをすることになってしまった高校2年生。転校初日から、No.1ハイスペ男子の早凪に気に入られる。

特別寮の生徒

宇垣 早凪
うがき さな

ゆるの働く特別寮で暮らす高校2年生。学校一のイケメン御曹司な上、秀才で運動神経も抜群なのでモテモテだが、本人はどこか無気力。ゆるだけにはいつもと違う一面を見せる。

日比野 瑛斗
ひびの えいと

特別寮のメンバーで、学園の生徒会長も務める高校3年生。自由奔放なチャラモテ男子に見えて、成績は学年トップ。

相川 翼
あいかわ つばさ

特別寮のメンバーで、おしゃカワ系男子な高校2年生。社交的で愛嬌たっぷりだが、意外と男らしい一面もある。

神部 明人
かんべ あきと

特別寮のシェフとして働く、ゆるのお兄さん的存在。いつもゆるの悩みを聞いて、優しい言葉をかけてくれる。

contents

クールな極上イケメンは、私だけに溺愛体質。

【極上男子だらけの溺愛祭！】

はじめまして、星音学園

『そこの学校の理事長がパパの知り合いで、ゆるの面倒を見てくれるって』

　用意してもらったタクシーから降り、パパからもらったメモを握りしめ。

　先日のパパの言葉を思い出す。

　ふと顔を上げると、レンガの柱が両端に立つ大迫力の校門がドンと見えた。

　右側の柱に掲げられた品格ある銅製の学校の銘板。

"星音学園"

「ついた……」

　フワッと風が吹いて、校門の周りに咲いていた桃色の桜の花びらが舞い上がる。

　今日からは、パパと離れてこの学校ですごすんだ。

　お金持ちの子ばかりが通うところだって、話だけは聞いたことあるけれど、本当にこんな場所があるんだなぁ。

　門の遠い先に見える校舎は、まるでお城のような造りで。

　森に囲まれたその建物は、おとぎ話に出てくるみたいで、どこか異国に来たような気持ちになる。

　私みたいな凡人以下の人間が足を踏み入れられるような世界じゃない――って、今までの私なら絶対立ち入らない場所だけど。

　今回ばかりはそうもいかない。

　これからここで、がんばらなくちゃ！

　私は、よしっと声に出して、星音学園の門をくぐった。

　校門から校舎までは石畳の長い道が続いている。

　木々に囲まれ、鳥のさえずりが響き渡る。

　学校に近づくにつれ緊張感が高まってきた。

　思わず小走りをして、パパからもらったメモの情報を頼りに、昇降口へと入る。

「うっわ……中もすごい……」

　吹き抜けの天井と広い階段が私を出迎えてくれた。

　見たことがない大きなシャンデリア。

　階段には絨緞が敷かれている。

　同じ世界にこんなところが本当に存在するなんて……。

「あっ、時間」

　慌てて、メモに書いてある『4階　理事長室』という文字だけを頼りに階段を上る。

　学校にはまだ人っ子ひとりいない。

　それも当然だ。時刻は朝の7時すぎ。

　朝の4時に起きて、理事長が用意してくれたという迎えのタクシーに乗り込んで約2時間。

　正直すんごく眠いけど……。

　こんなんでへこたれてたらこの先ダメだもんね。

　私のママは私を産んですぐに病気で亡くなったので、うちは私とパパのふたり暮らし。

　パパは小さな会社を経営しながらひとりで私を育てて頑

張ってくれていたのだけど、経営はどんどん厳しくなっていく一方で。

借金だけが残ってしまった今、パパは海外へ出稼ぎに行って必死で頑張っている。

だから私も少しでもパパを安心させられるように……！

両頬をパチンと軽く叩いてから階段を駆け上がり、4階まで上り終えると、すぐに『理事長室』というプレートが見えた。

あの部屋に、これからお世話になる理事長さんがいるんだ。

ん？

近くに人の気配がして、なんとなく廊下の外側にある大きなガラス窓に目を向けながら近づいていくと——。

「えっ!?」

思わず出てしまった自分の声を、口を手で押さえて慌てて止めた。

目の前の光景にびっくりしてそこから動けなくなる。

大きなガラス窓、そこからキラキラと差し込む太陽の光、そして——。

サラサラの黒髪に、白い肌、長いまつ毛。

薄い唇は小さく開けられていて——。

こんなに綺麗な男の子、現実世界にいるんだ、なんて感心してしまうほど。

って!?

なんでこんなところに人が寝ているの!?

　窓の縁に座ってスヤスヤと眠り込んでいる男の子。

　ここの生徒さん？

　まだ見なれないクリーム色のブレザーは、やはり星音学園の制服で。

　それにしても、こんな時間に学校で寝ているなんてずいぶん変わった人だ。

　美しい寝姿に思わず見惚れていると、開いていた隣の窓からひんやりとした風が吹いてきて男の子の前髪を揺らしたと同時に、彼の眉間がピクッとわずかに動いた。

　私は自分の着ていた薄手のロングカーディガンを脱いで、男の子が起きないようにゆっくりとかけた。

　これならもう少し気持ちよく寝られるはず。

　って、いけない！　時間！

　腕時計を確認すると、時刻は７時15分。

　敷地も校舎も今まですごしてきた学校と桁違いの広さだから、移動だけでかなり時間がかかってしまった。

　あなどっていたよ。

　約束の時間だ！

　急いで、寝てる男の子から離れて、茶色い大きな理事長室のドアをノックした。

　──コンコン。

　この学園の理事長はパパの学生時代からの友人で、今回、困っていたパパに私の世話をしてくれると自ら申し出てくれたらしいけど……。

　こんな別世界に住む人に、本当に受け入れてもらえるの

か正直不安は大きい。

「どうぞ」

　部屋の中から、男の人の声がして一気に緊張が増す。

　私は「失礼します」と言いながらドアを開けた。

　まっすぐ視線を向けた先に、ドアと同じ色をしたデスクがあり、そこに50代くらいの男性がひとり腰掛けていた。

「うん、時間ぴったりだな」

　そう言って腕時計を見る様子からして、時間に厳しそう。

　それに加えて見た目も少し怖そうな人だし。

「は、初めまして。篠原ゆるですっ」

　緊張しながらちょっと震えた声でそう挨拶すると、理事長の顔が少し柔らかくなった。

「ん。私が学園の理事長、山寺克樹だ。篠原ゆるさんだね。悪いが今日はゆっくり話している時間があまりなくてね。君の身の回りのことは、そこにいる神部明人くんに見てもらうので、細かいことは彼から聞いて欲しい」

　話し出した理事長は早口で言うと、右の壁の方を指差した。

　嘘……。

　人、が、いた……。

　理事長のことに集中してて、人がもうひとりいることに全然気がつかなかった。

　30代くらいの、優しそうな柔らかい目をしている男の人が軽く会釈する。

「神部明人です。よろしく」

　挨拶されたので私も同じように頭を下げると、正面から
再び理事長の声がした。
「今まで本当にご苦労だったね。ここも慣れないことだら
けで大変だと思うが、きみのお父さんもきみも今が頑張り
どきだ。何かあればいつでも私か神部くんに話してくれ」
　理事長のその言葉に鼻の奥がツンとした。
「ありがとうございますっ」
　もう、私とパパ、ふたりだけで頑張る必要はないんだ。
　理事長の優しさに心が温かくなると同時に、さっき厳し
くて怖そうと思っていたことを申し訳なく感じていると、
立ち上がった理事長が私の方に来て優しく肩を叩いてくれ
た。
「さ、早く準備しないと始業式に遅れる。神部くん」
　理事長の視線が再び神部さんに向くと、神部さんが申し
訳なさそうに口を開いた。
「理事長、一点だけいいですか。新しいメイドの件なんで
すが……」
「あぁ、それがなかなかいい人が見つからなくてね……」
　理事長が困ったように息を吐いた。
　メイド？
　いい人が見つからない？
「あの…メイドさんが不足しているんですか？」
　遠慮がちにふたりの会話に入って聞いてみる。
「いや、すまないね。生徒の前でこんな話。実は信頼して
いた人が急遽、ケガで当分働けなくなってしまってね」

　困ったよ、と呟く理事長を見て、ハッと閃いた。
「あの、それなら私に働かせてください！」
　私のそのセリフにふたりの顔が一瞬固まる。
「何を言って……」
「こんな素晴らしい学校に通わせてもらうのに学費は免除
でお世話になるなんて申し訳ないと思っていたんです。だ
からせめて少しでもお役に立てるのなら……」
「篠原さん……」
「お願いします‼」
　私はそう言って深く頭を下げた。

「ゆるちゃん、本当にここで働くの？」
　理事長室を出るとすぐに、神部さんがそう聞いてきた。
　いきなり"ちゃん"づけで呼ばれてびっくりしたけれど、
優しそうな神部さんに名前で呼ばれるのは、なんだかうれ
しい。
「はい！　家事全般は今までやってきていて好きなので。
それに、やることがたくさんあった方がいい気分転換にな
りますし」
「でも、理事長は何もしなくても学校においてくれるって
言っていたのに」
「じっとしているのは落ち着かないので。何かお役に立ち
たいんです！」
「……そっか。そこまで言うなら。辛くなったらいつでも
やめていいからね。なんでも話聞くから。俺のことは明人

でいいよ、俺もゆるちゃんって呼んでるし」

「は、はいっ、ありがとうございます。よろしくお願いします！　明人さん」

　優しくて爽やかで、本当にいい人だな明人さん。

「うん。よろしく。俺はゆるちゃんが住む予定の寮のシェフとして働いているんだ」

　階段に向かいながら、明人さんが話し出す。

「そうなんですか！　寮にシェフまで……すごいですね。明人さんも住み込みで？」

　まるでドラマや映画の話みたいだ。

「いや、俺は寮生達の夕飯を作り終わったら帰宅。ゆるちゃんには、おもに寮生の身の回りのことをやってもらうと助かるよ。皿洗いに掃除、洗濯、あ、細かいことは寮についてからまた教えるね」

「あ、はいっ、よろしくお願いします！」

　……ん？

　階段を降りる寸前で、思わず窓を見て足を止める。

「どうした？」

　階段を先に降りていた明人さんが、私のほうを振り返る。

「あ、いえ……。この学校ホント広いですね」

「あぁ、俺も最初の頃は迷ってばっかりだったよ。すぐ慣れるから安心して」

　そう言って歩き出した明人さんに一瞬だけ背中を向けて振り向く。

　さっきの男の子——、いなくなってたな。

　大きな窓に向けていた目を明人さんの背中へと戻して、私も同じように階段を降りた。

「9時には始業式が始まるから、それまでにゆるちゃんの部屋だけ案内するね。寮の細かい案内は学校が終わってからで大丈夫？」
「はい！　明人さんすみません、朝は忙しいのに」
「いや、俺には遠慮とかしなくていいから。着いた。ここが、星音学園特別寮」

　校舎の外に出て細い小道を少し歩くと、明人さんが立ち止まり、私はそのまま顔を上げた。
　っ!?
　真っ白な3階建ての大きな建物。
「うわぁ……これまた豪邸で……。あ、特別寮っていうのは？」
「この学校には、大きく分けてふたつの寮があってね。ひとつは校門から見て左にある普通寮、もうひとつはここ、校門から見て右にある特別寮。特別寮っていうのは、まぁ簡単に言うと、この学校の中でもとりわけリッチな生徒が暮らしてる寮ってこと。なかでも2年の宇垣早凪はこの学校一の御曹司でありながらの秀才。運動神経も抜群で超ハイスペックだから、女子から一番の人気なんだよね」
「な、なるほど……」

　お金持ち学校の中のさらにお金持ちの生徒。
　ホント、すごい世界だ。

「いきなりだとついていけないよね」

　そう言ってハハッと笑った明人さん。

　こんな立派な豪邸に暮らす人に囲まれながら住むなんて不安だったけど、明人さんみたいにわかってくれる人がいたらすごい安心だ。

「それで、俺みたいな働くスタッフの出入り口は正面玄関からじゃなくてね」

　そう言われて案内されたのは、建物の真横に位置する通用口。

「このドアはそのまま厨房や裏階段に続いている。ゆるちゃんの部屋にも直接繋がっているからここから出入りする方が近いかも」

　明人さんがドアに鍵をさしてガチャ、と音が鳴る。

　中に入るとまっすぐ廊下がのびていて、ドアの左手には上の階につづく階段があった。

「1階に厨房、リビング、共有スペース。2階は寮生達の部屋、3階が倉庫、そのさらに上が屋根裏部屋」

「屋根裏部屋？」

「そう。これからゆるちゃんが暮らす部屋だよ」

　暮らす……部屋!?

　スタスタと階段を上っていく明人さんのあとにつづく。

　階段を上り終わると、右手に茶色のドアがひとつ見えた。

　──ガチャ。

　明人さんがドアを開けて中に入ると、ギィと床の軋む音がする。

「さ、ここが、今日からゆるちゃんの部屋だよ」

　木の香りが漂い、部屋の奥の小さな窓からは太陽の光が差し込んでいる。

　屋根裏部屋と言われて、シンデレラの絵本に出てくるような暗い部屋を想像していたけれど、全然違う。

　ベッドやクローゼット、化粧台、机と椅子など、どれも上品なアンティーク。

「す、素敵……」

　思わず声が漏れた。

「前のメイドさんもここに住んでたんだ。俺が来るずっと前から働いてた人でね。でも結構なお歳だったから、この間、仕事中にケガしてさ～。本人ももう引退の時期なのかもって」

「そうだったんですか……」

「うん。そんなタイミングでゆるちゃんが来て、まさか働きたいなんてね。正直、助かったって思ったよ。家事の経験もあるってすごく心強いし。ほんとありがとう」

「いえ、とんでもないっ」

　明人さんが改まって柔らかい笑顔を向けてそういうので少し照れてしまう。

「家具とかも使えそうなものはそのままおいてあるから、よかったら使って」

「あ、これ……」

　部屋に入ると、ベッドの上にブレザー、チェックのスカートが綺麗におかれているのが見えた。

　このブレザーを見るのは2回目。

　学校で寝ていたあの男の子が着ていた制服だ。

「それ、理事長が用意しておいてくれたんだ。今日の始業式に間に合うように」

「理事長が……私に!?　え、いいんでしょうか。私みたいな一般人が星音学園の制服なんて着てしまって……」

　ブレザーを手に持って明人さんの方に顔を向けた。

　明人さんが優しくうなずく。

「当たり前でしょう?　今日からこの学園に通うんだし、ここに住むんだから」

　ここに……住む。

　じわじわと実感が湧いてくる。

　明人さんは「始業式までに寮の案内するから、着替えたら出ておいで」と言って部屋を出てドアを閉めた。

　私が……星音学園の生徒。

　自分の手の中にあるクリーム色のブレザーを見て胸がキュンとした。

「これより、第83回星音学園高等学校、始業式を開始いたします」

　明人さんに寮の案内をしてもらって、私は今、無事に星音学園の講堂で、始業式に出席することができている。

　一番うしろの席で、さっき職員室で話をした担任の久保先生の隣で。

　明人さんに職員室まで案内してもらって、担任の久保先

生に無事会うことができて、少し話しただけでも優しそう
な印象で緊張が和らいだ。

　年齢はたぶんパパと同じくらい。

　講堂もすっごく立派で、よくテレビで見るオーケストラ
が演奏するコンサート会場のよう。

　学校の講堂とは思えない。

　すべてがゴージャスだ。

　関わることがないと思っていた世界だったのに、今、こ
こにいる生徒と同じ制服を着ているなんて。

　胸もとのリボンにチラッと目を落とす。

　グレーとピンクのチェック柄のリボン。

　ここにいる女の子はみんなこのリボンをしているんだ。

「生徒会長挨拶、日比野瑛斗くん」

　司会の人がその名前を口にした瞬間、会場が一気にざわ
つきはじめた。

　紹介され、舞台上に立つ人物に、思わず目を見開く。

　肩ほどまである金髪をうしろでひとつに縛り、センター
で分けた長めの前髪。

　そんなあまり見ない印象的な髪型にすごくびっくりする
けれど、それより驚きを隠せないのは、その端整な顔に、
引き込まれそうになること。

　え、に、日本人、じゃない？

　これは会場の女の子もざわざわするはずだ。

　お金持ちであんなにイケメンって、幸せ者だなぁ。

「あーあー、みんな聞こえてる？」

　長髪イケメンさんがそう声を出した瞬間。

　あちこちから、キャーキャーと黄色い歓声が響いた。

「今日も絶好調だなぁ、日比野」

　私の隣に座る久保先生もボソッと呟く。

　今日もってことは、こういうのよくあるんだ。

「えっとー、とりあえず、今年もたくさん遊びまーす！　な、みんな！」

　彼が声のボリュームを上げてそう言うと、またも歓声がわきおこる。

　え??

　何これ。

　たしか、これって生徒会長の挨拶だよね？

　今まで学校に通ってて、こんな自由でテキトーな挨拶をする生徒会長なんて見たことないよ。

「あの、先生……」

「ああ見えて、つねに学年トップの成績なんだよ」

　あまりの衝撃に我慢できなくなって、先生に声をかけてしまったけど、まるで私の聞きたいことが全部わかっているかのように、そう答えてくれた。

　学年……トップ……。

「ま、生徒会の仕事なんて一切やらないんだけどね。生徒会長選挙で圧倒的票数だったからしょうがない」

　先生はそう言いながら、会場のみんなに合わせるように拍手をした。

　始業式が終わり、これからすごす教室のドアの前に先生と並んで立つ。

　この学校はクラス替えがないって言っていたから、これからはずっとこのクラスということになる。

　緊張するな〜。

　高校２年になる今まで、転校の経験なんてもちろん１回もないもん。

「ま、そんな固くならずに」

　先生はそう言って私の肩を優しく叩くと、先に教室の扉を開けて入っていった。

「おはようございます。みんな進級おめでとう。そして、突然だが、今年からこのクラスに新しい仲間が加わることになった。篠原〜」

　教卓の方でみんなに挨拶をしていた先生が私の名前を呼んでから、こちらを見て合図をした。

　緊張でぎこちない歩き方をしながら、教室へと入り、先生の横に立つ。

　静かにジーッとこちらを見るクラスの子達からは、やっぱり見た目からして、お金持ちオーラがバシバシ伝わってくる。

「転入生の篠原さんだ。篠原、自己紹介」

　先生に促され、息を吸う。

「えっと、緑山高校から転校してきました。篠原ゆるです。よ、よろしくお願いします」

　シーーン。

えっと……なんだか思っていたのと少し違うな。

転校生って紹介されたら、もっとザワザワするもんだと思っていたよ。

「ミドリヤマ高校？　聞いたことないんだけど」

クラスメイトの誰かがそう言った。

おっ、やっと誰かが興味をもってくれた。

「あ、えっと、緑山高校は——」

——ガシッ。

っ!?

「さ、新しい教材、今日で全部配り終えないといけないからな〜、篠原とは休み時間に話しな〜」

前の学校の説明をしようとしたタイミングで、先生は私の肩を掴んでから言葉を遮るようにそう言った。

バチッと先生と目が合う。

まるで、前の学校の話はそれ以上するなと言われているかのような。

あっ、そうか。ここは普通の学校じゃない。

迂闊に凡人だということをしゃべれば、なんでそんな奴がこんなところにいるんだと騒がれてしまう可能性だってある。

注意しなきゃだよね。

守ってくれた久保先生に心の中で感謝する。

「篠原の席は窓側のうしろから２番目だ」

先生にそう言われ、私は言われたとおり、その席へと向かう。

　ん？　そのうしろも空席だ。

　なんだか違和感。

　転校生は、一番うしろとか余っている席に座るよう促されるもんだとばかり。

　──ガラッ。

　机の横にカバンをかけて席に腰かけた瞬間、教室のうしろの扉が開く音がした。

「おぉ、宇垣。来てたのか」

　扉の方で突っ立っている男子生徒に先生が声をかけた。

　宇垣くん……？

　真っ白な肌に、サラサラの黒髪。

　スッと通った鼻筋に、綺麗な顎のライン。

　あれ──。

　この人、どっかで──。

「きゃっ、早凪くんよ！」

「まさか教室で見られるなんて」

「いつ見ても綺麗な顔……」

　先程とは打って変わって、急にザワザワと話し出す女の子達。

　教室にいる女子はみんなうしろを向き出して、先生に宇垣と呼ばれた男の子を見るなり、顔をうっとりさせていた。

　あ、そうだ！　思い出した！

　この人、朝、理事長室の前にある窓にもたれて眠っていた人だ。

　そして明人さんが朝話してくれた人！

　私も思わずあの寝顔に見入ってしまったくらいだった
し、やっぱり明人さんが言うようにすごく人気の男の子な
んだなぁと感心しすると同時に、そんな彼とこれから一緒
に住むんだとドキドキしていると。

　宇垣くんが、スタスタと私の方へと向かってくるではあ
りませんか。

　え、え、え、なんで!?

　寝顔をのぞいたの、気づいてて怒っちゃった!?

　慌てて前方に顔を戻して、下を向く。

　いやいやいや。

　あんなに気持ちよさそうに寝てたんだし、それはないよ
ね。

　それに、私のすぐうしろは空席。

　理由がなんとなくわかった。

　彼の、ほかの子とは違う、圧倒的な特別感を漂わせるオー
ラ。

　きっと、うしろは彼の特等席なんだろう。

「……この香り」

　後方から、ボソッと小さく何か言う声がした。

　真横に人の気配がしたかと思うと、ふわっと私の髪の毛
が持ち上げられる感覚がして、慌てて見上げる。

　っ!?

「あんたか……」

「へっ」

　ど、ど、どうして。

　どうして今、私は、みんなの注目の的である彼に髪の毛をさわられて匂いを嗅(か)がれているんでしょうか!?

　細くて綺麗な指で、私の髪の毛の束を持っている宇垣くん。

　その顔や仕草があまりにも美しくて、見ているだけで息をするのを忘れそうになる。

「え、なんで早凪くんが転入生としゃべってるの?」

「知り合い?　まさか彼女?」

「あんな地味な子と?　ありえないって」

　うっ……地味って……。

　誰かのそんなセリフがちょっと胸に刺さっていると。

「うるさい」

　声がした方に彼が振り返って、低い声でそう発した。

　教室全体に緊張感が漂う。

「あ、あの、離……」

　みんなの視線や空気に耐えられず早くこの状態をなんとかしたくて声を出す。

「あんただよね。朝、いたの」

　さっきまで私の毛先を持っていた手を軽く私の肩においてから彼はグッと顔を近づけてきた。

　っ!?

　嘘。やっぱり見ていたの気づかれていた!?

　すごく気持ちよさそうに寝ていたと思ったのに。

　人の寝顔をあんなにまじまじと見るもんじゃないなあ。

「えっと……ごめんなさ……」

「宇垣、今日は授業に出られるのか？」

　私が謝ろうとした瞬間、一部始終を見ていた先生が口を開いてそう彼に向かって聞いた。

「いや、出ません。探し物してただけなんで」

「あ、そう」

「でも……もう、見つかったんで」

　っ!?

　宇垣くんは静かに言うと、私の頭に手をおいて、片方の口角（こうかく）だけを上げてニヤッと笑ってから教室をあとにした。

　え？

　今の……何??

3人の寮生達

　放課後。

　朝に案内されたばかりの通用口から屋根裏部屋に向かい、ブレザーを脱いで、カバンをおいてから厨房へと向かう。

　厨房からは、明人さんが料理を作る音と、おいしそうないい匂いがして、おもわずゴクンと唾を飲み込んだ。

　厨房の入り口横にかけられたエプロンを着て、すぐ隣にある手洗い場で手を洗ってから、厨房の中へと入っていく。

「お、お疲れさまです」

　フライパンで何かを炒めている明人さんの背中に向かって声をかける。

「おっ、ゆるちゃんお疲れ！　学校どうだった？」

　振り返って私に気づくと、朝と変わらない爽やかな笑顔でそう聞いてくれる明人さんにホッとする。

「いやぁ、思ってた以上に価値観が違ってて。友達できそうにないです」

　ヘヘッと苦笑いを混ぜてそう言う。

　今日は午後の授業はなく、お昼には帰れることになったけど、ずっと周りの会話を聞いてるだけで、全然溶け込めなくて。

　明日から午後まで授業があるなんて、ちょっともう憂鬱かも、なんて。

　ネガティブなこと思っちゃダメなのに。

「まぁ、この学校にいる子たちは基本、他人に興味ないからね〜」

　お皿にチャーハンを盛りながら明人さんが話す。

「どうしてですか？」

「誰と仲良くしようが誰に恋しようが、勉強できようができなかろうが、彼らの将来は決まってるから」

　将来が……決まってる？

　私の表情を見て、まだ納得いっていないことに気づいた明人さんがさらに話し続ける。

「大企業の跡取りなんかはさ、親が決めちゃうからね。結婚も今後の仕事のことも今しておくこともすべて。将来が決まってて、何も不自由しない暮らしに、俺も最初は羨ましいなぁなんて思ってたけどさ……」

　もうひとつのフライパンで作っていたエビチリをさらにお皿に盛りつけおわった明人さんは、フライパンをおいて、まっすぐ私を見た。

「この学校にいる奴ら、みんなどこか冷めてるんだよ」

「……冷めてる」

「あぁ、特別寮にいる奴らなんてとくにね。何やっても無意味だって思ってる」

「そうなんですか……」

　正直、私にはそんな気持ちがわからない。

　家計のために高校入学と同時にバイトしたり、ほしいものを我慢したり。

　そういう私は、やっぱりお金持ちの人間とは何もかもわかり合えないに決まってる。

「あ、そうだ。たしか始業式なら、生徒会長の挨拶があったよね？」

「あっ、はい、ありました。ロングヘアの……すごく印象的な方がしてました」

　あまりの衝撃で、もちろんよく覚えている。

　講堂の一番うしろの席からもよくわかるほどの美形だったもん。

　長髪の男性ってあんまり好きじゃなかったけど、彼はなんというか、美しいって言葉が本当によく似合っていた。

「あいつ、ここの寮生だから。日比野瑛斗」

「っ、え？」

　今、なんて？？

　あの、日比野瑛斗さんが、ここの寮生……。

「気をつけてね。すーぐ女の子に手出す男だからさ。まぁ、無理やり嫌がるようなことする奴ではないから安心して」

「は、はぁ……」

　あの美形さんが、この寮に……。

「この寮には３人の寮生がいてね。まずは３年の日比野瑛斗、それから２年の相川翼。同じく２年の宇垣早凪」

　最後の聞き覚えのある名前に身体がピクッと反応する。

「宇垣……早凪」

「ん？　もしかしてもう会った？」

　食事をすべて作り終えた明人さんが、調理台に少し身体

を預けて聞く。

「あっ、はい。えっと、同じクラスで。女の子からの人気がすごくて。今日、教室に来た時もすごい歓声でした。すぐにどっかへ行っちゃったんですけど」

「見られるたびにキャーキャー言われてるからなぁ。あいつが入学してきた頃なんか、寮も大変だったんだよ。つねに女の子が寮の前で待ち伏せてたりしてさぁ。今はだいぶそれもなくなったけど」

　待ち伏せ……本当に人気なんだなぁ。

「でも、珍しいな。早凪が教室に行ったなんて」

「そうなんですか？」

　そういえばクラスの子達も『教室で見られるなんて』って驚いていたっけ。

「あぁ。ちょっと事情があってね。めったに教室には行かないんだよ。うちの学校では、式典は絶対参加だから今日は始業式だけに出席したと思っていたけど」

「事情？」

「あ、いや、夜、寝られないらしくて。朝方とか昼前に寝てるんだよね」

　なるほど。

　だから朝、あんなところで寝ていたんだ。

「本人の中でいろいろあるんだろうね。詳しい事情は聞いたことがないんだけれど。……そういえば、早凪の笑った顔なんて今まで見たことないかもな」

　笑ったことがない？

「え、えっと、笑いましたよ、彼」

「え？」

「今日、教室に来た時」

『でも……もう、見つかったんで』

　彼はそう言って、私のことを見て微笑んだ。

　あれを微笑みって言っていいのかわからないけど。

　まったく笑わないわけではない。

「マジか。え、もしかしてゆるちゃん、その時に早凪と話した？」

「あっ、えっと、話ってほどでは……。実は、理事長室に向かう前に、眠っている宇垣くんの顔をのぞき込んじゃって。それが彼に気づかれていたらしいんですけど……」

「はっはーん。なるほどね～」

　明人さんは何やら面白いものを見たかのような顔をして顎に手を添えた。

「ゆるちゃん、早凪に気に入られたんだと思うよ」

「え、気に入られ!?」

　な、何を言っているんだ明人さん！

　迷惑がられているの間違いでは。

「あ、でも気をつけてよ。特別寮の中でも、とくに早凪は人気者だからね～。あんまり仲良くすると目つけられるかも。ゆるちゃんも、転入早々めんどくさいことに巻き込まれたくないよね。ただでさえ仕事あるんだし」

「はい……」

　そうだよね。

　お金持ちの子達の手にかかれば、私がどこに住んでたかなんて、すぐ調べられちゃうだろうし。

　できれば静かに平穏な学校生活をすごしたい。

　バレないように努めよう。

「クラスメイトには特別寮に住んでいること言わない方がいいかも。とくに女の子達には絶対に嫉妬されちゃうし」

「はい……」

「学校内では極力、特別寮の３人とは関わらない方がいいな。俺からも３人に話しておくから」

　明人さんはそう言うと、できあがった料理を載せたサービスワゴンを押しながら「ついてきて」と言って、厨房を出た。

　言われたとおり、明人さんのすぐうしろをついて歩く。

　特別寮にいることがバレて、騒ぎにでもなってここを出ていくことになってしまったら元も子もないもんね。

　私も気をつけなくちゃ。

　──ガチャ。

　明人さんが大きな扉を開ける。

「昼食でーす」

　棒読みのようにそう言いながら、ワゴンを押して中に入っていく明人さん。

　私も、ちょこちょこっと明人さんの背後に隠れるようにあとに続いて部屋の中に入る。

　そこは広いダイニングになっていて。

　天井には大きなシャンデリアがひとつと、くるくる回る

プロペラのようなものがついているライトがふたつ、設置されていた。

　すっごいなぁ……これが寮なんて信じられないよ。

「あれ、早凪はどこ──」

「わぁー！　誰、この仔リスみたいな子！」

　こ、仔リス!?

　明人さんの声を遮って、うしろに隠れていた私の方に飛びついてきたのは、なんと、今日の始業式で挨拶していたあの日比野瑛斗さん。

　近くから見るとよけい、思わずこっちが恥ずかしくて顔を隠してしまいそうになるほどの端整な顔立ち。

「めっちゃ小動物なんだけど！　可愛い！　え！　何!?」

「あ、1組の転入生って、まさかきみ？」

　しゃべる日比野さんのうしろからひょっこり顔を出してきたのは、なんともまぁ可愛いらしいお顔をした男の子。

　クリクリおめめと栗色の髪の毛。

　この子が、さっき明人さんが言っていた、相川翼くん、かな？

「あ、えっと、転入してきた2年1組の篠原ゆるです。よろしくお願いします」

　ペコッと頭を下げて挨拶をする。

　やっぱりこういう自己紹介、緊張するな〜。

「へ〜転入生のゆるちゃんか。可愛い〜。でもなんでまた転入生がここに？」

　ホント、日比野さんって口癖みたいに可愛いって言うん

だなぁ。

「理事長のお知り合いの娘さんだ。事情があってしばらく
の間ここに住むことになって。彼女にはこれからこの特別
寮で色々と手伝ってもらうことにもなったから」

　自然と私の肩におかれていた日比野さんの手を、明人さ
んがさりげなく振り落としてからそう言うと。

「えー!!　やったー!　よろしくね、ゆるちゃん!　俺の
ことは翼でいいから」

　可愛らしい上目遣いでそう笑いかけてくれてるのは、た
しか同じ学年の相川翼くん。

「はい。よろしくです。翼くん」

　と頷くとニコッと笑いかけてくれてその可愛さに胸が
キュンとする。

　こんなに愛嬌のある男の子もいるんだなぁ。

　私のクラスの子達はみんな、警戒心が強そうでちょっと
ツンとして見えるから、翼くんみたいな子は新鮮だ。

「年頃の男女が同じ屋根の下ってやばいじゃん!」

「ちゃーんと見張ってるからな。ゆるちゃんに変なことし
たら理事長に即報告なぁ」

　キッと日比野さんをにらんだ明人さんに少しびっくりし
ながらも、私のことを守ろうとしてくれている言葉にうれ
しくなる。

「それで、早凪は?」

「あぁー、始業式の時はチラッと見かけたけどそれからは
わかんねー」

「俺も知らないな〜」

　日比野さん達は、そう言いながらサービスワゴンにおかれた食器や料理を自分達で取り出して準備し始めた。

　なんか意外だな……。

　彼らみたいな、いわゆるお坊ちゃん育ちって感じの人達は、こういうことは全部、お手伝いさんにさせるんだとばかり。

　食事も、明人さんの作る料理はすごくおいしそうだけど、どちらかというと一般的。

　もっと豪華なフルコースとかが出るんだと思っていた。

「３人の親の意向(いこう)なんだ。贅沢(ぜいたく)しすぎないように、できるだけ一般的な食事を与えること、身の回りのことは自分達でさせること」

　私の思ってることがまたもわかったらしい明人さんは、耳打ちでそう教えてくれた。

　なるほど……。

　甘やかしすぎず、ってことか……。

「お〜い、アキ、なーにゆるちゃんといちゃついてんのー？理事長に言いつけるぞ」

「うるさい。さっさと食べろ」

「え〜俺、ゆるちゃんに食べさせてほしい〜！」

　っ!?

　ん??　食べさせる!?

「ゆるちゃん、俺に "あーん" して」

「えっ、えっと……」

　　──バコッ。

「いってー！」

「するわけないだろ、早く食べろ」

　明人さんが日比野さんの頭を叩いてそう言った。

「チッ。冗談だっつーの！　すぐ人のこと叩いたら女の子に嫌われるぞー」

　日比野さんはそう言い返すと、明人さんの作ったチャーハンをレンゲで頬張った。

　ふたりの食べっぷりを見てなんとなくわかった。

　彼らが明人さんにひどく逆らわない理由。

　彼の作るご飯が、きっとすごくおいしいんだ。

「よかったら、ゆるちゃんも」

「あっ、いえ、私はそんな。仕事中、ですし……」

　私にも席に座るように促す明人さんの誘いを慌てて断る。

　このふたりと並んで座ることなんて考えられないし。

「え、どうして？　いいじゃん。ゆるちゃんも一緒に食べようよ！」

「それとも俺が食べさせてあげようか？」

　ふたりの目が私をまっすぐ見ていて、恥ずかしい。

　こういうイケメン部類の方々に見られるのなんて、初めてだもん。

「いや、私は……」

「え〜ゆるちゃん顔赤〜い、可愛いなぁ。俺、本気出して狙っちゃうかも〜」

　——ガチャ。

　日比野さんのセリフに困って、目をキョロキョロさせることしかできないでいると、ダイニングの扉が誰かによって開かれた。

「お、早凪じゃん」

　っ!?

　その名前を聞いて、さらにボッと顔が火照るのがわかる。

　よく考えたら、私、彼に髪の毛にふれられて、あんな至近距離で顔を見られたんだ。

　なんとなく恥ずかしくてうしろを向けずにいると、明人さんが口を開いた。

「早凪、この子、新しくこの寮に住むことになった篠原ゆるちゃん」

「…………」

　無言のままの彼。

　まだ、怒ってるかな、私が寝顔を見ちゃったこと。

　そして、あの不敵な笑みはなんだったのか。

　何か仕返しを考えてる?

　なんて思っていると。

「ゆるのこと、困らせないで」

　——ギュッ。

　……へ?

　突然、全身が何かに包まれて、爽やかなシトラスの香りが鼻をかすめた。

「うわ、何。早凪、大胆だね」

　気づくと、クリーム色のブレザーを着た腕に抱きしめられていた。

　な、な、何これ!!

　さっき、日比野さん、『早凪、大胆だね』って言ったよね？

　てことは、この腕って……。

「俺が先に見つけた。だから取らないで」

　頭の上でそんな声がした。

　少し不機嫌そうで、でも、落ち着いた声。

「ご飯を食うときは一緒。ゆるは俺の隣、いいよね？」

　私からスッと身体を離して、明人さんにそう聞いた宇垣くんは、そのまま私の手を掴んで彼の席の隣に立たせた。

　なんということでしょう。

　いきなりの出来事に頭がパニックだ。

「いや……私は……」

「いいじゃん。ゆるちゃん一緒に食べよう。仕事はそれからすればいいんだから。早凪がこんなこと言うの珍しいよ」

　明人さんにまでそう言われて、私は仕方なく宇垣くんの隣に座ることに。

「ホント、早凪がこんなこと言うの初めてだよ！　今まで人間に興味なさそうだったのに！」

「え、何、何、何、もしかして、早凪とゆるちゃんもうなんかあった感じ？　やらしいなぁ、ふたりとも！」

　翼くんは何やらうれしそうだし、日比野さんは勝手に話を進めちゃうし。

　どうしたらいいんだろう。

　そもそも、私の方が聞きたいよ。

　なんで宇垣くん、私なんかを隣に……。

　しかも『取らないで』ってどういうこと？

　突然のことに心臓がうるさい。

「あの、宇垣くん」

　とにかく、今朝のことをもう一度ちゃんと謝ろうと口を開く。

　きっと原因はそれだよね。

　私だって人に寝顔なんて見られたくないし。

「匂い」

「へ？」

「瑛斗、あんまりゆるにベタベタしないでくれる？　ゆるの匂いが消えちゃうから」

　宇垣くんは、真正面に座る日比野さんに向かってそう言った。

　に、匂い？

「あ、あの、宇垣くん、怒ってないの？　朝のこと」

「怒る？　なんで？　逆だよ。感謝してる」

　私の方を見て少し首を傾げた宇垣くん。

　なんでって……。

　宇垣くん、怒ってないの？

　しかも感謝ってどういうこと!?

「あっ、いや、私はてっきり、朝のことで気分悪くさせちゃったから、今から怒られるんだと……」

　気がつけば明人さんはダイニングからいなくなっている

し、日比野さんと翼くんは私と宇垣くんの会話を聞いて「朝
のことって何！」と騒ぎ出す。

「カーディガン」

「あっ」

　ボソッと呟かれたその単語で思い出した。

　そういえば私、彼がちょっと寒そうだったからカーディ
ガンをかけたんだっけ！

「おかげでいつもよりうんとよく眠れた」

「はっ、そっか……それは、良かった」

　明人さんから彼が眠れていないって聞いていたから、そ
れを聞いて安心する。

「……それだけじゃない」

「へ？」

「……ハンカチも」

　すごく小さい声で聞き取れないでいると、彼の手がおも
むろにこちらに近づいてきて。

　「やっぱり覚えていないか」と私の顎を指でなぞり出し
た宇垣くんが、ジッと私のことを見つめる。

「ちょ、くすぐったいよ」

　そう言って、彼の手をそっとどけて目を逸らす。

　心臓が持たないよ！

　自然と呼び捨てにされるたびに、それだけでこっちは慣
れないことでいちいちドキドキして大変なのに。

　宇垣くんは女の子の扱いに慣れてるみたい。

　サラッと呼び捨てにしちゃうなんて。

　カッコよくてあれだけ騒がれてると、こんな風になるのかな。

　明人さんが、『笑った顔見たことない』なんて言うから、ちょっと怖い人なのかなって内心不安だったのに。

　怖いというよりも、変わった人って感じだ。

　突然、匂いがどうとか。

「へ〜早凪、むっつりスケベだね〜。ゆるちゃんの匂いが気に入ったとか」

「べつにむっつりではないけど」

「スケベは否定しないのか」

　日比野さんと宇垣くんの会話の意味がわからなくて、頭の上にハテナマークを浮かべる。

　とにかく、宇垣くんは私のことで怒ったりはしていないみたいで、ホッとする。

「あの、宇垣くん」

「早く食べよ、冷める」

　宇垣くんはそう言って、エビチリをパクッと口に入れた。

　なんか乱されるというか、ついつい宇垣くんのペースに合わせちゃうなぁ。

　みんなで食事を終えて、サービスワゴンに食器を片づけ、ダイニングを出ようとした瞬間、グイッと制服の袖を掴まれる。

「ん？」

「どこ行くの」

　椅子に座ったまま、こちらをじっと見つめる宇垣くん。

　少しだけ眉毛が下がってて、今まで見てきた宇垣くんよりも、ちょっとだけ幼く見える。

「えっ、どこ行くって、片づけだよ。ゆっくりご飯しちゃった分、時間足りなくなっちゃったし、急がないと」

「もっとゆっくりしてもいいのに。ゆるちゃんといるとすっごく新鮮で楽しいからご飯も美味しくていつもよりいっぱい食べちゃったよ」

　翼くんが「満腹〜」とお腹をさすりながら笑う。

　私も久しぶりに誰かとゆっくりご飯を食べたから、途中、仕事があることを忘れかけていた。

　いけないいけない。

「早凪、寂しいのはわかるけど、ゆるちゃんを困らせたらダメだぞ〜」

「……瑛斗に言われたくない」

　日比野さんに話しかけられた瞬間、ムスッとして私の袖から手を離した宇垣くん。

　一見クールそうなのに、ちょっと子どもっぽい。

　そういうギャップがまた可愛いのだけれど。

　私は、3人に小さく手を振ってからダイニングをあとにした。

「すみません！　明人さん！　遅くなって！」

　早歩きでサービスワゴンを厨房に運んで、全力で謝る。

「あぁ、いいよいいよ。あの3人があんなに楽しそうに食事するのなんて初めてだもん」

　明人さんはそう言いながら、自分用に残しておいたらしいチャーハンを頬張る。

「初めて……？」

「うん。普段はみんな無言だよ〜。瑛斗と早凪がしゃべるなんてなかなかない。翼は普段からあんな感じだけど」

「そうなんですか……」

　信じられないな。

　あの３人、いつもこんな風に話してますって感じだったのに。

「ゆるちゃんが一緒にいてくれると、３人そろって笑った姿、いつか俺に見せてくれるんだろうなって思うよ」

　３人そろって……笑った姿。

「あ、でも、早凪には改めて言っといた方がいいな。学校では話さないようにって。俺からよりもゆるちゃん本人から言われた方が聞くかもね」

　明人さんは「よし、とりあえず食器洗い頼みます」と話をさらっと変えて仕事モードに突入した。

　それから、私がお皿を洗っている間に、次にやることリストを紙に書いて、冷蔵庫に貼ってくれた。

　食器洗いが終わったら、みんながいなくなったダイニング、リビングの掃除。

　そして、洗濯。

　この家には大きな乾燥機があるから干す手間はないんだけど、洗濯室で３人分の男性用の服を畳むのはちょっぴり恥ずかしい。

　洗濯機が３人とも別だからそれぞれの洗濯物が誰のかわからないってことはないし、ありがたいんだけど。

　パパの洗濯物を畳むのとは全然違うんだもん。

　それから、畳んだ洗濯物をそれぞれの部屋に持っていかなくちゃいけない。

「緊張するなぁ……」

　３人分の洗濯物をカゴに入れて、２階へと上る。

　――コンコンッ。

　まずは、一番話しやすい翼くんの部屋。

　"TSUBASA"と書かれたプレートがかけられたドア。

　一番手前に彼の部屋があってホッとする。

「はーいっ！」

　男の子にしてはちょっぴり高い声がして、ドアがガチャリと開かれた。

「あっ、さっきぶりだね、ゆるちゃん」

「はい、さっきぶりです。翼くん。洗濯物を持ってきました」

　女の子みたいに可愛らしいから、やっぱり結構話しやすい。

「あぁ、ありがとう！　っていうか、同級生なのになんで敬語？」

　翼くんは自分の洗濯物をカゴから取り出しながらそう聞いてきた。

「いや、一応、住まわせてもらっている身ですから……」

「えぇー、そんなのいいのに。寂しいよ。……じゃあ、今度敬語使ったらくすぐるから！」

「えっ、」

　くすぐるって……。

「本当はチューがいいんだけどね～、早凪に怒られそうだから我慢するよ」

　っ!?

　『チュー』という単語に、自分の顔が火照っていくのがわかる。

　そんなにサラッとそういうことを言うなんて。

「ちょ、そんなに赤くなんないでよ～その気になっちゃうじゃん」

　翼くんの口もとが、ゆっくり近づいてきて耳もとでささやかれ、全身が熱くなる。

　話しやすいって、思っていたけど……。

「洗濯物、ありがとね」

　翼くんは、ニコッと爽やかな笑顔を見せてから部屋のドアをパタリと閉めた。

　今の何っ!?

　顔の熱を冷まそうと必死に両手を頬に当てる。

　完全にからかわれてるよ。

　今まで男の人とお付き合いなんてしたことない私は、もちろんなんの免疫もないわけで。

　そんな私の反応を翼くんも楽しんでいる。

　可愛い子だけど、危険だなぁ。

　──コンコンッ。

　少し歩いて、お次は日比野さんの部屋。

　これまた勇気が必要だ。

　あの綺麗な顔と対面して話すだけでもすこぶる緊張するのに、あのチャラさだもん。

　──ガチャ。

「おー！　ゆるちゃんじゃん！　何、何？　もしかしてデートのお誘い？」

　さっきまで結ばれていたロングヘアは、解かれてサラサラと揺れている。

　結んでる時も素敵だなと思ったけど、これも色気が増しててすごい。

「あっ、デ、デートのお誘いじゃなくって……洗濯物を届けにきました！」

「あ～洗濯物ね。っていうことはあれだ、ゆるちゃん俺の下着も畳んだってことだ」

　っ!?

　さっき冷ましたばかりの顔が、またもボッと熱くなる。

　なんだってここの人達はこういうことを平然と……。

「いや、えっと、でも、父のも普通に畳んでたんで……べつに……」

「ふーん」

「ひっ」

　突然、両頬を持ち上げられて、バチッと綺麗な瞳と目が合う。

「じゃあ、なんでそんな赤くなるわけ？」

「……っ」

「ねぇ、教えてよゆるちゃん。なんで赤くなるの？」

　そりゃ、本当は、恥ずかしいからに決まってる。

　でも、そんなことを口に出すほうがうんと恥ずかしい。

「…………」

「はい、意地悪するのおしまい！」

　黙って何も言えずにいると、日比野さんはそう言って私の頬から手を離してくれた。

「ゆるちゃん反応がいちいち面白いからつい。質問に答えない代わりに、俺のこと瑛斗って呼んでよ。そしたらもう意地悪しないから。同じ家にいて苗字で呼ばれるのは寂しいって」

「あっ、は、はいっ。えっと、瑛斗……さん」

「うん。よくできました〜。じゃ、お仕事がんばって」

　瑛斗さんは私の頭をクシャッと撫でると、自分の洗濯物を取ってドアを閉めた。

　あぁ、もうだいぶクタクタだ。

　家事のお仕事はなんの問題もないけれど、翼くんと瑛斗さんと話しただけでドッと気力が奪われてしまった。

　最後は宇垣くんの部屋。

　——コンコンッ。

「……あれ？」

　なんの音も声もしない。

　もう一度、ノックする。

　シ──ン。

　いない、のかな？

　でも、洗濯物片づけないといけないし。

「宇垣くーん、入りますよー」

　──ガチャ。

　鍵が開いてる。

　中をチラッとのぞくと、生活感のない綺麗な部屋が広がっていた。

　宇垣くん本人はやっぱり留守みたい。

　またどっかで寝ているのかな。

　最後の洗濯物を、さっと宇垣くんの部屋のベッドにおいてから、よけいなものは何も見ないようにささっと部屋を出る。

　そのあと、庭の花壇への水やりや倉庫の整理など、色々な家事の手伝いをしながら宇垣くんを探したけれど、どこにも見当たらなかった。

　どこへ行っちゃったんだろう。

　学校で極力話しかけないでほしいって話もしたいのに。

　不眠症のこともあるし、また朝みたいにどこかで寝てるのかな。

　だとしたら、今度は変なところで寝ていないか心配だ。

「明人さん、やることリストの仕事はひととおり終わりました！」

　時刻は午後３時過ぎ。

　厨房に戻って明人さんに仕事を終えたことを報告する。

　今日は午前中だけの授業だったからこれくらいに終われたけど、普段の時間ならもっとかかりそう。

「お。お疲れ。ちょっと休憩する？」

　明人さんはそう言うと、食器棚の一番端の棚を開けて何やら出してきた。

　ポテチやチョコ、せんべい。

「これって……」

「俺のおやつ」

　明人さんはいつものことだと言わんばかりにお菓子の袋を開けてひとくち、またひとくちと食べてから、袋を私に手渡す。

「あの、いいんですか？　こういうの」

「あぁ、いいのいいの。誰も見ていないんだし」

　誰も見ていないって、そういう問題なのかな。

　それでも、私もたくさん働いたあとでちょうど小腹が空いていた頃。

　食欲には勝てず、袋の中に手を伸ばした。

　明人さんはコップにオレンジジュースもついでくれた。

「ん！　おいしい！」

　パリッと口の中で割れるポテトチップスは、がんばった身体に染みて最高だ。

「あっ、おいしいと言えば！　明人さんの作る中華料理、すっごいおいしかったです！　びっくりしました！」

「まぁね〜。プロ並みってわけではないけど、料理は得意

だよ。いろんな店で鍛えたしね」

「へ〜すごいですね！　私なんてああいう凝った料理は苦手で……」

　忙しいパパの代わりに、夕飯の担当はずっと私だったけれど、野菜炒めとか簡単で質素な料理しか作れないもんなぁ。

「俺んち母子家庭でさ。兄弟も多くて。だから料理は昔からやってたんだけど、本格的なものとか作ったことなかったんだ。専門学校に行くお金もなくて、ファミレスのバイトとかとにかく料理に関わることができる仕事ならなんでもいいって、がむしゃらに高校の頃から」

　懐かしそうにそう話す明人さんを見て、私だけじゃないんだって、すごく励まされる。

　パパのせいで、父子家庭のせいで。

　そんな風に思ったこともあったけど、大変なのは私だけじゃない、同じ思いをわかってくれる人が世界にはちゃんといるんだ。

「で、30手前でやっと、理事長に拾われたって感じかな」

「理事長……」

「あぁ、俺の親戚なんだけれど、ずっと俺のことを心配してて、寮のシェフをしないかって誘ってくれた」

「……そうだったんですか！」

「俺が作れるんだから、ゆるちゃんなんてすぐだよ」

「そんなことないです！　あ、でも、いつか教えてもらいたいです！　あのエビチリ、パパにも食べさせたい！」

「あぁ、いいよ。お父さん思いだね、ゆるちゃんは」

　優しく微笑んでくれる明人さんの表情を見て、私の料理を食べてよろこんでくれたパパの顔を思い出す。

「……ケーキ」

「え？」

　ボソッと呟いた明人さんに聞き返す。

「あ、いや、思い出しちゃって。ゆるちゃん見てたら、自分の親のこと」

「明人さんのお母さんですか？」

「うん。ずっと、後悔してることがあるから」

「後悔？」

「弟が高校合格した時に、お祝いにケーキを作ってほしいって母親に頼まれて……。でも、その時の俺は、高校卒業しても家族のためにバイトを掛け持ちしてて実家暮らしのままで。仕事の疲れとか焦りとか、たまってた……。周りの奴らはどんどん夢を見つけて、それに向けて頑張ってるのに、俺は何もできないって歯がゆくてさ……それで、母親に『そんなヒマあるわけないだろ』ってきつく当たってしまったんだ」

　時折、言葉を詰まらせながら、それでもゆっくりと自分の話をしてくれる明人さんに、うれしい気持ちと、切ない気持ちが入り混じる。

「あとから思い返したら、昔、パティシエもシェフもどっちもできる料理人になるんだって言ってた俺の言葉を、ずっと覚えてて、それであんなこと言ってくれたんじゃな

いかって。それなのに俺……」

　口をつぐんだ明人さんは天井を見上げたあと、正面を向いてブンブンと顔を左右に振った。

「その次の日、母親、事故で死んだんだ」

「……っ」

　大切な、大好きな家族を失ってしまった人へ、どんな言葉をかけてあげたら正解なのか、私にはわからない。

　ママは亡くなっているけれど、私にはママとの記憶はないから。

　たくさんの思い出があるはずの明人さんとは比べものにならないだろう。

　もしパパが……そんなの怖くて想像もしたくない。

「あ、ごめんね、ゆるちゃん。こんな話。ブルーになっちゃうよね。なんだろう、ゆるちゃんいい子で聞き上手だから自分の話、ベラベラ話しちゃ――」

　目から生温かいものがあふれて、頬を伝う。

　話してくれたのに、私は何も言えないでいる。

「ご、ごめん、ゆるちゃん！　ホントごめん！　泣かないで！　もう大丈夫だから。10年も前の話だし、兄弟達もみんな元気だから……」

　ツラい話をしてくれた明人さんに謝らせるなんてすごく申し訳ないのに涙が止まらない。

　明人さんのお母さんの気持ちも、明人さんの気持ちも、痛いほどわかってしまったから。

「ありがとうゆるちゃん、本当に優しいね。今日初めて会っ

た人間の話を聞いて泣いてくれるなんて」

「……何も言えなくてすみません」

「ううん。違うよ。人間さ、ツラい時とか苦しい時って、前を向くための方法をあれこれ教えてもらうよりもまず、同じ温度で寄り添ってもらうことが大事なんだよ。一緒に泣いてもらって、ツラかったねって抱きしめてもらう。それが一番の治療薬だよ。だから、ゆるちゃんは、俺の中の正解だよ」

「明人さんっ」

　得意なものなんて何もない私のことを、明人さんは『正解』だって言ってくれた。

　明人さんの『正解』になれたかもしれないことが純粋にうれしくて、心が温かくなる。

　明人さんが思い切り笑った顔も、寮のみんなの笑った顔も、いつか、見てみたい。

　心からそう思った。

Let's タコ焼きパーティー

「明人さんっ！　あの、タコパ、タコ焼きパーティーしましょう！」

　夕食の時間が近づいて、自室の屋根裏部屋から降り、厨房についてから、ご飯の支度をしていた明人さんに向かってそう言った。

　さっきの明人さんの話を聞いて、部屋でいろいろ考えた。

　ここに住まわせてもらってる以上、ここの寮生にとって、この特別寮が最高の居場所になるようにしたい。

　たくさん笑って、ホッとする場所であってほしい。

　こんなに大きくて素敵な寮なんだ。

　冷めたままなんじゃなくて、たくさんの思い出をいっぱい作って欲しい。

　それはシェフとして働く明人さんに対しても同じ気持ちだ。

「タコ焼き器ってありますかね!?　私もやったことないんで作り方とか、全然わかんないんですけどっ」

　明人さんに前のめりでそう聞く。

「タコ焼き器、なら、うちにあるけど……」

「明人さんの家にあるんですね！　あの、急で申し訳ないんですが、明日の夜にできればと思っていて」

「あぁ、なら明日出勤するときに持ってくるけど……タコパなんて急にどうしたの」

「みんなが笑顔になる方法、私なりにいろいろ考えたんですけど、セレブの３人がよろこぶ高級料理とかそんなもの全然わからなくて。ただ、自分達で作ったものなら、笑顔で食べられるんじゃないかって」

「自分達で作ったもの……」

　明人さんが顎に手を当てて考えるポーズをする。

「はい！　タコ焼き作る時って、クルクルって自分達で回すじゃないですか。できあがったそれをハフハフ言いながら食べるのって、想像するだけで笑顔になれると言いますか！」

　正直、私のずっと夢だったやってみたいことのひとつにタコパが入っているからっていう単純な理由なんだけど、そんなの自分勝手だって怒られちゃいそうで、思わず飲み込む。

「うん、いいかもね！　やってみよう、明日」

「はい!!　それで……明人さんにもうひとつお願いしたいことがあるんですけれど……」

「あの、明日の夜なんですが、みなさん何か予定などありますか？」

　夕食の時間、お箸をおいて切り出した。

「え、とくに予定はないけど」

「何、何、ゆるちゃん今度こそお誘い？」

「瑛斗の部屋に行ったら食べられるよ」

「はぁー？　俺はジェントルマンなんでそんなことしない

です～」

　言い返す瑛斗さんに「どうだか」と冷たく返す宇垣くん。

「あ、あの、明日はその、みなさんとやりたいことがあるので協力してほしいな、と」

「やりたいこと？」

　翼くんが首を傾げてそう聞いてくる。

「えー！　なんかヤラシイ～！」

「瑛斗」

　いつもより低い声で瑛斗さんを制したのは明人さん。

「とにかく、明日はまっすぐ帰ってこいよ～」

　明人さんがみんなにそう言ってくれ、それぞれにコクンとうなずいて了承してくれた。

　絶対、成功させるぞっ！

　食事がすべて終わり、食器洗いをすませてから、私はバスタオルを持って浴室のある脱衣所へと向かう。

　……みんなを笑顔にすることよりも先に、私にはしなきゃいけないことが残っていたんだ。

　宇垣くんに、ちゃんと話さなきゃ。

　同じクラスだし、私が寮にいることを秘密にしておいてもらえるように。

　とりあえず、このバスタオルを脱衣所においたら、宇垣くんの部屋に行って話をしよう。

　──ガラッ。

　1階にある脱衣所の扉を開ける。

ん？

シャーッと勢いのあるシャワーの音。

危ない危ない。誰か入っていたんだ。

今度からちゃんと耳をすまして脱衣所に入らなきゃ。

お風呂から誰かが出てきたタイミングで顔を合わせたら、それこそ大変だ。

急いで持ってきた数枚のバスタオルをタオルおき場に片づける。

急げ、急げ、急げ。

——キュッ。

へ？　今の音って……。

蛇口が閉まる音が、たしかにした。

——ガラッ。

っ!?

ちょうど最後の1枚を棚においた瞬間、

「……へ〜、ゆるにそんな趣味があったとはね〜」

と、うしろから、声がした。

この声……。

うしろを振り返らないまま、固まる。

「ねぇ、ゆる、タオル取って」

浴室からの湯気と熱気で、一気に脱衣所がムワンと湿気に包まれて。

「う、ど、ど、どうぞ」

目をしっかりつぶって、さっき片づけたばかりのバスタオルに手を伸ばしてから、背を向けたまま宇垣くんにタオ

ルを差し出す。

「ん、もう目を開けて大丈夫だよ」

「ほ、本当？」

「これで嘘ついてたら変態じゃん」

「あっ」

　目をつぶったまま、ゆっくりと身体を宇垣くんの方に向けると、濡れた彼の手が私の髪の毛にふれて、首がほんの少し濡れる。

「ちょ、宇垣く……キャッ！」

　目を開けてすぐに、慌てて手で顔をおおう。

　何が大丈夫よ。

　目を開けると、そこには上半身裸で髪の毛からポタポタ水滴を落としている宇垣くんが立っていた。

「全然大丈夫じゃないよ！」

　顔を手でおおったままそう言う。

　なんでまだ上に何も着ていないの！

　宇垣くんの、『もう大丈夫』の意味がわからない！

「隠すところって言ったら普通は下でしょ？　なんで男が上を隠さないといけないの」

「どっちも隠すの！　早く服を着てよ！」

　まったく、なんて人だ。

　よく他人の前で、裸で濡れたままの格好で平然としてられる……。

「そんなオーバーリアクションされちゃうと、よけいからかいたくなる」

っ!?

　宇垣くんは、さらに私に詰め寄ると、私の髪の毛に顔を
うずめた。

　宇垣くんの濡れた肌が当たるか当たらないか、それくら
いの近い距離に、身体中がボッと熱をもつ。

「あの、離れてください、宇垣くん」

「ゆるの髪ってなんでこんないい匂いするの？」

　人の話を聞いてよね……。

　綺麗な顔してるからただでさえ緊張するっていうのに、
こんな格好で近づいてくるとかっ！

「ス、スーパーで一番安い普通のシャンプーだけど……」

「へー」

　へーって、あ、そうか、セレブの宇垣くんにとってスー
パーの安いシャンプーの香りなんて、嗅いだことないもの
なのか。

　あっ、そうだ！

　今、宇垣くんに、あの話をする絶好のチャンスじゃない
か！

　このよくわからない状態じゃなかったらもっといいんだ
けど……。

　宇垣くんが急に変なことばっかりするからパニックで頭
の中が真っ白になってたよ。

「あのね、宇垣くん！」

「はい、着替えまーす」

　宇垣くんがそう言って、腰に巻いていたタオルに手をか

ける。

　ちょっと！

　なんてタイミングで着替えるのよ！

　今のは絶対にわざとだよね!?

　私は再び目をつぶって顔を手でおおう。

「はい、もういいよ」

　そう言われて目を開けると、今度はしっかり服を着て
フェイスタオルで髪の毛を拭く宇垣くんの姿。

「あ、あのね、宇垣くん」

「ん？」

「あの、学校でね、私がここに住んでいることみんなに内
緒にしてほしいんだ。あと、私とも極力関わらないでもら
いたいなぁ、と……」

　自分勝手なことを言っているのは重々承知だ。

　でも、学校で自分の身を守るにはそれしか方法がない。

「…………」

「宇垣く──ひっ！」

　こちらを見つめる彼に、突然両頬を掴まれる。

　表情が一変して、不機嫌そう。

　怒ってる？

「はー？　ゆるのくせに生意気なんだけど」

「うっ、ごめんなはい、でぼ、だっへ……」

「俺のこと嫌いなの？」

　グッとさらに顔を近づけてくる宇垣くんはゆっくりと手
を離す。

　濡れた髪が彼を色っぽく見せていて、聞こえちゃうんじゃと思うぐらい心臓がうるさい。

「違う。嫌いじゃないけど……」

「じゃあ関わるなとか、言ってることの意味わからない」

　そうだけど……。

　これはやっぱりちゃんと説明したほうがいいのかな。

「ほら、宇垣くんのファンって多いでしょ？　今日も学校ですごかったし、私みたいなのが同じ所に住んでるってバレたら宇垣くんにもほかのふたりにも迷惑かけるっていうか……だから……」

　私が女の子たちから攻撃されて、寮を追い出されたりなんかしたら困るし。

「ますます意味がわからない。誰かに何か言われたら俺に言えばいいでしょ。なんかあったら呼べばいい、俺のこと」

「……宇垣くん」

「あとそれ禁止。早凪でいいから。ちゃんと呼んでみて」

「うっ、……さ、早凪、くん」

「ん」

　早凪くんは、髪の毛を拭いていたタオルを私の頭に乗せてから、脱衣所をあとにした。

『誰かに何か言われたら俺に言えばいいでしょ』

　あんなこと言ってくれるとは思わなかった。

　こんなにうれしくなってる自分にびっくりする。

　すっかり安心してしまっている。

　いいのかな、迷惑じゃないのかな。

　みんなにバレるとかバレないとか、それよりも、今は、早凪くんのその言葉が無性にうれしくて。

　そのあと家事を終えて屋根裏部屋に戻ると、私が朝着ていたカーディガンが綺麗に畳まれてベットに置いてあった。

　私が朝、早凪くんにかけたもの。

　カーディガンを手に取ると、ついさっき香った早凪くんの爽やかな香りがほんのり残っていて。

　クールそうな御曹司の早凪くんが丁寧に畳んだのかと想像すると、すごく温かい気持ちになった。

「え、早凪が起きてる」

「嘘……今日は大雪だね」

　翌朝、トーストをひとくちかじった早凪くんを見て、瑛斗さんと翼くんが目を丸くしてそう言った。

　早凪くんが起きてるのってそんなに珍しいことなんだ。

「体調大丈夫なのか？　早凪」

　ジャムをテーブルにおきながら明人さんがそう言う。

「うん。ゆると学校行くから」

「へっ？　ちょっとまって、早凪くん。……昨日の私の話聞いてた？」

「聞いてたよ。聞いたうえでだよ」

　早凪くんはそう言ってまたトーストをかじる。

「あぁ、ゆるちゃんが言ってもダメか。この際だから、瑛斗と翼にも言っておくけど、学校ではできるだけゆるちゃ

んと関わらないように……」
「だからなんで」
　座ったまままっすぐ明人さんを見る早凪くんの目には、
明人さんも一瞬、言葉を飲み込むほどの目力。
「いいか？　ゆるちゃんとお前達は違うんだよ。ゆるちゃ
んがここにいるのがバレてみろ、庶民がなんでこんなとこ
ろで、なんて騒がれて女子の標的になるのが目に見えるだ
ろう」
「えー、そんなことある？　女の子ってみんな天使じゃん」
　瑛斗さんはそう笑って、コーンスープを飲む。
「ありありだ。ただでさえやることなくてボーッとしてる
連中なんだから」
「ちょっとアキちゃん、そんな言い方ないでしょ？　連中っ
て絶対俺達も含まれてるじゃん」
　と、プクーと頬をふくらませて怒る顔もとっても可愛ら
しい翼くん。
「すみませんね、きみ達セレブと違ってひねくれていて」
　翼くんに言い方を注意されて少し子どもっぽくなる明人
さんだけど、正直明人さんの気持ちには少し共感できちゃ
う。
「まぁ、俺と翼はどの女の子も平等に扱ってるから問題な
いとして、早凪のそのゆるちゃんの気に入り方はあまりに
も目立つからちょっと気をつけないといけねーとは思うけ
どね。生徒会代表の日比野瑛斗としては」
「都合のいい時だけその肩書き使うなよロン毛」

「うわ、前から思ってたけどさ、俺一応先輩だかんね!?
ねぇ、早凪、その態度どうにかなんねーの？」

「とにかく、ゆるちゃんは学校の裏門に回って登校するか
ら一緒に行くのはなしだ、早凪」

　言い合うふたりを制するように声を大にしながら、ビ
シッとそう言った明人さん。

「……っ、行くよ、ゆる」

「えっ!?」

「おい、早凪！」

　早凪くんは、突然私の手を掴むと立ち上がり、ダイニン
グを出ていく。

「ちょっと早凪くん！」

　ダイニングを出て廊下で早凪くんを呼びとめると、彼の
足が止まる。

「言ったでしょ、昨日。べつに平気だよ。俺もゆるも同じ
人間だし、育った環境（かんきょう）がちょっと違うせいで一緒にいちゃ
いけないとか、そんなの関係ない」

「っ、でも……」

　早凪くんには、わからないよ。

　私と早凪くんの住む世界はすごく違うんだ。

　壁は思ってるよりもずっと厚くて高い。

　どうでもいいって言うけど、周りはきっとそうは思って
くれないよ。

「大丈夫だから」

「……っ」

　ただでさえ、昨日クラスの子に『地味』って言われたばかり。

　早凪くんの隣を歩くなんて、つりあうわけがないのに。

　でもなぜか、早凪くんに『大丈夫』と言われると、少しだけ自然と心が落ち着いて、勇気が出る。

「……ありがとう」

　彼の背中に小さくそう呟いて、私と早凪くんは学校へと向かった。

「えっ、ちょ、宇垣くんが女の子といる！」

「初めて見る子、誰？」

「彼女？　いやまさかね……」

「宇垣くんが学校にいること自体珍しいのに、女の子連れてるって……」

　やばいです。早凪くん。これは実にやばいです。

　想像以上に、道行く人全員がこちらを見て驚いた表情を見せている。

　完全に注目の的だ。

　大丈夫と言った当の本人は、呑気にあくびをして、みんなの声なんて聞こえていないかのように歩いている。

　こんなに目立ってるのに、そんな風に平然といられるなんて、セレブ学校のさらにトップに立つ人はすごすぎるよ。

　──ガラッ。

「キャー！　早凪くんっ！」

「２日連続で早凪王子が見られるなんてっ！」

　教室に入ると、案の定、みんなは黄色い声を出してうっとりしたあと、うしろに立つ私を見て表情を変える。

「え、またあの子？」

「どこのお嬢様なのか知らないけど、顔は地味じゃない？」

「早凪くんには絶対つりあわない」

　そんな声が聞こえた瞬間、早凪くんが顔を上げて女の子たちを見た。

　私からは彼がどんな表情をしているのか見えないけど、周りの子たちが一気に驚いた顔をしたので、早凪くんが明人さんを睨んだときのような目つきをしたんだろうかと予想する。

　そのあと、早凪くんは黙ったまま席へと向かって座ってから、そのまま机に身体を預けて眠ってしまった。

　ね、寝るんだ。

　頼もしいと思ってたのに。

　早凪くんが寝てる間に私が呼び出されたりしたら、どうしてくれるのかしら。

　私も慌てて自分の席に座ろうと歩き出すと。

「ねぇ、篠原さん、だよね？」

　ほら来た！　呼ばれてしまったぞ篠原ゆる！

　これって絶対『ちょっといいかな？』なんて呼び出されて、怖い集団に囲まれちゃうやつじゃん！

「あっ、そ、そうですけど……」

　声がしたほうに顔を上げながらそう言うと、目の前には、

黒髪ロングをゆるく巻いた綺麗な女の子が、こちらを見ていた。

　口もとにほくろがあって、それがまたセクシーで大人っぽい。

　こんな綺麗な人に、今から何を言われるのか、想像するだけで足がガクガクと震えそうになる。

「私、門枝円（かどえだまどか）。円でいいよ。よろしくね」

　そう言ってニコッと手を差し出してきた。

　それからシンとしていた教室がだんだんザワザワし始めて、みんなの視線が私から離れ、私と早凪くんが入ってくる前の教室の空気へと戻っていく。

「えっと、ま、円、さん……？」

「円さんなんて堅苦しいな～。私もゆるって呼ぶから、円って呼んでよ！」

　予想もしなかった出来事が起こりパニックだ。

　え、呼び出されるんじゃないの？

　自己紹介？　なんで？

「えっ、と、ま、まど、か……」

「うん！　よろしく、ゆる！」

「よ、よろしく……です」

　手をギュッと握って、再びニカッと笑う円。

　美人で綺麗なのに、笑顔はクシャッとしてて、そのギャップにキュンとなる。

　どうしてこんな素敵な子が、突然私に話しかけてくれたんだろうか。

「ゆる！　ご飯、一緒に食べよう！」

「うん！」

　お昼休み、円がお弁当を手に持って私の席のほうへとやってきた。

　10分 休 憩の時も、わざわざ私の席まで来ておしゃべりしてくれて、すごく親切にしてくれる。

　たくさん笑うし、きっと円もお金持ちのお嬢様なはずなのに、どこか飾っていなくて、最初、怖いと思ってしまってた自分を反省するほど。

　──ギィ。

　うしろから椅子を引く音がしたかと思うと、眠っていた早凪くんが起きて立ち上がった。

「あ、宇垣くんも一緒に食べる？　ふたり、今日一緒に来たんだよね？　朝」

　あんなに女子からキャーキャー言われている早凪くんに普通に話しかけてる円を不思議に思いながら、私に朝のことを聞いてくる彼女への答えに困って口ごもっていると、

「担任に頼まれて、校舎までの行き方教えるために裏門で待ち合わせしてただけ。午後は俺、帰るから」

　と早凪くんが口を開いて説明してくれた。

　聞き耳を立てていたほかの女子生徒達も、早凪くんのセリフを聞いてホッとしている様子。

　よかった……誤解、ちゃんと解けたかも。

　っていうか、え！　早凪くん帰るの!?

「あぁ、そういうことか～。あそこの道、結構、複雑だも

んね〜。そっか、気をつけて！」

　円は早凪くんに手を振って、一方の早凪くんは教室をあとにした。

　ふう〜。

　ホッと胸を撫で下ろす。

　早凪くんの言うとおり、あんまり心配しすぎることなかったのかも。

　早凪くんのああいうフォローで、円やほかのみんなも納得してくれたみたいだし。

　サラッと代わりに話してくれた早凪くんに感謝して、ふと、さっきの円と早凪くんのやりとりを思い出す。

「ねぇ、円。円って宇垣くんと仲良しなんだね」

　さっきのふたりの感じ、なんだかすごく親しかった。

「仲良しってほどのものでは……。小学校の時から同じだから。私が途中から転入したの。だから、転校してきたゆるを見て、なんだか懐かしくなっちゃって、勝手に」

　へへッと笑う円。

「転校ってめっちゃ不安だし緊張するじゃん！　だからゆるの気持ちすっごいわかるし！　だから、私でよかったらなんでも相談して。友達だもん！」

「友達……」

　まさか、この学校で友達ができるなんて。

　目頭が熱くなって視界がぼやける。

「ちょ、ゆるっ!?」

　泣きそうになる私の顔を見て驚いて肩を掴む円。

　その慌てようが面白くて少し涙が引っ込む。
「うぅ、ありがとう……まさか、そんなこと言ってもらえるなんて思わなくて……」
　生まれた環境が違うんじゃわかり合えない、仲良くなれないって、色眼鏡で見ているのは私自身だった。
　円みたいに、気さくに話しかけてくれる人もいるんだなぁ……。
「大げさよ〜。これからも一緒にお弁当食べたり、休み時間一緒にすごそう！」
　円はそう言って、得意のクシャッとした笑顔を見せた。

「フフッ」
「どうしたのゆるちゃん、そんなにニヤニヤしちゃって」
　放課後、寮に帰って厨房で明人さんの手伝いをしていると、そう言われ、慌てて口もとを押さえる。
「す、すみませんっ」
「全然いいけど、タコ焼きそんなに楽しみ？」
　タコ焼きの生地を混ぜながら明人さんが笑った。
「えっと、それもあるんですけど……実は……」
　少し間をおいてから、今日学校であったことを明人さんに説明する。
　早凪くんとの登校はなんとか彼がごまかしてくれたこと、円が話しかけてくれたこと、これからも一緒にすごしてくれるって言ってもらったこと。
「へ〜！　よかったじゃん！　早凪との登校も少しは安心

してもよさそうだね」

　話を聞いた明人さんはそう言ってホッとしたように笑顔を見せる。

「はい！　これで今日のタコパも全力で楽しめます！」

「うん。ゆるちゃんの作るタコ焼き、とっても楽しみにしてるよ。……あ、そういや、さっき言ってた声かけてきた友達の名前、なんて言ったっけ？」

　明人さんは、何やら考えるような顔をしながら私にそう聞いた。

「えっと、門枝円ちゃんです」

「門枝円……あっ」

　円の名前を聞いて、何かを思い出したように目を見開いた明人さん。

　一体、円がどうしたんだろう。

「明人さん？　どうかしましたか？」

「あぁ、ううん。その子なら、何度か見たことあるなぁと思って」

「そうなんですか　黒髪のすごく綺麗な子です！　口もとのホクロが色っぽくて！」

「うん、その子だよ。知ってる。去年入学してきたばかりの時に、よく早凪のことを心配して寮に顔出していたよ。もともとここは寮生以外立ち入り禁止だから、今後は来ないようにやんわり注意したんだけど」

「そうだったんですか……」

　面倒見がいいというか、とってもいい子だと、改めて感

じる。

　本当は、円のこともタコ焼きパーティーに誘いたかったけれど、私が寮で暮らしているなんて言えないもんなぁ。

　円にこんな秘密を作るのはすごく気が引けるけれど。

　でも、学校の人達にはバレないようにするって決めたことだし、あの早凪くんも、せっかく私のために話を合わせてくれていたもんね。

　そうだ。

　そのお礼も兼ねて、今日のパーティー、絶対楽しいものにしなきゃ！

「よし、準備の続きするか！」

　と、声を出した明人さんにハッとして、意識を目の前の材料に向ける。

「はい！　明人さん、例のものも、よろしくお願いします！」

　私がそう言うと、明人さんが「任せて」と親指を立ててGOODのポーズをした。

「うわ〜！　何これ！」

　タコ焼きパーティーの準備がちょうど整ったところに、翼くんが扉からひょっこり顔を出してそう言った。

「今日の夕飯は、タコ焼きだよ！」

「タコ焼き……」

「タコヤキ……」

　翼くんのあとに続いてやってきた瑛斗さんも『タコ焼き』は初めて聞く単語らしく、その4文字の意味を確かめるよ

うに呟く。

「聞いたことないですか？」

「んー、なんとなく聞いたことあるような、ないようなって感じ」

　と、瑛斗さん。

「は、はあ……」

　マジですか。さすがセレブ。

　庶民が愛してやまないあのタコ焼きを知らないとは。

　まぁ、私も自分で作るなんて初めてで、パパと月に１回のご褒美で、スーパーで売っているタコ焼きを買って食べる程度だったんだけど。

「どうやって食べるの？」

　準備しておいたボウルに入った生地とタコ焼き器を交互に見ながら、不思議そうに翼くんが聞く。

　今日は、昨日みんなと食事をしたダイニングテーブルから少し離れた隣の居間にあるローテーブルでの夕食。

　この方が、みんなでタコ焼きを作りやすいし、コミュニケーションが取りやすいだろうと。

　ソファもあるし、絶対リラックスできると思ったから。

「お手本見せるから、よく見とけ〜。１回しか教えないからな〜」

　明人さんのその声で、遅れて登場してきた早凪くんも、タコ焼き器に興味津々。

「まず、温まったタコ焼き器に油をひいて、ボウルに入ってる生地を半分流し込んだら、タコ、青ネギ、天かす、紅

ショウガをお好みで入れて、そのあと軽くあふれるぐらい
生地をさらにかける」
　サッサッと慣れた手つきで進めながら作り方を説明する
明人さんに、私も思わず見入ってしまう。
「で、大事なのはここからね」
　だんだん、プクプクと表面が焼けていくタコ焼きを見つ
めながら、竹串を片手に持った明人さん。
　生地の焼けていく香ばしい匂いが広がって、食欲がかき
立てられる。
　明人さんが、生地をくるっとすばやくひっくり返すとお
いしそうな焼き色が見えた。
　さっさっさ、と回転していく生地に、寮生の３人は釘づ
け。
　もちろん私も。
「明人さん、すごくお上手ですね！」
「タコ焼き屋でもバイトしてたからね～。家でもよく作っ
てたし」
「そうだったんですか～！」
　どうりでテキパキしているわけだ。
「ねぇ、アキちゃん！　俺もやりたい！」
「あぁ。瑛斗と早凪もやってみろ」
　明人さんは目をキラキラさせた翼くんに竹串を渡してか
ら、ほかのふたりにもそう促す。
「よ～し！　俺の愛のこもった手作りタコ焼きを、ゆるちゃ
んに食べさせてあ・げ・る♡」

　そう言ってウィンクしてタコ焼き器の前に翼くんと並ぶ瑛斗さんに、苦笑する。

「まぁ、生地作ったのは俺だけどな」

　バッサリとそう言い切る明人さんに、

「細かいことは気にしな～い」

　と軽く受け流す瑛斗さん。

「わ～！　めっちゃ楽しいこれー！　ずっとクルクルさせてたい～」

「あ、ちょ、翼、そこ俺が回すから。こっからここが翼のとこ」

　わいわいと言いながら、初めてにしては本当に上手にタコ焼きを回すふたり。

　私はこんなに器用にできるか自信がない。

「あれ、早凪くんは？　やってみない？」

　黙って突っ立って一部始終を見てた早凪くんに、声をかける。

　やっぱり、早凪くんはこういうのに興味なかったかな。

　寮のみんなを笑顔にしたいって私なりに考えた結果だから、早くも失敗に終わったかと思うとへこむ。

　早凪くんの、楽しそうな顔も見てみたかったけどな……なんて勝手に落ち込んでいると。

「俺は、ゆると、やる」

「えっ」

　予想外の早凪くんのセリフに思わず聞き返す。

「ダメ？」

　そう首を少し傾げて聞いてくる早凪くんが少し可愛く
て、不覚にもキュンとしてしまう。

　一見クールそうに見えるのに。

　可愛い顔もできちゃうんだから、ずるい。

「ううん！　ダメじゃないよ！　一緒にやろ！」

「俺もゆるちゃんとやりた～い」

　横からすぐ瑛斗さんのそんな声がしたけど、早凪くんが
目の色を変えてキッと瑛斗さんを見た。

「うっわ、そんな目で見ないでよ。ゆるちゃんはみんなの
ものでしょ～？　ね～？　ゆるちゃん」

「えっ、あ、まぁ……」

　そんな風に言われてくすぐったい気持ちになる。

　みんなにちゃんとこの寮の一員として認めてもらえてい
るのかな。

「最初にゆるを見つけたのは俺だから」

「……っ」

　早凪くんは私の腰に手を回すと、グッと身体の距離を縮
めた。

　こんなに男の子と密着したことなんて生まれて初めて
で、ボッと顔が熱くなる。

「おい、早凪。ゆるちゃん困ってるだろ？　ほら、焼けた
から次、ふたりの番」

　明人さんがそう言いながら、準備してたお皿を翼くんに
手渡す。

　おいしそうに焼けたタコ焼きが翼くんと瑛斗さんによっ

て、次々とお皿に運ばれていく。

　タコ焼きの載ったお皿が、再び明人さんの手に運ばれれ
ば、ソースやマヨネーズ、かつお節がそれにかけられて、
見てるだけで、思わずゴクンと唾を飲み込むほど、すごく
おいしそうに仕上がった。

「わ〜！　見て！　かつお節が動いてる〜！」

　翼くんの声で、瑛斗さんや早凪くんもできあがったタコ
焼きに目を向ける。

　熱々のタコ焼きの上で、かつお節もゆらゆらと踊ってい
て、焼きたてを実感させる。

　どうしよう、早く食べたいっっ!!

「できあがったのから先にどんどん食べてけ〜。生地はま
だまだあるからな〜」

　明人さんのその声で、翼くんと瑛斗さんが「よっ
しゃー！」とよろこんで、熱々のタコ焼きを爪楊枝で刺し
てパクッと口にした。

　フーフーしなくて大丈夫かな？と心配していると。

「っ、あっ、あふい！　あふい！　あふい！」

「っ!!」

　顔を上げてハフハフさせてる翼くんと、口もとを手で押
さえて目を見開いたままの瑛斗さん。

「だ、大丈夫ですか？　ふたりとも！」

　案の定、ものすごく熱そうで慌てて声をかける。

「アヒはん（アキちゃん）！　みふ（水）！　みふ（水）！」

「……飲み込んだ、喉死んだ」

　立ち上がって身体をバタつかせる翼くんと、熱さで固
まってしまった瑛斗さん。

　あぁ、どうしよう。

　タコ焼きなんてやっぱりセレブには不慣れすぎて、ダメ
だったかな……。

　本当はすんごくおいしいものなのに。

　大切な寮生さん達に火傷（やけど）を負わせてしまったかもしれな
いという不安が一気に押し寄せてくる。

　ふたりの身体にケガなんて負わせたらっ！

「はぁー！　死ぬかと思った!!」

　明人さんから受け取ったお水を一気に飲みした翼くんが
呟いて。

　申し訳ないことをしてしまった、痛い思いをさせてし
まった、ちゃんと冷まさ（さ）なきゃいけないことを前もって伝
えきれなかった、と頭の中が反省でぐるぐるといっぱいに
なる。

「……み、みなさんっ、ごめんな──」

「フッ」

　え？

　横から突然、息を吐くような音がしたかと思うと、

「ハハハハハッ、タコ焼きって凶器なの？　あんなにうる
さい瑛斗を黙らせるとかさっ、ハハッ、俺も熱々のタコ焼
き、1、2個常備（じょうび）しとこうかな。そしたら瑛斗のそのう
るさい口塞（ふさ）げるんだよね？　ハハッ」

　えっ？

えっ？

えっ？

真横でお腹を抱えながら笑ってるのは、あの、つねに気だるそうで、ポーカーフェイスをあまり崩さない早凪くん。

彼の顔がここまで形を変えているのを見るのが初めてで、彼のほうを向いたまま固まってしまう。

それは、私だけじゃなくて、明人さんや翼くん、瑛斗さんも同じで。

黙って見てる私達にお構いなしで、早凪くんは「ククッ」と笑っている。

……こんなに、笑うんだ。

「何を笑ってんだよ早凪！　お前、調子乗りすぎ！　学校代表の生徒会長に向かってお前はー！」

「無理……っ、フハッ、話しかけないで。タコ焼き食べた瑛斗の顔を思い出したらっ、フッ」

笑いすぎでしょ、と思うほど、瑛斗さんがタコ焼きを食べた姿は早凪くんのツボだったらしく。

そこで、糸が切れたように、明人さんや翼くんも一緒になって、笑い出した。

「……いや、わかる、瑛斗のあの顔、ハトが豆鉄砲を食ったようなって表現がぴったりすぎて」

「えっ、エイちゃんって、ふっ、ハトなのっ？」

「おーい！　お前らみんなしてなんだよ！　バカにして！　マジで熱くてやばかったんだって！　……けど、スッゲェうまい!!」

「へっ……」

　瑛斗さんの意外なセリフに、思わず顔を上げて声が出た。

「うんっ！　すっごい熱いけど、すっごいおいしい！　こんなの食べたことないよ！　俺ってもしかして天才タコ焼き職人かもしれない！」

　目をキラキラさせる翼くん。

「それ俺のセリフー！　っていうか翼が食ったの俺が焼いたやつじゃない？」

「いや、どれが誰の作ったものとかわかんねーよ。生地は俺だし」

　横から明人さんが静かにそう言う。

「はいはい、生地マスター・アキネ」

　と呟いた瑛斗さんが２個目のタコ焼きを、今度はしっかり冷ましてから口に運んで「うま──！」と声を出す。

　おいしそうにどんどんタコ焼きを頬張る瑛斗さん達の姿に、うれしさで泣きそうになる。

　ついさっきまで大失敗だったかもって不安でいっぱいだったもん。

「ほら、ゆるちゃんと早凪も、作る前にとりあえず食べな？」

「あっ、はい」

　明人さんに爪楊枝を渡されて、私はひとつのタコ焼きにそれを刺した。

　早凪くんの笑いもおさまっていて、再び目の前にあるかつお節の踊るタコ焼きに興味津々。

　憧れだった手作りタコ焼きを目の前に、もう我慢の限界

だった私は、早凪くんよりも先に、タコ焼きをお皿から取って、ゆっくりと息を吹きかける。

「ふーふー、ふーふー」

　そろそろ食べごろだ、そう思って、タコ焼きを口もとに近づけた瞬間。

「……っ、え」

　タコ焼きを持っていた手が、グイッと引っ張られて。

「……おいしいっ」

　私の顔の前には、さっきまでこちら側にあったタコ焼きを頬張って、目をキラキラさせた早凪くんの姿。

　瞳があまりにも綺麗で、思わず見惚れちゃいそうになる。

　って、そうじゃなくて！

「さ、早凪くん!?　それ私のタコ焼き！」

「ゆるが冷ましてくれたから、さらにおいしい。ね、もう１個ちょうだい」

「いや、それ私が食べようと……」

　せっかく適温になった頃合いを見て、ゆっくり食べたかったのに〜〜！

　でも……。

　モグモグと、見るからにおいしそうな顔をして食べてるのを目の当たりにしたら、言いたいことも全部飲み込んでしまう。

「もう……」

　仕方なく、２個目を取って息を吹きかけて冷ましていると、それを見た明人さんが、早凪くんに「ゆるちゃんに、

甘えるな！」と注意したけれど、当の本人はまったく聞こえていないかのように無反応。

「はい……早凪くん」

　冷ましたタコ焼きを彼の方に向けて差し出すけれど、さっきのように突然起こったこととはまた違って、自分からしてあげるのもなんだか恥ずかしくて、顔があまり見られない。

「ん、うまい」

　満足そうな彼の声が聞こえて、手を引き戻すと。

「次は俺の番」

　早凪くんがタコ焼きを持ってこちらを見ていた。

「えっ」

「ほら、"あーん"」

　早凪くんがそう言って、こちらにタコ焼きを差し出してくる。

　ううっ。

　みんなの見てる前でこんなこと……恥ずかしいよ。

　でも……。

　私の口は限界寸前。

　タコ焼きが食べたくて仕方がない。

　ここで変に断ったりすれば、せっかく楽しい雰囲気になっているタコパが盛り下がる気がして、私はゆっくりと、控えめに口を開けた。

　パクッ。

　早凪くんに冷まされたタコ焼きは、とても食べやすい温

度で。

　ソースとだし入り生地の相性が抜群なのはもちろんのこと、かつお節とタコの風味（ふうみ）と食感も、もう何もかもがほんっとうに最高で。

「おいしいっ！」

　味わって飲み込んで、思わず大きな声が出た。

「ねっ！　ほんっと最高！」

　翼くんもそう言ってくれて、次々と口の中へタコ焼きを運んでいく。

　明人さんもすごく満足そうで、瑛斗さんも翼くんに負けないくらいパクパク食べていて。

　タコパにしてよかったって、心から思う。

「さ、まだまだあるからどんどん作りな〜」

　明人さんのその声に「はい！」と返事をして、私は早凪くんと一緒に、タコ焼き作りを始めた。

　早凪くんは、最初はタコ焼きの存在だってよく知らないって感じだったのに、焼けてきたタコ焼きを回すのがすごく上手で。

　そんな彼に比べて不器用（ぶきよう）な私はなかなかうまくいかなくて、時折、早凪くんが私の手に、自分の手を添えながら、コツを教えてくれていた。

　そのたびに、心臓がドキドキして、まったく集中できなかったけれど。

　だって……男の子と肩をくっつけて座るなんてこと自体が生まれて初めてだったし、早凪くんはいちいち距離が近

いんだもん。

　なんとかタコ焼き作りもすべて終えて、あっという間に食べ終わってみんなでゆったりしていると、先ほど厨房に戻っていたはずの明人さんがリビングに再び顔を出した。

「うわ――！　アキちゃん何そのケーキ！」

　翼くんのその声で、みんなが明人さんに注目する。

　その手には、大きなお皿に載せられた、フルーツどっさりのホールケーキ。

「え、何これ、アキが作ったの？」

　ケーキと明人さんを交互に見てそう聞く瑛斗さん。

「あぁ。ゆるちゃんがね、提案してくれて。タコ焼きだってそう。この寮ですごす時間は笑って、たくさんの思い出を作ってほしいって。お前ら３人に」

　明人さんの言葉に、なんだか恥ずかしくなって下を向く。

　まだ出会って間もない人間が、押しつけがましかったかなって、今になって心配するなんて。

「ゆるちゃんいい子すぎ！　何それ天使じゃん！　俺、泣いちゃう！」

　みんなの反応を心配していると、翼くんの声がして、ホッとする。

　天使なのはどう考えても翼くんのほうだよ。

　ホント、ふわふわしてて可愛いんだから。

「ゆるちゃん、どこまでも可愛すぎるから、今日一緒に寝ようか？」

　グイッと瑛斗さんに肩を引き寄せられて、身体がピタッ

と密着する。

「あっ、いや、一緒には寝ませんけど、よろんでいただけてよかったです！　明人さんも、ケーキ……あれっ」

　明人さんにお礼を言いながら再びケーキに目を向けると、チョコプレートに何やら文字が書かれているのを見つけた。

「……『ゆるちゃん、ようこそ、特別寮へ』……。これって……」

「本当はね、ゆるちゃんの歓迎会しようって考えてたんだよ。でも、歓迎される側の人がどんどん先に進んで、いろいろ提案してくれるからさ〜。ごめんね、どさくさにまぎれて、みたいなやり方になっちゃって。改めて、これからこいつらのこと、よろしくね」

『明人さんのケーキ、みんなに作ってくれませんか？』

　明人さんの夢を少しでも叶えたいと思ってそう提案したけど、まさか、そんな彼のケーキに、私の名前が入っているなんて。

「こ、こちらこそ、よろしくお願いしま──」

　グイッ。

「瑛斗にさわらせないで。それから明人とベタベタしすぎ」

　瑛斗さんの方に傾いていた身体が、今度は反対に引き寄せられて、腰に早凪くんの腕がふれる。

「ちょ、早凪く──」

「瑛斗とくっついてたらゆるの匂い消えちゃうから。わかるでしょ？　瑛斗の香水きついの」

「早凪、本当にお前って奴は！　ゆるちゃんはみんなのゆ
るちゃんでしょーが！」

　瑛斗さんが、早凪くんに言い返すと、早凪くんはプイッ
とそっぽを向いた。

　まったく……顔は大人っぽいのに、変なところが子ども
なんだもんなぁ。

「あー！　もー！　ふたりともそういうのはあとで！　と
りあえず、ゆるちゃんの歓迎も込めて、アキちゃんのケー
キ食べよ〜！」

　翼くんの明るい声が響いてから、

「うん、そうだね！　食べよう食べよう！」

　私も合わせてそう言う。

「よし、ゆるちゃん。チョコ半分こしよ」

「瑛斗ホントキライ」

　瑛斗さんと早凪くんの言い合いが続行される中、私達は、
フルーツでキラキラしたケーキを頬張った。

「……んっ」

　ふわっといい匂いに包まれた感触がして、目を開ける。

　あれ……私……寝てた？

　開けたばかりの目では、薄暗くて周りをよく確認できな
い。

　けど、ここが屋根裏部屋の自分のベッドではないことは
すぐに理解した。

　たしか……タコ焼きパーティーをやったあとに、明人さ

んの作ったおいしいケーキを食べて。

　ケーキを食べながら、みんなでトランプをしたりゲーム
をしたりして遊んだっけ。

　それから……。

　あっ、もしかして……。

　薄暗さにだんだん慣れてきた目で、再び周りを確認しな
がら耳をすませば、気持ちよさそうな寝息がすぐ近くから
聞こえた。

　たくさん食べて笑って、気づいたらみんな、リビングで
雑魚寝状態になってしまったらしい。

　とりあえず、部屋に戻ってちゃんとしたベッドで寝よう
と、身体を起こそうとした瞬間。

「……ダメ」

「……っ!?」

　うしろから耳もとでささやかれたかと思うと、身体が
ぎゅっと引き寄せられて、動けなくなってしまった。

「早凪くん!?」

「シッ、みんな起きちゃう」

　早凪くんにそう言われ、とっさに自分の口もとを手で押
さえる。

　たぶん、薄暗い部屋の中で起きているのは、私と早凪く
んのふたりだけ。

　っていうか……早凪くん、全然手を離してくれそうにな
いし、もしかしてこのまま朝までってこと、ないよね？

「ねぇ、早凪く──ひっ」

『離してほしい』

　そう頼もうと声をかけた瞬間、お腹のあたりに何かがふれた。

「声、出さないでって言ったよね？」

　うしろからささやく彼の声がくすぐったくて、身体がいちいち反応してしまう。

　あきらかに、服の上からさわられている感覚ではない。

　直接、早凪くんの手が、スルリと私の服の中を通って、ふれている。

「だって、早凪くん、手が」

　小声で彼に訴える。

　心臓はバクバクとうるさくて、一気に顔が熱をもつ。

　こんなの、おかしいよ……。

「ゆるの匂いほんと落ち着く。最高の抱き枕だよ」

「うぅ……」

　人のこと抱き枕って……私人間なんだけど。

「タコ焼き、すごくおいしかったし、あんなに楽しかったの初めてだよ」

　ずるい。

　こんな状況でそういうことを言うなんて。

　私がよろこぶことわかってて……。

「また、やろうね」

「うん……私もすごく楽しかった。またやろうねっ。……それから、早く離し──」

『早く離して』

　そう言おうとしたら、すぐに、耳もとでスースーと寝息が聞こえて。

　嘘でしょ……。

「早凪……くん？」

「…………」

　えっと、ね、寝たの？

　まったく……。

　彼のマイペースかげんには呆れるけれど、それでも、楽しいと言ってくれたことがうれしくて、単純な私は、お腹にふれる彼の温もりを感じながら、ゆっくりと目をつぶってしまった。

煌びやかな世界

「……ちゃん、ゆるちゃん」

「……ん」

　優しく名前を呼ばれてうっすら目を開けると、目のピントが合って、こちらを見つめる明人さんの姿が見えた。

　ん?

　……ん?

　どうしてこんな状況になっているのかと、慌てて身体をバッと起こす。

　今は……朝?

　寝ぼけた頭を必死に回転させながらあたりを見回すと、少し離れたダイニングテーブルで、瑛斗さんと翼くんが朝ごはんを食べているのが見えた。

「あっ、おっはよ〜ゆるちゃん!　身体痛くない?」

　トーストをかじる寸前で、そう聞いてくれる翼くんに「大丈夫」と答える。

「ごめんね〜。お姫様抱っこでもして部屋に運んであげればよかったのに、俺も爆睡しちゃってたからさ〜」

「騒ぎすぎるからだろ〜」

「そう言うアキだって、寝てたじゃん!」

　明人さんと瑛斗さんの言い合いは変わらずで。

「す、すみません明人さん!　完全に寝坊ですよね!　ごめんなさい!」

　だんだん頭が冴えて状況を理解し、慌てて立ち上がって謝ると、身体からスルッと何かがはがれて落ちた。

　タオルケット……。

「これって……」

　足もとに落ちたタオルケットを拾って呟く。

　タオルケットから、ふわっと柑橘系の優しい香りがかすかにした。

「あぁ、それ、早凪のだよ。ベッドにいつもおいている」

　明人さんの口から出た『早凪』という名前に、トクンと胸が脈打つ。

「たぶん、夜中に起きて持ってきてかけてくれたんじゃない？　ほんっと、ゆるちゃんのこと、とことん気に入ってるよね～」

　なんだか楽しそうにそう言う翼くんの言葉に、顔がまた火照る。

　早凪くんに抱きしめられたのが、私の夢じゃなかったら、早凪くんは、あのあとまた起きたってことなのかな？

　わざわざ部屋に戻って私にタオルケットをかけてくれたことが、正直うれしい。

　それと同時に、早凪くんが夜中によく眠れていないのは本当なんだな、と心配になる。

　成長期に寝不足なんて、よくないのに。

「あの、早凪くんは？」

「部屋でまだ寝てるんじゃないかな。今日は学校は無理そうだね」

　明人さんはそう言って私の手からタオルケットをスルリと取って手際よく畳む。

　そっか……。

　お礼を言いたかったけど、学校から帰ってきてからになるかな。

　今日は遅めに起きてしまったので、朝の仕事はだいたい明人さんに代わってもらってから、登校することになってしまった。

　昨日はとくに、みんなのよろこぶ顔がこんなに早く見られると思ってなかったからよけい、うれしくて。

　すごく楽しくてはしゃいでしまった。

　それに……。

　教室の自分の席に座ったまま、お腹をさわる。

　昨日、早凪くんにふれられた感覚、今もよく覚えている。

　部屋の暗さや、早凪くんのささやく声、香り、全部がドキドキの原因となっていて、思い出すだけでも、顔が熱くなるのがわかる。

　今日の午前中の授業も、全然集中できなかった。

　考えることはずっと、昨日の早凪くんとのことばかりで。

　正確には、昨日だけじゃない。

　一見クールで顔色を変えないように見えて、実はすごくマイペースで、自由人。

　しかも、そのペースになんだかんだ流されてしまうから怖い。

　昨日の、思い切り笑った顔は、彼が幼く見えて思わずキュ
ンとしたけれど。

「ゆる～？」

「……あっ、円っ」

　名前を呼ばれてハッと我に返ると、円がお弁当を持って、
立っていた。

「今日は、ラウンジで食べない？」

　ニコッとお弁当を軽く持ち上げながら円がそう言う。

「ラ、ラウンジ？」

　あまり馴染みのないカタカナの響きに頭の上にハテナが
浮かぶ。

「うん！　学校案内がてら、行こ！」

　円に手首を掴まれてから、机においていた明人さんお手
製のお弁当を慌てて持って、ふたりで教室を出る。

　正直、理事長室と教室、それから寮の造りしか把握して
いなかったので、ありがたい。

　でもまさか、校舎内で『ラウンジ』なんて言葉を使うな
んて。

　さすが、お金持ち学校だ。

「ここが、ラウンジよ」

　3階にある教室を出て、1階に着くと、広い昇降口、ロ
ビーを通りすぎたそこには広い空間があり、カフェのよう
にテーブルと椅子が並んでいた。

　ゆったりとしたソファ席もいくつかあり、くつろげる雰
囲気だ。

　校舎内のほかのところに比べて、照明がやわらかくて、ホッとする空間。

　所々におかれた観葉植物に癒される。

　テーブルにおかれた小さな花瓶には、カラフルな花が生けられていて、心がウキウキしてくる。

　奥には、ドリンクコーナーや、その隣には、値段がお高めで有名なアイスクリームやチョコレート専用の自販機が３台ほど設置されている。

　うわぁお。

　昨日、寮の３人とタコパをしてこの感覚を一瞬忘れていたけれど、そりゃ、基本的に、私ではなかなか手が届かないものを、日頃からみなさんは食していますよね。

「す、すごいね〜」

「えっ？」

　思わず出た心の声に、円が「何が？」という顔をしながらこちらを見たので、慌てて「なんでもないっ！」と笑う。

　そうだ。

　これは、お金持ち学校にとって普通の光景で、そもそもこんなすごいところに私みたいな一般人がいるのが、おかしな話。

　口を滑らせて、ド庶民だってことがバレたら、一大事である。

「座ろ、座ろ〜」

　円がそう言って、窓側を向いた席を見つけてちょこんと座る。

あんまりキョロキョロしないようにしなきゃ。

「あ、ゆる、これ先生からもらった？」

　席に並んで座ってから、円がブレザーの胸ポケットから出したのは、1枚のカードのようなもの。

　あ、そういえば始業式の日、担任の久保先生に、

『もうひとつ渡すものがあるけど、篠原さんは極めて異例な転入だから、できあがるのに1週間ぐらいかかる』

　と言われたっけ。

　あの時は、なんのことを言ってるのかよくわかんなくて、とりあえずの返事だけしたけれど。

「……何、これ？」

　ラメの入ったホワイトカラーのカードの真ん中に、ゴールドで星音学園の校章が刻まれていて、そのすぐ下に音符がふたつ並んでいた。

「この学園専用のICカード」

「えっ、ア、ICカード!?」

　またもや、“学園専用”なんてめったにないワードだ。

「あれ、聞いたことない？　星音学園の学生証兼電子マネー。学校の外でもこのあたりの区域ならほとんど使える。この学校での買い物はすべてこのカードで支払うの。レストランとカフェ、あそこに見える自販機も」

　円が指差したところに目を向けると、ちょうどアイスクリームの自販機の前にいた女子生徒達が、カードをかざしていた。

「へ～。って、カフェもあるんだ……」

　想像を超えていく星音学園のセレブっぷりに、頭がついていかなくて、固まってしまう。
「うん。ロビー右手にね。あ、そうだ、今日の放課後、寄っていく？」
「えっ、いや、放課後は……ちょっと用事が……」
　放課後は寮の仕事がある。
　それを放っておいて円と遊びに行くなんて絶対ダメ。
「ん？　そうなの？　お家の用事？　ゆるも大変ね」
　円はそう言いながら自分の弁当箱を開く。
　きっと円の言う“お家の用事”は私が考えられないようなすごいレベルのことを示している気がするけど、ここは話を合わせるために「そんな感じ」とだけ返事をする。
　私が特別寮に住んでいるなんて思ってもみないだろう。
「あ、そういえば、円もお弁当なんだね」
　この学校の子は基本、レストランの料理を食べてるらしいから、円がお弁当なんて意外。
「うん。自分で料理ぐらいできなきゃって思ってね。家柄のせいで、何もできない女なんて思われたくないし」
「えっ！　円、自分で作ってるの!?」
「うん。まぁ、食材は母親が寮まで送ってくれるから。そんなたいしたものは作れないんだけどね」
「いや、すごいよ！」
　円のお弁当をチラッとのぞくと、本当に色鮮やかで、栄養バランスもしっかりしてそう。
　円の好感度が急上昇中だよ。

　この世界にも、こういう普通の考えをもっている子がいると思うとうれしくなる。

「ありがとう。ところで、ゆるは寮では暮らさないの？」

「えっ……あぁ」

　円の問いに口ごもる。

　寮には住んでいる。

　特別寮の、屋根裏部屋だけれど。

　もちろん、この学校の全員が寮生活ってわけではないから、私が寮にいないことを不審に思われることはない。

　でも、嘘に嘘を重ねて円に話すのが、罪悪感（ざいあくかん）いっぱいで苦しい。

　円なら、私の事情を聞いても受け入れてくれるんじゃないかって。

　ああ、でもやっぱりまだ話せない……。

「お父さんの、意向で……」

　またやんわりそう答えたけど、円は笑顔を見せて「そっか」とだけ言ってそれ以上は詮索（せんさく）してこなかった。

　この学校で初めて私に話しかけてくれた円。

　そんな彼女が、全然華やかさとはほど遠い私に笑顔で接してくれて。

　いつか絶対、ちゃんと話して、心からもっといろんなことが話せる仲になりたい。

　星音学園ですごす初めての週末。

　いつものように掃除や料理以外の家事を終えると、あっ

という間にお昼の３時。

　自室のベッドにバタンと倒れ込む。

　怒涛の１週間、なんて言ったら、大げさだと思われるかもしれないけど。あんなすんごい学校に行きながらこんな大きな寮の家事をするのは、慣れないことで、だいぶ疲れてしまう。

　この１週間、なんとか終えられたことにホッとする。

　──コンコンッ。

　ん!?

「はいっ」

　突然、部屋のドアがノックされたので、ダランとしてた身体を慌てて起こして返事をする。

「あっ、ゆるちゃん、俺～！　ちょっといい？」

　ドア越しに可愛らしい声がして、声の主が翼くんだということがわかる。

　一体どうしたんだろうか。

　石鹸がないとか、洗濯物が誰かのと間違っているとかの指摘だったらどうしようと思いながら、

「どうぞ」

　と返事をする。

　──ガチャ。

「お仕事お疲れ様、ゆるちゃん」

　ドアを開けた瞬間、そう言ってフワッと笑う彼にとてつもなく癒される。

　なんでそんなに可愛いの、翼くん。

「ありがとう。それで、私に何か用事？」

「うん。ちょっと協力してほしくて！　俺の部屋に、来て
くれないかな？」

「……協力？」

　細かいことを話してくれないまま、クルッと振り返って
階段を降りていく翼くんの背中を慌てて追いかける。

　階段を降りて、2階の廊下を歩いて、あっという間に翼
くんの部屋の前。

　──ガチャ。

「どうぞどうぞ入って～」

「お、お邪魔します」

　終始ニコニコしてる翼くんに部屋に入るように促され
て、遠慮がちに入る。

　翼くんの部屋は、男の子にしては可愛らしくて、ベッド
にはぬいぐるみがいくつか並んでいるし、壁にかけられた
時計も、クマの形をしていて、思わず口もとがゆるむ。

　洗濯物を持ってきて留守の時でも、部屋をジロジロ見る
のは失礼かなと思って、あんまりちゃんと見たことがな
かったから、なんだか新鮮。

「素敵だね、翼くんの部屋」

「うちのブランドのものばっかりだよ」

　ん？　うちの？　ブランド？

　そういえば、私、この寮の3人の家柄のこと、何も知ら
ないや。

　セレブ学校の中でも、さらに桁違いのお金持ちといわれ

る３人。

　一体、どんな家柄なんだ。

「えっと、翼くんのご両親って……」

「母親は、ファッションブランドMilg（ミルグ）の社長だよ。父親が
その親会社の社長なんだ」

「えぇ!?　ミ、Milgの、しゃ、社長さん!?」

　思わず目を見開いて声を大にしてしまった私に比べて、
翼くんはこんな反応にはもう慣れっこのように落ち着い
て、ベッドに腰掛けた。

　ファッションブランド Milg 。

　上品なのに可愛らしさも兼ね備えた、女性に大人気のデ
ザインで、10代20代の女子を虜（とりこ）にしているハイブランド。

　最近は子ども服用のブランドMilg Angel（ミルグ エンジェル）や雑貨中心の
Milg wing（ミルグ ウィング）も新しく展開して大成功とテレビや雑誌でも話
題になっていたっけ。

　そんな有名ブランドの社長が、翼くんのお母さんだなん
て……。

　あ、ミルグウィング、ウィング、……翼。

「Milg wingって……」

「あ、そう！　wing、翼、俺の名前入ってるの！　今はま
だまだだけど、いずれは俺が受け継ぐかな〜」

「そうなんだ……すごいね……」

　予想をはるかに上回った事実に、それ以上の言葉を失う。

「あ、そうそう、協力してほしいっていうのは、うちの店
のことも関係してるんだけどね……」

　そう言いながら、部屋の入り口から見て右にあるドアの
ノブに翼くんが手をかけた。

　──ガチャ。

「わぁ……」

　ドアが開くと自動で電気がついて、中がよく見える。

　これ……。

　ウォークインクローゼット!?

　しかも、すんごく広い!

　横にもまだスペースがありそうで、中へと入っていく翼
くんの後についていってのぞけば、広々とした部屋の周り
の統一感のある棚に靴やバッグがお店の商品のように並ん
でいて、その横にはずらっと洋服がハンガーにかけられて
いた。

「何……これ……」

　見て一瞬でわかるくらい、圧倒的に女性ものが占めてい
る。

「お母さんが送ってくるんだよね〜。昔から新作は俺に着
せるところがあってさ〜。小さい頃はまだしも、そろそろ
やめてほしいな〜って思ってたところだから!　ゆるちゃ
んが代わりに着てくれたらめっちゃうれしい!」

　女性もののデザインを息子に!?

　驚いたけれど、よく考えてみたら、翼くんがなぜ女の子
みたいにフワフワしているのかわかった気がする。

　そりゃ、こんな素敵なブランドを立ち上げてる母親をも
てば、意識だって高くなる。

「それで、これからはゆるちゃんに着てほしいなぁって！」

「えっ!?」

　翼くんの提案に、自分でもびっくりするぐらい大きな声で反応してしまった。

「気に入ったのがあれば、もらってくれてもいいし！　あ、俺が1回着てたりするから、それが嫌だったら無理にとは言わないけど……でも、ちゃんと洗ってるし！」

「いやいやっ」

　そういうことではなくて。

「こんな素敵なもの、私は着られないよ」

　雑誌なんかでしょっちゅう見ていたブランドだけれど、お高めなので、私には到底手が届かないものだったし。

　しかも、こんな地味な私には絶対似合わない。

「何を言ってんの！　ゆるちゃん、すんごい可愛いんだから似合うに決まってるでしょ！　お願い！　実はお母さんにも言っちゃったんだよ、可愛いモデルちゃん見つけたからって」

「えぇ……」

　なんでそんなこと言っちゃうかな……。

「ね？　お願い、いいでしょ？」

　手を合わせて上目遣いの翼くんが私の顔をのぞき込むようにそう言う。

　うぅ、か、可愛い。可愛すぎる。

　こんな可愛い子の願いを聞いてあげないなんて、すごく意地悪してるみたいでいい気持ちはしない。

「ゆるちゃ〜ん、ね？」

「……えっと、」

　確信犯だよ、翼くん。

　そんな顔でお願いされちゃ。

「……わ、わかったけど、ホント、似合わないからね！
私っ！」

　私が折れて、仕方なくそう言うと、目をキラキラさせて
顔を明るくさせた翼くん。

「ありがとう、ゆるちゃん！　大好きっ！」

　ギュッ。

　翼くんは、私の首に腕を回して軽くハグをした。

　可愛い顔をした翼くんだけれど、身長は私よりも高くて。

　ハグの力とか、身体に当たる肩が、ほんの少し男の子を
実感させて、不覚にも、ドキッと胸が鳴った。

「ゆるちゃん着た〜？」

　ウォークインクローゼットの中で着替えていると、ドア
の外から翼くんの声がする。

「……ん〜」

　翼くんに『とりあえず新作からね』と渡された可愛らし
いワンピースを、言われるがまま着てみたけれど。

　取りつけられている鏡で自分の格好を確認しても、やっ
ぱり、服に着られているって感じが否（いな）めなくて、どうも似
合っているようには見えない。

　鎖骨（さこつ）、肩から腕にかけてシースルーになっている花柄の

ピンクシフォンワンピース。

　すごく女の子って感じだけどちゃんとワンポイントに色気があって、本当、服だけ見たらすごく春っぽくてテンションの上がるものだけれど……。

「ゆるちゃ〜ん？」

「うぅ、翼くん。やっぱり変だよ……」

　ドア越しで、翼くんと話す。

「え、何？　ゆるちゃん、うちのブランドのセンスを疑っているの？」

「いや、いや、そういうわけじゃ……」

　——ガチャ。

　慌てて誤解を解こうとすると、先に、クローゼットのドアが開けられた。

　翼くんに、いつもと違う格好をしている自分を見られるのが恥ずかしくてうつむく。

　やっぱり似合わなかったって、絶対思われるよ。

「……ゆるちゃん」

　翼くんの、いつもより低いトーンの声がして、やはり思ってたとおりの反応だとさらに落ち込んでしまう。

「ねっ、言ったとおりでしょ？　私こういうの全然似合わな——」

「すっごく可愛いよ！　ゆるちゃん！　え！　何！　それ本気で言ってんの？」

　突然、両肩を掴まれたかと思うと翼くんの可愛い顔が至近距離にあって、びっくりして固まってしまう。

「えっ、嘘だ」

「これでも人気ブランドの社長の息子だよ？　それでも疑うの？」

「いや……だって……」

「照れてるんだ、ゆるちゃん」

「……っ」

　そりゃ、照れるに決まっている。

　たとえ翼くんの言葉がお世辞だとわかっているつもりでも、面と向かって褒められてしまうと、顔は火照ってしまう。

「こんな可愛いの……着たことないし……」

　学校にいるときはもちろんずっと制服で、寮にいるときは家事がしやすくて動きやすい、Tシャツにスキニーパンツが定番。

　こんな可愛い服を着るという概念が、そもそも私の中になかった。

「絶対似合うからこれからもこういうの着た方がいい！　ゆるちゃん、もともとがすんごく可愛いんだから！　よしっ！　さっそくお母さんに送ってもいい？　ゆるちゃんの写真！　すんごくよろこぶよ、こんな可愛いモデルさん！」

「ちょ、翼くん、買いかぶりすぎたよ……」

　いくらなんでも大げさだ。

　しかも、本当にお母様に送るんですか……。

「ちょっと、ゆるちゃん！　こっち向いて！　ほら、笑っ

て！」

　翼くん、可愛い顔してるのに、今はちょっと小さくツノが見えるんじゃないかってぐらい小悪魔に見える。

　スマホのレンズをこちらに向けたまま、表情やポーズを指示する翼くんは、まるで本物のカメラマンさんみたい。

「よし、ゆるちゃん、スカートの裾（すそ）少し持って〜、いくよ〜」

　──コンコンッ。

　翼くんがシャッターを切ろうとした瞬間、部屋のドアがノックされて、そのままガチャと開けられた。

「ねぇ、翼〜、ゆるちゃん見なかっ──えっ、一体何してんのふたりとも！」

　ドアから顔を出して翼くんに声をかけた瑛斗さんが、私に気づくなり、部屋へと入ってきた。

　どどどど、どうしよう……。

　翼くんひとりに見られるならなんとか耐えられたけれど、まさか瑛斗さんにまで、この格好を見られてしまうなんて！

「これは……あの」

「ちょうどよかった！　待って、翼。ゆるちゃんを撮るんなら、その前にちゃんとメイクも決めたほうがよくない？」

　この状態をどう説明しようかと、口をパクパクさせていると、見ただけですべてを把握しました、って顔で瑛斗さんがそう言った。

　メイクも決めるって、どういうこと？

「俺も今ちょうど、さっき届いた新作のリップ、ゆるちゃ

んに試してみたいって思っててさ！　それでゆるちゃんの
こと探してたんだけど、もう翼とこういうことしてんなら
話が早いな」

「ちょっとエイちゃん、やらしい言い方しないでよね〜。
俺は健全な心でゆるちゃんをモデルにスカウトしたんだか
らっ」

「俺だって健全な心です〜〜」

「エイちゃんは下心と書いて『けんぜん』と読むタイプな
んですね〜」

　ふたりの話がどんどん進んでいって、先が全然見えない。

　つまりは？

「ゆるちゃん、俺の部屋においで〜♪　いいことしてあげ
るからっ♪」

「うわっ、アキちゃんと早凪に言いつけるよ？」

「心配なら翼も来ればいいだろ〜。さ、行こうかゆるちゃん」

「あっ、ちょっ」

　流されるまま瑛斗さんに背中を押されて、私は翼くんの
部屋をあとにして、隣の瑛斗さんの部屋へと向かわされた。

「さ〜入って入って〜」

「ホント気をつけてね、ゆるちゃん」

　私の背中をニコニコしながら押す瑛斗さんと、その横で
ボソッと声をかける翼くん。

　いや、気をつけるも何も！

　一体全体これから何が起こるのかまったく見当もつかな
い私は、促されるまま瑛斗さんの部屋へと入る。

　翼くんの可愛らしい部屋と違って、白と黒のモノトーンで統一された部屋は、瑛斗さんが年上で私達よりほんの少し大人だということを感じさせる。

「そこ座って〜」

　瑛斗さんに案内されたのは部屋の右奥にある白の大きなドレッサー。

「俺ここでちゃーんと見張ってるからね？」

　翼くんが向かいのベッドにドスンと座ってそう言った。

「あの、瑛斗さん……今から何を……」

「言ったでしょ〜？　新作のリップを試してみたいって」

　そう言った瑛斗さんは、ドレッサーの隣にある棚の引き出しを開けて、何かを取り出した。

「neige（ネージュ）の新作リップ」

　瑛斗さんが取り出してこちらに見せたのは、ゴールドのリップスティック。

　neigeといえば、これまた世の女性に人気のコスメブランド。

　たしか海外のブランドだ。

　プレゼントにあげると必ずよろこばれると言われているもの。

　そんなブランドのリップをなぜ、瑛斗さんが？

「あっ、もしかしてっ」

　先ほどの翼くんとの話もあるから、これって……。

「neigeの社長さんって……」

「うん。俺の母親だよ〜」

　なんでもないことみたいにサラッとそう言う瑛斗さん。

　うわ、本当にそうなんだ。

　すごすぎて、声が出ないよ。

「エイちゃんのお母さんはneigeの社長でスウェーデン生まれのフランス育ち。だからエイちゃん綺麗な顔してるんだよね〜」

　と翼くんがつけたす。

　スウェーデン生まれ、フランス育ちの母親……。

　瑛斗さんの容姿がなんでこれほど整っているのか、納得できてしまう。

　すごいな……ヨーロッパの遺伝子。

「じゃ、さっそくメイクしていってもいい？」

　『新作のリップを試したい』って言っていたのに、瑛斗さんは、リップ以外の化粧品も棚から取り出していく。

　どうやら、本格的にやるらしい。

「あ、あの、いいんでしょうか。このワンピースだって、このリップだって、きっとすごく高いのに……」

「なんでそんなに固いこと言ってんの〜。俺達がゆるちゃんに着てほしいし、メイクもやりたいって思ってんだからいいじゃん！」

「……っ、でも」

　なんだかすごく申し訳ない気持ちになってしまう。

「『でも』じゃないの。ほら、鏡を見て」

　瑛斗さんはそう言うと、私の顎に優しく手を添えてから、鏡をまっすぐ見るようにした。

　まるでスイッチが入ったように、コットンと化粧水を取り出して、真剣な表情で私の顔を撫でるように拭く瑛斗さん。

　鏡ごしで、瑛斗さんと自分の距離がすごい近いことを実感して、緊張でドキドキして。

　時折ふれる瑛斗さんの長い指は、しなやかな動きで、指だけで色気を醸（かも）し出していて、それがさらに緊張させて。

　次から次へと、全女子の憧れであるブランドの化粧品が現れて、私の顔に優しくふれていき、鏡に映る自分の顔の明るさがどんどん変わってゆく。

「わぁ……」

　器用にアイメイクを終わらせた瑛斗さんが私から離れると、鏡に、別人なんじゃないかと思うぐらいキラキラしている自分の姿。

「すごい……全然違う……」

「全然違うは言いすぎだけど。ゆるちゃん可愛い顔してるからメイクしたら映えるんだよね～。大人っぽくなった。最後にリップね～、これホント、エロくなるよ～」

「えっ!?」

「ちょっとエイちゃん！　今のはアウトでしょ！　セクハラ！」

　瑛斗さんの最後の言葉に、思わず火照って言葉が出なくなった私と、慌てて横から会話に入って瑛斗さんにビシッと言う翼くん。

「だってホントじゃ〜ん。派手すぎないのに色気出す。自分の親のブランドながら、すげーリップだと思うんだから」

　瑛斗さんは「さ、仕上げ。こっち向いてゆるちゃん」と優しくささやいて私の顎に手を添える。

　瑛斗さんとの距離が一気に縮んで。

　彼のブルーの瞳が、しっかり私の唇を見つめていて離さない。

　高い鼻に、シュッとした顎。

　彫りの深い目もと。

　サラサラのブロンドヘア。

　真剣な表情をしていたら、さらにかっこいい。

　きっと、白馬がよく似合う顔。

「……ちょ、ゆるちゃん見すぎだって」

「えっ」

　瑛斗さんに指摘されて、ハッとする。

　私、そんなに見すぎちゃってたかな？

　でも……。

「す、すみません。瑛斗さんの顔、あんまりにも綺麗なので……思わず」

　見ているだけで吸い込まれるような顔って本当にあるんだって。

　真剣な顔はとくに、色気全開で。

　いつものチャラチャラした感じがなくてよけいに。

「ゆるちゃん、誘ってる？」

「えっ、さ、さそ？」

　リップを塗り終わった瑛斗さんが、スティックを閉じる。

　誘ってるって、なんのことだ。

「ん。上出来。このまま、ゆるちゃんのこと食べちゃいたいな〜」

　瑛斗さんは、頭にハテナを浮かべた私に、お構いなしに頭に優しく手をおいて撫でてから、そのままその手を私の頬に持ってきた。

「ちょっとエイちゃん！　そんなこと言ったらまた早凪に怒られ——」

「俺が何？」

　部屋のドアのほうから、無気力ながらもどこか芯のある声がしたので、一斉にそちらに視線を移す。

「早凪くんっ」

　ドアの縁に肩を預けながら腕を組んで、こちらを見ている早凪くんの姿に思わずびっくりして声を出す。

「……何してんの？」

　うっすら、眉間にしわを寄せた早凪くんがそう聞く。

「何って、ゆるちゃんをもっといい女にしてるだけだよ〜！　ほら見て、すっげぇ綺麗でしょ！　Milgのワンピにneigeのコスメなんて、贅沢なコラボだよね〜」

　テンション上がった瑛斗さんが少し早口でそう言うと、翼くんも立ち上がって私のほうへと向かってくる。

「このワンピース、すっごいゆるちゃんに似合ってるでしょ？　今の季節にぴったりだし、それにこの柄が——」

　——グイッ。

「へっ、ちょ」

　翼くんが熱心に、ワンピースのことについて語り始めているると、突然、早凪くんが不機嫌な顔をしたままこちらへと向かってきた。

　私の手を引っ張り、そのままもうひとつの手を私の腰に回して、あっという間に、私の身体は早凪くんの腕の中におさまってしまった。

「ちょっと、早凪くん？」

　いきなりのことでびっくりして、フワリと爽やかな柑橘系の匂いが香る中で、彼の名前を呼ぶことしかできない。

「まぁまぁ、そんなに怒んないでよ早凪。俺達だってよかれと思って」

「そうだよ！　それに、今から俺は、ゆるちゃんの写真をお母さんに送らなきゃいけないの！」

「そんなの知らない」

　し、知らないって……。

　そりゃ、私も最初は戸惑ったけれど、瑛斗さんと翼くんのふたりがあまりにもよろこんでくれるので、こんな私でも何か役に立てるなら、と思う。

「早凪くん、私がふたりの力になりたいって思ったの。それに、こんなの初めてで正直、すごくうれしい……」

「……はぁ」

「えっ!?」

　肩と腰に完全に巻きついた彼の腕は、ギュッと強くて、簡単に解くことができない。

　そんな中、耳に彼のため息がかかって、くすぐったくなって思わず身体がビクッとする。

「ゆるはホント、なんにもわかってない。ちょっと来て」

「えっ、まって、早凪くんっ」

「あー！　ちょっと早凪！」

「俺まだゆるちゃんの写真撮ってないのに〜！」

　私の声もふたりの声も完全に無視して、早凪くんは私の手を掴んで瑛斗さんの部屋を出てから、スタスタと廊下を歩き、隣の部屋のドアを開けた。

「ねぇ、早凪くん、ちょっとっ」

　突然の早凪くんの不機嫌な態度と行動に、「落ち着いて」となだめようとするけど、全然聞いてくれなくて止められない。

　部屋のドアが、バタンと閉まる音が聞こえると、早凪くんはベッドの前に立ち止まり、私の肩を掴んだ。

　その次の瞬間、身体が浮いて。

　一瞬で、全身がふんわりとしたものに包まれ、同時に、端麗な顔がこちらをまっすぐ見ていた。

「早凪……くん？」

　なんて状況なんだ。

　こんなにカッコいい男の子に、ベッドに押し倒されているなんて。

　身体を預けているベッドからはさらに、早凪くんの匂いがして、妙にドキドキしてしまう。

　まるで、全身を彼に包まれているみたいな。

「ゆるにこんなもの必要ない」

「えっ？」

　細くて白い指先が顔の前へと伸びてきて、私の唇に彼の親指が優しくふれたかと思うと、ほんの少しだけ強めに拭われた。

　彼にふれられた唇がすごく熱をもつ。

　顔はもちろんのこと、早凪くんと密着してる身体だって、熱い。

　バクバクとうるさい私の心臓の音は、早凪くんにも聞こえてるんじゃないかと思うほど。

「……必要、ないって」

　少しムッとしてしまったけど、すぐに、私が悪かったと落ち込む。

　瑛斗さんと翼くんに大げさに褒められて、どこか舞い上がっていた。

　そりゃそうだ。

　庶民の私が、高いブランドものを身にまとったって、いきなり綺麗になるわけなんてない。

「ご、ごめんなさ──」

「ゆるはそのままでいい」

「えっ……」

　反省して謝罪の言葉を述べようとしたら、早凪くんの意外なセリフが聞こえてきて、伏せていた目を上げる。

　バチッと音が聞こえたかと思うほど、彼の瞳が私をしっかりと捉えた。

「だから、これも脱いで」

　っ!?

　え、早凪くん今なんて??

　コレモ、ヌイデ？

「な、何を言ってるの？」

「ゆるの匂い、消えるから。だからその甘ったるいの早く脱いで」

　いやいやいやいや、脱いでって!?

「そんなこと無理に決まって——」

　ふざけた早凪くんの冗談に抵抗していると、背中に、何かがふれた。

「いいから、脱いで。それとも手伝ってほしい？」

「へ、ちょ、何して！」

「暴れないで」

　ワンピースの上から、背中に伝わる感触。

　早凪くんの手が私の腰にふれて、そのままスーッと上へ滑る。

　そして、背中のスライダーをつまんだままピタリと手が止められた。

　もしかして、本気で、脱がすつもりなの!?

「いやいやいや、着替えの服、今ここにないし」

「カンケーないよ。あんな風に瑛斗にふれられてんだから。お仕置きだよ、お仕置き」

　早凪くんがそう言った瞬間、ジーッとうしろのスライダーが少し下ろされた音がして。

「っ、ちょ、ちょっと待ってよ早凪く――」

　ガチャ!!

「早凪っ!」

　部屋のドアが勢いよく開けられたかと思うと、目の前に
いる彼を大きく呼ぶ声がした。

　スライダーにかけられた早凪くんの手は止められて、私
と彼は同時に、視線をドアに向ける。

「アキ……」

「……明人さん」

　ドアの前に立っていた明人さんは、スタスタと部屋に
入ってきた。

　一瞬のうちに私から身体を離した早凪くんから、スルリ
と私の手を捕まえて、その場から解放してくれた。

「で、早凪が怒ったと」

「そんな、感じです」

　明人さんに助けられたあと、翼くんの部屋に戻って急い
で着替えてからメイクを落として、今は厨房で、明人さん
にことの経緯を説明しおえたところ。

「ほんっとごめんな、ゆるちゃん!　最近暴走しすぎだよ
な、早凪」

「いえ、びっくりはしましたけど……」

　明人さんが謝ることではないんだもん。

　それに、早凪くんももちろんだけど、特別寮の３人にふ
れられること、嫌じゃないって心のどこかで思ってる自分

がいるんだ。

　ちゃんと、向き合ってくれてるって伝わるから。

「ゆるちゃんには、3人に、とくに早凪に振り回されて大変な思いさせちゃってるから、悪いなって思ってるんだけど、でも内心、あいつらの楽しそうな姿にホッとしてるんだよね」

「楽しそう……？」

「あぁ、前に言ったでしょ。この学校、とくにこの寮の奴らは他人のやることに興味がない。ゆるちゃん来てまだ数日だけど、あいつらの様子が全然違うんだ」

　3人のことをきっと一番近くで見ている明人さんにそう言われて、正直、うれしくなってしまう。

「タコ焼きのことも、俺のケーキのことも。ちゃんとお礼を言ってなかったし。改めて、本当にありがとう」

「いえ、そんなっ」

　たいしたことはしていない。

　私自身、楽しい思いをしているし。

　初めは不安ばかりだったけど、3人や明人さんが私を受け入れてくれていることがすごくうれしい。

「それから、ワンピースにメイク、すっごい似合ってたよ。早凪が落ち着かないのもわかんないでもない。ゆるちゃんはそのままでも、すごい魅力的だからさ」

「えっ」

　驚きで思うように声が出なくて、固まった私をよそに、明人さんは「ちょっと貯蔵庫に行ってくる」と言ってから、

厨房をあとにした。

『そのままでも、すごい魅力的』って……。

きっとお世辞だってわかってるつもりではいるけれど。

メイクして早凪くんに『必要ない』って言われた時は正直落ち込んだけれど、『そのままでいい』って言ってくれたし。

こんな平凡な私だけど、みんな受け入れてくれてるのかな……。

秘密がバレました

「じゃあ、そろそろいってきます！」

　週末明けの月曜の朝、食器洗いを終えてエプロンを外しながら、明人さんに声をかける。

「あぁ、弁当、忘れないでね！　いってらっしゃい！　今日も楽しんで」

　爽やかな笑顔で手を振ってくれた明人さんに、朝からすごく幸せな気持ちになりながら、寮生3人とは別の出入り口から出る。

　周りを確認しながら、校舎を囲う木々の間から大回りして裏門へと向かう。

　この道にももうだいぶ慣れた。

　生徒のほとんどは正面玄関から来るし、裏門は基本職員の先生方が車を止めるスペースがあるぐらい。

　校舎の裏から昇降口に向かうと、チラホラ登校中の生徒達が見えてくる。

　同じクリーム色のブレザーに、グレーとピンクのチェック柄リボン。

　最初は絶対無理かもって思っていたけれど、私はここにちゃんと馴染めているのかな？

　とてつもなく広い校舎をひとりで歩くのはまだ少し緊張するけれど、最近は、まだこの学校の知らないところをたくさん知りたいなって思うようになってきた。

　お昼休みに今度は自分から、円に、校舎のほかのところも案内してくれないかお願いしてみよう。

　円ならきっと、快く案内してくれそうだ。

　円以外に、まだちゃんと話せる友達がいないから、今はすぐにでも円に会いたい。

　そう思っていると、あっという間に教室の前に着いた。

　この瞬間、まだまだ緊張しちゃうな。

　ザワザワとしている教室は、なんだかいつにも増して賑やかな気がして。

　少し深呼吸してから、教室の扉に手をかけた。

　——ガラッ。

「は!?　何これ、特別寮の新入り？」

「えっ!?」

　クラスメイトのそんな声がして、身体がビクッとする。

　今、特別寮の、新入りって言った？

　聞き間違い、そうであってほしいと思うけど、私が入った瞬間静まる教室に、心臓がバクンと音を鳴らした。

　シーンと静まり返る教室。

　怖くて顔を上げられないけれど、みんながこちらに視線を向けているのはなんとなくわかってしまった。

「篠原さん、どういうこと？」

　クラスメイトの女の子にそう声をかけられて、ゆっくりと顔を上げると、やはり、全員が私に注目していた。

　私に声をかけた女の子は前の席で腕を組んでいて、顎で黒板を指した。

え。な、なんだ。

恐る恐る、黒板へと顔を向ける。

「……っ、何……これ」

私が特別寮に入っていく姿や、出ていくところが写真に撮られていて、黒板には、それが何枚も雑に貼りつけられていた。

そして、写真の周りには、『父親借金』とか『嘘つき』とか『貧乏人』とか、そんな言葉が大きくプリントされていた。

ほかにもいろいろと書いてあったけれど、それ以上見たくなくて目を伏せる。

「何これはこっちのセリフなんだけど？　あなた、どういうつもりでその制服着ているのかしら？」

ゆるく巻かれたブラウンヘアを耳にかけながらその子が言う。

「えっ、いや、これは……」

どうしよう、思うように言葉が出てこない。

心臓がバクバクと嫌な音をたてて、冷や汗がじわっと出てくる。

みんなに嘘をついて、格下のくせに同じ制服を着て、まるで同じかのように装って。

そりゃ、みんないい気持ちしないに決まっている。

でも……まさかここまで目の敵にされるとは。

「どんな卑怯な手を使ったのか知らないけど、あなたみたいな下層階級の人間がこの学校にいて、しかも同じ制服を

着てるってだけでありえないのに、あの特別寮に住んでいるですって？　ふざけないでよ！」

　どうしよう。

　何も言えない。

　感覚が麻痺していた。

　明人さんや特別寮の３人に優しく迎えてもらえて、もしかしたら、クラスのみんなだってって、心のどこかで思ってたりもして。

　でも、違う。そりゃそうだ。

　でも……。

　会いたいと思っていた人物を必死に探す。

　彼女なら、きっと、すべてを受け入れてくれるかもしれないって……。

「あっ、まど……」

　大好きな彼女を見つけて、バッチリ目が合ったのに。

　プイッと目を逸らされてしまった。

　嘘……円……。

　彼女と笑い合った時間が、彼女が向けてくれたとびきりの笑顔が、一瞬で崩れていく感覚に襲われる。

「とにかく、私達はあなたを認めない。ここにあなたの居場所はないから」

「……っ」

　ユラユラと視界が揺れてぼやける。

　こんなことで泣くなんて、情けない。

　少し考えたらわかることなのに。

　あの３人が特別だっただけで、やっぱり、ここにいる人達とは世界が違う。

　私がみんなと同じになんて、なれないんだ。

「……っ、ごめんなさ、いっ」

　私はそれだけ呟いて、走って教室を飛び出した。

「うっ、……どうし、よう」

　今、寮に帰ってしまえば、明人さんと顔を合わせることになる。

　昨日、明人さんにたくさんうれしいことを言ってもらってこれからもここでもっとがんばろうって思えたのに。

　そんな日の翌日にこんなことって……あんまりだ。

　寮に帰ることも、あの教室に戻ることも絶対できなくて。

　教えてもらったラウンジにトボトボと向かって、円と前に座った席に腰を下ろすと、朝礼が始まったことを知らせるチャイムがちょうど鳴った。

　ただでさえ特別な転入だから、サボりなんて許されることじゃないけれど、もう自信がなくなってしまった。

　あのみんなの視線、円のあの目だって……。

　これからいくらがんばったって受け入れてもらえるとはとても思えない。

「はぁ……」

　テーブルに上半身を預けて、腕の上に顔をおいて目をつむる。

　今日の嫌なことだけ、全部夢だったらいいのに。

「疲れが出てきた頃かな」

　少しの間、目を閉じて考え込んでいたら、聞き覚えのある、穏やかなのにどこか貫禄のある声が耳に入った。

　グテッとなっていた身体を慌ててまっすぐにして、声のしたほうを見る。

「や、山寺理事長！」

　目線の先にいた人物に目を疑って、思わず立ち上がる。

　ほんっと、今日は災難な日だ。

　なんで、こんなサボってしまっている時に、始業式以来全然会ってなかった理事長と会ってしまうんだ。

「す、すみまっ——」

「ああ、大丈夫。とりあえず座りなさい」

　理事長はそう言うと、私の隣の席からひとつ空けて腰を下ろした。

　小さく「はい」と返事をして、私も座る。

「公になってしまったらしいね。きみの秘密」

「えっ……なんで」

　なんで、今さっき教室で起こったばかりのことを理事長が知っているんだ。

「担任の久保先生から聞いたよ。すごく慌てた様子で理事長室に来たから、何事かと思ったら……」

　きっと、理事長や明人さん以外の先生達も、私が特例の転入だってことは知ってても、その理由やいきさつなんかは知らないだろう。

　久保先生も、黒板のあれ、見たのかな。

「すみません、私の意識が足りないばっかりに、あんな風にバレる形になってしまって……もう、教室に戻れそうになくて……」

　クラスメイトのあの目や空気を思い出すたびに、身体が震えてしまう。

「バレる、ね。そもそも、周りに隠すってのは神部くんの提案だろう。私はそんなことわざわざ隠すことでもないと思うけどね」

「いや、でも……」

　バレた結果、このざまだ。

「そういうところ、父親にそっくりだね。一体誰に気を遣う必要があるんだ。きみの父親も、私は学生時代からの友人だっていうのに会社が大変な時、全然話してくれなかったし、頼ってくれなくてね。人はたくさんの人と支え合って生きていくものだよ」

　理事長の穏やかな口調が私の心に沁みる。

「特別寮の３人、きみが来てからすごく変わったって、神部くんがうれしそうに報告してくれたよ。寮生のことを考えて積極的に働いてくれるって」

「えっ……明人さんが？」

「あぁ。明人は私の亡くなった姉の息子でね。今は寮のシェフとして働いてもらっているけれど、ゆくゆくはこの学校の理事長を任せたいと思っているんだ。そのことも彼には伝えている。だから、この学校がどういう方向に進んでいくか、ということはつねに考えているはずだよ。私は、君

を預かることになり、責任のあることを引きうけたと思ってはいたけれど、君が生徒へのいい影響力になっているのは間違いないわけだ。それをわからない人達の言葉なんて気にしなくていい」

「理事長……」

まさかこんなことを言ってもらえると思わなくて、鼻の奥がツンとして、目からジワっと涙があふれる。

「こんなことでへこたれてちゃ、この先この学校でやっていけないぞ」

「うっ……はいっ、ありがとうございます」

初めて屋根裏部屋に案内された時、ベッドに綺麗におかれていた制服。

たしか、理事長が用意してくれたって明人さんが言ってたっけ。

理事長は、本当に優しい人なんだな。

「理事長、この制服も用意していただいたみたいで、ありがとうございました。お礼が遅くなってすみません」

「いや、本当によく似合ってるよ。それから……」

サラッと言われた『似合っている』という言葉に、内心うれしくなって、にやけそうになる口もとを必死に押さえていると、理事長がスーツの内ポケットに手を入れて何かを取り出した。

「久保先生から渡してもらうはずだったんだがな、このタイミングで渡しておくよ」

「えっ……」

　差し出されたのは、ゴールドのICカード。

　円に前に見せてもらったあのカードに似ているけれど、カラーが違う。

　たしか、円が持っていたのは、ホワイトのカラーにゴールドの校章がついていたはず。

「このカードのことは知ってるかね？」

「あ、はいっ、聞きました。でも、これは色が……」

「このカードは特別寮の生徒しか持てないものだからね。ほかの生徒とは少し違う」

「えっ!?　そんなカードをなぜ……」

「なぜって、住んでるのは特別寮だろう。それに、この学校にいる以上、保護者はこの私だ。何か必要なものがあれば、学校近くのショッピングモールでこのカードを使って買い物すればいい。この区域ならほとんどのところで使えるから」

「……っ、えっ」

「何を固まっているんだい。落ち込んでいるヒマはないぞ。今日の午後から出張で私は留守にするから、今後も何かあれば明人に話しなさい。彼は口うるさいがまっすぐで立派な人だから」

　理事長は、固まってる私をよそに、少し早口で話してから、あっという間に席を立って「ではまた」と言って、ラウンジをあとにした。

「た、ただいまです」

「あれっ、ゆるちゃんどうしたの！　学校は？」

　厨房でレシピ本を開いて読んでいた明人さんに控えめに声をかけると、大きく見開いた目がまっすぐこちらを見た。

「ちょっと……いろいろありまして」

　そう言いながら厨房に入ると、そばにあった椅子をこちらの方に向けてくれた明人さんの優しさにほっこりして。

「お茶を淹れるね。なんかあった？」

　優しくそう聞く彼にコクンとうなずいて、教室に入った朝の瞬間のことからラウンジで理事長と話したことまでを、明人さんにすべて伝えた。

「そうだったんだ……大変だったね……でも、理事長と話せたんだ」

　何度もうなずきながら聞いていた明人さんが、私がすべて話し終えるとそう言った。

「はい。もう無理だって諦めてた時に話せて、少し元気が出ました。でもまだ、これからどうしていいのか……」

「大丈夫。理事長が味方なら怖いものなんて何もないよ。俺だってここの３人だって同じ」

「っ、ありがとうございます」

「ただ……」

「……？」

　小さく呟いた明人さんに向かって首を傾げる。

「その写真を撮った生徒、誰なんだろう」

「あっ、たしかに……でも、同じクラスはもちろん、別のクラスにもよく思ってない人はいるだろうし、特定するの

は難しいですよね。それに、その人の気持ち、わからなくもないですし。そりゃ嫌ですよ。みんなの憧れの３人の一番近くに私がいるなんて」

　きっと、たまたま今回の人が、私が特別寮を出入りしているのを見つけただけで、その人じゃなくても、いずれきっと誰かがこうしていた。

　犯人が誰であるかなんて、重要じゃないんだ。

　大事なのは、私自身、こんな状況でも、へこたれないでまたがんばれるかどうか。

　翌日、いつもの時間に起き、朝食の準備をして。

　みんなと一緒に、食卓につく。

　昨日は、学校から帰ってきた翼くんや瑛斗さんにいろいろと心配されたけど、「大丈夫です」を突き通した。

　ただでさえ秘密がバレて迷惑をかけてしまっているのに、落ち込んでる顔をしてよけいに困らせちゃダメだって思って。

　学校でも、もうずいぶんと噂は広まっているらしくて、まだ怖いって気持ちが完全になくなったわけではないけれど。

「こんな時に早凪はまだ寝てんの？」

　ベーコンエッグをナイフで切る瑛斗さんが、呆れた顔をする。

「昨日からまた眠気がひどいみたいで。昨日のお昼にご飯は結構食べたから、元気だとは思うけど」

　と明人さん。

「俺だって眠いし！　まぁ、いい。奴の代わりにゆるちゃんを守るという大役、この、星音学園生徒会長の日比野瑛斗がつとめようではないか！」

「エイちゃん座って食べようね。俺も、ゆるちゃんのこと全力で守る！」

「フフッ、ありがとうございます。ふたりとも」

　ふたりの息の合ったやりとりに、少し心がホッとして。

　今日またあの教室に向かうという憂鬱（ゆううつ）が薄らぐ。

　ちゃんと乗り越えなくちゃ。

「あの子でしょ？　特別寮の子」

「え？　特例で転入できたっていうからどんなオーラのある子なのかと思ったら、超地味じゃん。他の庶民でももう少しマシな人いるって」

「もう少し身の程（ほど）わきまえたほうがよくない？」

　昇降口に入ると、一気に周りの注目の的になり、そんな声があちこちで飛び交う。

「貧乏人は貧乏人らしく、そういうところにいればいいのよ。そんな人間と同じ制服着てるなんて、気分が悪いわ」

「特別寮の３人って優しいからさ～。絶対本当は嫌だって！かわいそう」

　聞かない、聞かない聞かない。

　周りの生徒の話し声が聞こえないように、早歩きで教室に向かう。

　正直、手は汗ばんでいるし、緊張で荒くなる呼吸も、さらに私の不安を煽（あお）る。

　負けないって、闘（たたか）うって、決めたんだもん。

　理事長だって、あんな風に言ってくれたし、もちろん特別寮のみんなだって。

　階段を上りおえると、教室の前の廊下で話していた生徒達が、会話をピタッと止めて私を見た。

「行こ……」

　私の顔を見るなり、コソコソとそう言うのが聞こえて、女子生徒達は早足で教室へと入っていく。

　うわぁ……やっぱり無理だ。

　さっきまで、よしっと気合いを入れていたはずなのに、いざ教室に入るとなるとためらってしまう。

　でも……。

「……自分で解決しなきゃ」

　ゆっくりと扉に近づいて、震えながら引手に手をかけた。

　──ガラッ。

　私が扉を開けると、昨日と同様、騒（ざわ）ついていた教室が一瞬で静まり返った。

　そして、少し間があってから。

「はぁ？　どのツラ下げて教室入ってるの？」

「……っ」

「嘘つきの座る席なんてないって」

　コツンコツンと、ローファーで歩く音が近づいてくる。

「従順に言うこと聞けば、私達だって手荒な真似はしない

わよ？　全部、この学校の品位と特別寮の生徒達の生活の
ため。どうせ変に色目でも使って──」

　ギュッと拳を握って深呼吸して顔を上げる。

「……そういう慎みのない言葉遣いは、この学校の品位に
かけてしまうんではないでしょうか」

　自分の声が震えているのがわかる。

「……は、はあ？　あんたねっ！　自分の立場わかってん
の!?」

　と胸ぐらを掴まれる。

　……私の、立場。

「……っ、誰がなんと言おうと、わ、私は今、星音学園の
生徒です！」

「なっ……」

　女の子が私の声に一瞬ビクッとして、その背後にこちら
に目を向けまま下唇を噛んでる円の顔が見えた瞬間。

　──ピンポンパンポーン。

　突然、校内アナウンスが流れ始めた。

『えー、どーも！　生徒会長の日比野瑛斗で〜す』

　え、瑛斗さん!?

「きゃっ！　日比野先輩よ！」

「学年別で校舎が違うから声聞けるだけでも貴重〜！」

　さっきまで、ピキッと凍りついていた教室が、一瞬でザ
ワザワし始める。

『え〜生徒会長から、全校生徒へのお願い、いや、命令です』

　いつもの明るいテンションでそう言う瑛斗さんの声に、

みんな「何ですか〜？」と目をハートにさせながら甘い声
でスピーカーに向かってそう言って。

　私の胸ぐらを掴んでいた女の子も、自然とその手を離し
て、目を黒板の上に設置されたスピーカーに向けていた。

『今、噂になっている、篠原ゆるちゃんのことです』

「えっ!?」

　まさか自分の名前が呼ばれるなんて思わず、体がビクッ
とする。

　私の前にいる子も、視線を少し私に向けて眉間にしわを
寄せた。

　クラスメイトの全員が再び私に注目する。

『彼女が、家庭の事情で俺達と共に特別寮に住んでいるこ
とは事実です。でも、それと同時に、彼女は、俺達、特別
寮の大事な家族の一員でもあります』

『あー！　ちょっとエイちゃん、それ俺が考えたセリ
フー！』

『ちょ、翼、今すげぇ大事なとこ！』

　まさかの翼くんの声もして、いつもと変わらないふたり
のやりとりが、私の心を溶かしてくれる。

　しかも、今……私のこと……。

『家族』

　って。

　喉の奥に何か詰まったような感覚になって、目頭が熱く
なる。

『まぁ、だから、俺達の大事な家族のこと少しでも傷つけ

てみな？』

　お得意のスマイルで話しているのがスピーカー越しでも伝わったと思った瞬間。

『それがたとえ、可愛い女の子達でも……容赦しないから』

　ものすごく低いトーンで最後のひと言を言い放った瑛斗さん。

　私も、クラスメイトの子達ももちろん、聞いたことのない瑛斗さんの低くて威圧的な声に固まってしまった。

『そーそー！　俺達の可愛いゆるちゃんは全力で守るんだからね！』

「っ……瑛斗さん、翼くん……」

　我慢の限界で、ポタポタと涙が滴り落ちる。

『ってことで、生徒会代表、日比野瑛斗──』

『と！　相川翼でした！』

『あっ、ちょ、翼！　せっかくかっこよく締めようと思ったの──』

　──ブチッ。

　瑛斗さんが話している途中で、放送が切れて。

　クラスメイトの子達が、ポツリポツリと笑い始めた。

　すごい……あのふたりのやりとりでこんなにも空気が変わるなんて。

「……フンッ」

　正面にいた子も、私の顔を見ずにそれだけ言うと、身体をクルッとうしろに向けて自分の席へと帰っていった。

「それ、違うでしょ」

へっ……。

教室の扉から声がしたのと同時に、「きゃー!!」という女の子達の黄色い歓声が響いた。

「傷つけたこと、ちゃんとゆるに謝って」

そこには、扉の縁にもたれながらそう言う早凪くんが立っていた。

「……っ、宇垣くん」

早凪くんの姿を見て、1歩あとずさりする女の子。

「ゆるは俺達のこと、一生懸命考えてくれてる。そんなゆるの気持ちを踏みにじるなんて、俺は許さないよ」

早凪くんがそう言うと、女の子は小さく「ごめんなさい」と私に謝ってくれた。

……助かった。

もう、学校には来れないんじゃないかって言われていたぐらい、眠気がひどかったみたいだから、まさか来てくれるなんてこれっぽっちも思わなかった。

しかも、早凪くんはスタスタと私の方へと向かってくるではありませんか。

そして、手を私の肩に回して、すぐに密着した。

「ちょ、早凪くんっ!?」

み、みんな見てるよ!?

周りには、見てるだけで赤面してる子や、口もとを押さえている子がちらほら。

「ジッとしてて。まったく、何かあったら呼んでって言ったのに」

早凪くんは、そう私に耳打ちすると、再びみんなの前に顔を向けた。

「ゆるに文句ある人は、俺に言って」

早凪くんがあんまりはっきりと言うから、少し恥ずかしいのと同時に、うれしくなる。

クールでマイペースなだけじゃない。

ピンチの時、早凪くんはいつもこうやって私を助けてくれる。

今までとは違う、早凪くんに対しての胸の温かさと高鳴り。

クラスメイトからも「宇垣くんがそう言うなら……」とポツリポツリそんな声が聞こえて。

「ん、ゆる行くよ」

「えっ、ちょっ」

突然、早凪くんは私の腕を掴んで引っぱった。

細身で色白の早凪くんの見た目からは少し意外と思っちゃうぐらい、ちゃんと力が強くて男の子で。

立ち止まる余裕なんてなく、私は早凪くんに掴まれたまま、一緒に教室をあとにした。

「早凪くんっ！　どこ行くの？　朝礼始まっちゃうよ!?」

スタスタと歩いていく早凪くんに歩くスピードを必死に合わせながら、その背中に向かってそう聞く。

「帰るんだよ」

「え、か、帰る!?」

　早凪くんのマイペースな答えに驚いて聞き返す。
「秘密の場所、ゆるにだけ教えてあげるから」
　早凪くんは足を止めると、首をこちらに回して少し意味ありげにニッと笑ってから、再び歩き出した。
　秘密の……場所？

　校舎を出て早凪くんが向かっている先は、やはり特別寮。
　彼がフワァとあくびをしているのを確認する。
　早凪くん、今日も眠いのに無理して私のこと助けにきてくれたのかな。
　休むなら、私がいないほうが断然落ち着くはずなのに。
　頭であれこれ考えていると、あっという間に寮に着いて、いつも使ってる裏方専用の入り口とは別の、寮生の使う正面玄関に来てしまった。
「あの、早凪くん、私、教室戻らなきゃ」
「…………」
　玄関に入ってやっと立ち止まった背中に声をかける。
　早凪くんは特別寮の生徒だから自由で何をしていてもいいかもしれないけど、私はそうはいかない。
　ちゃんと出席して授業を受けて、単位を取れるようにしなきゃ。
　昨日、サボっちゃったし……。
「早凪く――」
「お！　早凪、帰ってきてたんだ、って……ゆるちゃん!?　やっぱり教室行くの難しかったかな？」

　反応のない早凪くんにまた声をかけようとしたら、明人さんがひょこっと現れた。

「あ、いや、特別寮のみんながいろいろ助けてくれて、なんとか……」

「へえ！　やるじゃん、3人とも。あれ、でもじゃあ、なんで……」

「俺がゆる不足だから」

「へっ!?」

　早凪くんの返答にびっくりしながら、固まっていると、再び手首を掴まれて、彼はズンズンと歩いていった。

「ここって……」

　連れてこられたのは、寮の屋上。

　そこには、大きなテントとフワフワしたハンモックが設置されていて、まるでグランピング施設のよう。

「俺の秘密基地」

　早凪くんが得意げに口角を上げた。

「すごい！　屋上にこんな素敵なところがあったなんて！」

　夢のような光景に、口もとがゆるんでしまう。

　大きくて頑丈そうな白いテントの中には、ソファやテーブルまでついていて。

　それになんたって、見たことないくらいのフワッフワのハンモック。

　あんなものに横になったら絶対気持ちいいに決まっている。

　フワフワのハンモックに見惚れていると、早凪くんがそ

ちらにテクテクと向かって、慣れているようにそのハンモックに横になった。

「ゆるもおいで」

「……っ、え？」

　何を言ってるんだ早凪くん。

　おいでってどういう意味。

「今日、ホントはすっごく眠かったのに、ゆるのせいでがんばって学校に行ったんだよ。もうクタクタ」

「えっ……そうだったんだ。ごめんなさい」

　少しだけハンモックに近づいてから、彼に謝る。

「謝らなくていい。その代わり、抱き枕になってよ」

「だ、抱き枕!?」

　そういえば、前にもそんなこと言われたけど……でもそれって、私も同じハンモックに横になるってこと!?

「ほら、気持ちいいでしょ？」

　早凪くんの長い指が私の手を優しく掴んでから、ハンモックにふれさせた。

　今までさわってきたフワフワしたもので一番気持ちいいっていうぐらいさわり心地がよくて、そんなものに包まれながら寝ている早凪くんが羨ましくなる。

「すごいね、ホントフワフワ」

「ね、ゆるもおいで」

「いや……でも……」

　ハンモックって安定感のないイメージだし、そもそもふたりの体重を支えてくれるのかも不安だし。

　でも正直、このハンモックには興味があるし横になって
みたいって好奇心もすごくある。

　でも……。

「いいから早く」

「わっ、ちょ、わかったから、待って！」

　グイッと手を引っぱられた拍子に、身体が早凪くんのほ
うへと前のめりになって転びそうになり、必死にバランス
を保つ。

「ゆるのせいで眠いのに」

「わ、わかったから、わかったから」

　そう返事をしながら、慎重に早凪くんの隣へと身体を
もっていく。

「まずは座って、そのままここに頭をおいて最後に足を上
げる」

「わっ！」

　早凪くんに言われたとおりにしたら、あっという間に、
フワフワの布に包まれて。

　手だけでふれるよりも、うんと気持ちいい。

　こんな素敵なもので寝ているなんて、早凪くんは羨まし
すぎるよ。

「ほんっとこれ、気持ちいいね！」

「でしょ」

「……っ、」

　あまりの気持ちよさに、思わず顔を早凪くんのほうに向
けたけど、思ったよりも顔が近すぎて、とっさに顔をそむ

けた。

「ゆる、こっち向いて」

「っ、あの、私やっぱり降りる」

　顔をそむけながらそう言ったのに、早凪くんの細くて綺麗な指が私の顎を優しく持って自分のほうへと向けた。

　バチッと至近距離で目が合う。

「ダメに決まってるでしょ」

「へっ、ちょ」

　ハンモックから身体を離そうとすると、早凪くんの手が伸びてきて私の身体を引き寄せた。

「言ったよね。ゆるは俺の抱き枕だって」

「そんなこと許可した覚えないよ……」

　そんなことを言いながらもこのドキドキとハンモックのゆらゆらが妙に心地よくてこのままでもいいかもと思ってしまう。

「ん、やっぱり落ち着く。ゆるの匂い」

「……そんな特別なもんじゃないよ。早凪くんは、どうして私のことかばってくれたの？」

「どうしてって、家族のことを守るのに理由いるの？」

「……家族」

　早凪くんの口から意外な言葉が出てきて、内心びっくりしてしまう。

　人のことに興味がないといわれている早凪くんから、まさか『家族』って言葉が出てくるなんて。

　何もない私が、そんな風に思われていいのだろうか。

「学校でもこれからちゃんと一緒にいるから、これぐらいのわがまま許してよね」

　早凪くんは、私の耳もとで優しくそうささやくと、すぐに気持ちよさそうな寝息を立てた。

「はぁ？　そんなことしたら、みんなよけいにゆるちゃんに近づかないでしょーが！」

　夕飯どき。

　今日学校で起きたことを、みんなで明人さんに報告すると、そんな声が返ってきた。

　早凪くんと屋上ですごした私は、結局お昼まで彼と寝てしまって。

　明人さんに勝手に早退したことを謝りながら、普段できないところの掃除をしたりした。

　明日からはまたちゃんと学校に行かなきゃだけど、3人が助けてくれたことで、また別の意味での緊張が出てきてしまう。

「ゆるに近づく輩がいなくなるのは、いいことじゃん」

「それは早凪にとっていいことな。ゆるちゃんは違う。あんな世界、ひとりじゃとても大変だ」

「だから、俺がゆるといるって、ずっと」

「えっ、早凪くん……」

　『ずっと』。

　その言葉に胸がトクンとなってしまった。

「ずっとって、早凪には難しいでしょ？　いつ眠くなるか

わかんないし１日の３分の２は寝てるじゃん」

「瑛斗うるさい」

「はぁー？　俺はゆるちゃんのこと思って言ってんだよ！　なんなら俺がゆるちゃんと一緒にいるし」

「えー何それずるい！　俺もゆるちゃんといるー！」

　みんなが口々にそう言い出して、少し恥ずかしい気持ちになる。

　みんなホント、優しすぎるよ。

「瑛斗や翼が、しょっちゅうゆるちゃんの教室に顔出すたびに、教室はざわつくだろうし、同じように騒がれんなら、同じクラスの早凪と一緒にいたほうが自然っちゃー自然だけどなぁ」

　んーと考えるポーズをしながらうなる明人さん。

「俺が一緒にいるって」

「突然眠くなったらどうすんの。朝きれない時とか」

「それは……」

「それは？」

　口ごもる早凪くんに詰め寄る明人さんの顔をチラッと見て、また目をそらす早凪くんが口を開いた。

「がんばる」

「がんばるって……まぁ、がんばることが嫌いな早凪が自分からこんなこと言ってるのは珍しいし、ゆるちゃん、いいかな？」

　仕方ない、と笑った明人さんに私はコクンとうなずいた。

「あ！　いいこと思いついた！　明日ゆるちゃんをVIP

ルームに案内しようよ！」

　翼くんのセリフに、私の頭にハテナマークが浮かぶ。

「VIPルーム？」

「あぁ、そういやそんなところがあったな。全然使ってな
かったから存在自体を忘れてたわ」

　瑛斗さんがそう言いながら視線を私のほうへ向けた。

「VIPルームっていうのは、ラウンジの上にある特別寮生
専用ルームのことなんだ。吹き抜けになってるラウンジの
横にガラス張りになってる部屋があるのが見えると思うん
だけど、ゆるちゃんまだ見たことない？」

「そんな部屋があるんですか！　ラウンジには何回か行き
ましたけど、全然気づきませんでしたっ」

　VIPルームって……すごいなぁ……。

　響きだけでなんだかワクワクしてしまう。

「じゃあ、明日の朝にみんなでVIPルームに行ってから教
室行こうよ、ね、いいよね早凪」

　翼くんが可愛い顔で早凪くんを見つめながらそう言う。

「……まぁ、いいけど」

　なんだか少し不服そうな早凪くんだけど、とりあえず許
可してくれたことにみんなホッとする。

「あとは……ゆるちゃんの写真を撮って教室に貼りつけた
犯人が誰かってことだな」

　明人さんが厳しい顔になってそう言うと、3人の寮生の
顔も一気にピリついた。

「おはよー」

　翌日。

　いつものように登校前にリビングで朝食の用意をしていると、背後から眠そうな早凪くんの声がした。

　普段、不眠症の早凪くんはもちろんのこと、ほかのふたりも寝ている時間なので珍しくてびっくりする。

「お、おはよう。早凪くん、早いね」

「ん。朝からあのふたりも一緒に学校に行くのかと思ったら、先にゆるのこと独り占めしようと思って」

　私の顔をじっと見つめながら、どんどん近づいてくる早凪くん。

「あ、あの、今、朝ご飯の用意を……」

　ちょっと急いで準備をしようとすると、目の前に早凪くんの姿が。

「こんなに早起きしてたら体力もたないから、ゆるのパワーわけてよ」

「何を言って……」

　早凪くんがうしろからいきなり腰に手を回してくる。

「ちょ、危ないから……」

　手に持っていたコップを慌てて机の上においた。

　顔を私の首筋にくっつけて深呼吸をしている。

「ちょ、ちょっと……早凪くん……」

　どう対応していいか困っているところに、キッチンから音が聞こえてきた。

　そうだ、明人さんがキッチンで朝食作りの真っ最中。

「ダメだよ、早凪くん。明人さんに怒られちゃう」

　このままだとどうなっちゃうのかな、なんて期待も少なからずどこかにあって。

　でも、ドキドキする気持ちを押さえて、早凪くんをなだめるように話す。

「……あとちょっとだけ。いいでしょ、ゆる」

「う、ちょっとだけね」

　こうやって、早凪くんにはなぜかとことん言いくるめられちゃう。

　それがまた、嫌じゃない自分がいるから、困ったもんだ。

　早凪くんに抱きしめられて心地いいのは事実だし。

　身体で早凪くんの熱を感じながら、私はそのまましばらく早凪くんに包み込まれた朝の時間をすごした。

「うわぁ……本当にこんなところが」

　あれから無事、みんなで朝食を食べ終わり、早速３人と一緒に登校して、周りに注目されながらラウンジに到着すると、３人が見上げている吹き抜けの壁に、たしかにガラス張りの部屋があるのが見えた。

「さ、行こう」

　瑛斗さんの声で、ラウンジの端にある専用の階段を上り、進んでいく。

　階段を上ると、一気に世界が変わったように、壁の色や照明が特別感を醸し出す。

　少し廊下を歩くとすぐにVIPルームと書かれた上品な扉

が見えた。

「ここで登場するのが～じゃ～ん♪」

　そう言って瑛斗さんがブレザーの胸ポケットから出したのは、ゴールドのICカード。

「ゆるちゃんも、もらってるよねこのカード」

「あっ、は、はいっ」

「この部屋は特別寮以外の生徒の出入りを禁止しているから、特別寮生だけが持っているこのカードでしか開かないんだ」

「うわぁ、すごいですね」

　ホント、ここが学校だってことを毎秒忘れそうになってしまうよ。

「あ、じゃあ、せっかくだからゆるちゃんが開けてみれば？」

「えっ、そんなっ」

　翼くんの突然の提案に慌ててしまう。

　なんてこと言うんだ翼くん、私が開けるなんて、そんなこと……！

「早くしないと授業が始まる」

「うっ……」

　まさかの早凪くんにも急かされてしまい、私は渋々、胸ポケットに入れていたゴールドのカードを取り出す。

「ここのセンサーにかざすの」

　そう言って瑛斗さんが指差したドア横のカードキーセンサー。

　うわぁ。

　これ、本当に開くのかな、私のカードで。

　特別寮の３人と同じゴールドカラーだけど、私は３人みたいにお金持ちじゃないし、仕様は少し違うんじゃ？

　そんなことを頭の中でグルグルと考えながら、遠慮がちにカードをかざす。

　これで開かなかったら恥ずかしい。

　そう思っていると。

　──ピッ。

　と電子音が鳴ったと同時に、目の前の扉が自動で開いた。

「嘘……開いた」

「何言ってるの、当たり前でしょ？」

　瑛斗さんが笑いながら部屋へと入っていくと、そのうしろを翼くんがついていき、ふたりがVIPルームへと入っていく。

「わぁ～ここからの眺め最高じゃ～ん。ほらふたりもおいでよ」

　部屋の中央にある大きなソファに座った翼くんが、目の前のガラスのむこうに向けていた目線をこちらに向けなおしてそう言うので、私も恐る恐る部屋へと入る。

　私のうしろに立っていた早凪くんは、ガラス張りのむこうに見向きもしないで、そのまま奥の部屋へと進んでいった。

「わぁ……」

　ガラス張りのむこうに目を向けると、ラウンジが一望できるのはもちろんのこと、校舎の中心にある中庭の木が太

陽に照らされていてよく見える。

「すっごく綺麗」

「ホント。こんないいとこならもっと早く来るんだったよ」

「なんで、ずっと来てなかったんですか?」

　クルッとソファの方へ視線を向けると、瑛斗さんがいつの間にか用意していた飲み物を差し出してくれたので、お礼を言って受け取る。

「個人で利用することはべつに悪いことじゃないってわかってるんだけど、去年の3年生がホント仲良くここを使ってたの見てたから、そんな雰囲気じゃない俺達には使えないって気持ちがどっかにあって。早凪や翼も口にはしないけど、そんなところだと思うよ」

「そうだったんですか……」

　瑛斗さんが翼くんの隣に座ったので、私も近くにあった椅子に腰掛けて相槌を打つ。

「正直、今エイちゃんと早凪とこうして学校を歩いてることにびっくりしてるんだから」

　翼くんがそう言って、ストローでチューっとオレンジジュースを飲む。

　明人さんからも、3人はあまり仲良くなかったってことは少し聞いていたけれど、こうやって実際に本人達から聞くと、リアルで少しゾクッとしちゃう。

　全然、仲悪そうに見えないのに。

「ゆるちゃんのおかげだよ〜」

「え、わ、私!?」

　突然自分の名前が出てきたので、驚いて自分を指して目を開く。

「正直、ずっと早凪との絡み方がわからなくて。基本、俺が話しても無視だったし。でも、ゆるちゃん来てから、なんか早凪、人当たりがやわらかくなってんだよ」

「それめっちゃわかる！　ホントゆるちゃんが来るまでは、しょっちゅう俺が空気読んでさ〜」

「そんなに……」

　私から見たら、寝てばっかのマイペースで、わけのわからないことを言う自由人の早凪くんだけど、前は違ったのかな。

　少し、前の早凪くんも見てみたかったかも、なんて思ってる自分もどこかにいて。

「早凪はゆるちゃんの匂いが落ち着くって言ってるけど、効果絶大なのかもね」

　……スーパーで一番安い普通のシャンプーで、そんなことを言ってくれるなんて。

「ありがとね、ゆるちゃん」

　瑛斗さんはそう言って、私の頭を優しく撫でてくれる。

「いや、私は何も——」

「瑛斗」

　頭を撫でられるのが少し恥ずかしくて下を向いていると、早凪くんの声が聞こえて顔を上げる。

「今すぐ、その手を離して」

「あーはいはい、そんな怖い顔すんなって〜」

　奥の部屋から戻ってきた早凪くんがキッとにらんだので、瑛斗さんはすぐに私の頭から手を離した。
「ちょっと相談があるんだけど」
　えっ？
　早凪くんのセリフにみんなが驚いて彼に注目する。
　早凪くん今、相談って言った？
　自分から話すことなんてめったにない彼の口から、そんな言葉が出てくるなんて。
「何、何、早凪から相談なんて珍しいじゃん！　瑛斗先輩になんでも聞いてよ！」
　うれしそうに目をキラキラさせてそう言う瑛斗さん。
「ゆるの写真を撮った犯人のことなんだけど、俺、犯人知ってるんだよね」
「えっ……」
　早凪くんの衝撃のセリフに、その場にいた私達は固まってしまった。

隠れた本心

「ゆるちゃん、本当に大丈夫？　無理して会う必要ないよ？
俺が生徒会長として、しっかり注意しとけばいいだけの話
だし……」

　瑛斗さんが心配そうに私の顔をのぞく。

「大丈夫です。ちゃんと私から話したいので」

　早凪くんが、私の写真を撮った犯人を知っている、と言っ
た日から1週間がたった放課後。

　特別寮の3人とVIPルームに集まって、話し合う。

　この1週間、自分の中で何度も考えて決めたこと。

　どうして“あの子”が、私の秘密をあんな風にみんなに
バラしたのか、ちゃんと本人の口から聞きたいから。

　これから仲良くなれるって、本気で信じていたのに。

「じゃあ、行こうか」

　私達は、犯人を呼び出した生徒会室へと向かった。

　――コンコンッ。

　みんなと一緒に生徒会室で犯人を待って、数分がたった
時、ドアがノックされた。

「どうぞ～」

　いつもの軽い感じで瑛斗さんが返事をすると、ドアがす
ぐに開いた。

　バクバクと心臓の鼓動が大きく速くなって、手に汗握る。

　まさか、彼女が犯人なんて、まだ信じたくないけれど。
　——ガチャ。
「失礼しま………えっ、な、なんでゆるが……」
　ドアをパタリと閉めた円が、顔を上げて私に気づく。
「そう、ここにゆるちゃんがいるってことは、門枝さん、もう呼ばれた理由わかるよね？」
　椅子に座り、机の上で手を組んで、落ち着いた声でそう話し始める瑛斗さんは、完全に生徒会長の顔をしている。
「っ……手伝ってほしいことがあるって」
「うん、だから、ゆるちゃんの写真を撮った犯人を捜すお手伝い、だよ」
　瑛斗さんの笑みを浮かべながらのその声に、円が下唇を噛んでうつむいた。
　そして、私のそばに立つ早凪くんの顔をチラッと見て。
「……ふっ」
　沈黙が流れたかと思ったら、円が突然、息を吐くように笑った。
「そうですよ。ゆるが特別寮に入っていく写真を撮ったのは私」
　顔を上げた円が瑛斗さんの顔をまっすぐ見てはっきりとそう言った。
　そのセリフを聞いた瞬間、心臓がドクンと大きく鳴って、手のひらにじんわりと汗が出る。
　あんな風に、気さくに声をかけてくれた円が、まさか私の秘密を知って、写真を教室に貼り出したなんて。

　信じたくないって気持ちと、素直にショックな気持ちが混ざって、足がガクガク震える。

「なんで、そんなことしたの？」

　優しく問う瑛斗さん。

「なんでって……ムカつく、から」

「円……」

　これからもっと仲良くなれるかもしれない、そう思ってた彼女に、はっきり『ムカつく』と言われてしまった。

　もうショックで倒れそうなぐらい、頭がクラクラする。

「なんで、ゆるなのよ……」

　ボソッと呟いた彼女の言葉を、聞き逃さなかった。

「……私はずっと、……宇垣くんが好きで。学校の子達に比べたら一番近くで宇垣くんのことを見てきたつもり。転入してからずっと宇垣くんとは同じクラスで……。なのに、こんな急に現れた子にっ……」

　私の知っている円は今ここにはいない。

　私のことをキッとにらんでいる瞳は、うっすら潤んでいる気がして。

「ゆるに近づいたのだって、宇垣くんがゆるのことを気に入ってる理由を探るため。友達になりたいなんて思うわけないっ、ズカズカ特別寮に上がり込んで、ずるいって思った、だからあの写真を晒した。……これでいいですか？」

　一気に勢いよく話した円は少し息が乱れていて、その頬は涙で濡れていた。

「なるほどね。でもまぁ、生徒のプライベートに踏み込ん

で騒ぎを起こしたわけだから、生徒会長として簡単に許す
わけにはいかないよね。君のしたこと。学校の品位だって
あるし。まだゆるちゃんのことが外部に漏れていないこと
が救いだけれど、これからどうなるか。事情を知らない人
達にとやかく言われるのは避けたいじゃん？」

「……っ、退学ってことですか？」

「まぁ、それも考えていないことは──」

「ダメッ」

　思わず声を出してしまった口に、慌てて手でふたをする。

「ゆるちゃん？」

「退学なんて……そんな、」

　たしかに、あの写真のせいでクラスメイトから痛い視線
を浴びせられて、苦しくなることをたくさん言われた。

　でも、だからって、そのことで円のこの学校生活を奪う
なんて、そんなこと考えられない。

「フッ……何それ、３人の前だからってやめてくれる？
そういういい子ちゃんなフリ。本心ではさっさと私に消え
てほしいって思ってるくせにっ……最悪っ」

「そんなこと思ってなんかっ！」

「原因は、俺ってこと？」

　今まで黙っていた早凪くんが私と円の会話を聞いて声を
出した。

「……うっ」

　円は口をつぐんで下を向く。

　円はずっと、早凪くんが好きだった。

　それなのに、そんな彼女に、彼の目の前でこんなこと言わせてることがすごく申し訳なくなってしまう。

「もう、退学でもなんでもいいですから……」

　円は、早凪くんの顔を見ないまま質問に答えず、ただそれだけ言い残してから、逃げるように早足で生徒会室をあとにした。

「円……」

「ごめん、ゆる」

　円が生徒会室を出ていってから、早凪くんが突然ポツリとそう言った。

「……なんで早凪くんが謝るの？　早凪くんは何も……」

「彼女の気持ちに気づけなくて、軽率な行動をとった俺の責任でもある」

「そうだな。まったく非がないってことはない」

「…………」

　瑛斗さんの声に、何も言い返さない早凪くん。

　普段ならありえないことだけど、今回のことは、瑛斗さんの言葉どおりだって思っているのかも。

　でも……早凪くんが悪いっていうのはやっぱり私には納得できない。

　だからって、円が全責任を負って退学になることがベストなのかと言われてもそれも違う気がするし。

　円のあの悲しそうな顔が目に焼きついて離れない。

　ずっと近くにいて好きだった人の前に、突然見知らぬ人が現れて。

　人目もはばからず、あんな風に教室で私にふれた早凪く
ん。

　円、それを見ていながら我慢してたんだ……。

　そう思うと、なんだか私までもが胸がギューッと痛く
なって。

　申し訳ない気持ちが押し寄せてくる。

「……38.2℃。学校は休んだ方がいいね。仕事もお休みで」

　体温計を見た明人さんがそう言う。

「そんな……お仕事まで」

「こんなに熱があって仕事は無理だろ？　こっちに来てい
ろいろと慣れるのに大変で忙しかったから、疲れが出たん
じゃないかな。今日はゆっくり休みな」

　明人さんがそう言って優しく私のおでこに手を添える。

　少し冷たくて気持ちいい。

　円とあんなことがあってから１週間。

　あれから、学校での私への噂話なんかはなくなったけれ
ど、円は私と少しも目を合わせてくれようとしない。

　まるで、一緒にすごしてた時間は夢だったんじゃない
かって思うほど。

　ここ１週間、早凪くんや翼くんが休み時間も一緒にいて
くれたから、寂しい思いはしていないけど。

　円のことはずっと引っかかったままで。

「ゆるちゃん、熱ってマジ!?」

　ドアのほうからドタバタと音がしたかと思うと、勢いよ

く開いたドアから瑛斗さんと翼くんが顔を出した。

「ゆるちゃん大丈夫!?」

「なんかほしいものとかあったら言って!? 一緒に寝てあげようか!?」

「おい、お前ら騒ぐなって」

　ベッドで寝てる私に近づいて、心配そうに見つめてくれるふたりを明人さんが再度注意する。

「ごめんなさい……自己管理がちゃんとできてなくて……」

「いや、今までいた環境とは感覚があまりにも違いすぎるわけだし、こうやって身体に出るのは無理ないよ」

　と明人さん。

「そうだよ、大変なことあったし」

「仕事だって手を抜かないで一生懸命頑張っていたんだから、たまには休んでもいいんじゃない」

「……すみません、みなさん。ありがとうございますっ」

　明人さんの優しいフォローのあとに続いて声をかけてくれるふたりに涙が出そうになる。

　せっかく、がんばるって決めたのに、いろいろとうまくいかなくて。

　──ガチャ。

　突然、部屋のドアが開いてそこから早凪くんがチラッと顔を出していた。

「ゆる……」

「あ、早凪。うつると困るから、あんまり近くに……お、おいっ」

　早凪くんは、明人さんの声を無視して、ベッドを囲むふ
たりにも「どいて」と言いながら、私の顔をのぞき込んだ。

　綺麗な瞳がまっすぐこちらを向いていて、ドキンとする。

「熱い」

　私の頬に手を添えて、優しく呟く早凪くん。

「俺、今日休む」

「え……」

「ゆるのこと俺が看病するから」

　早凪くんはそう言うと、その場に座り込んでしまった。

　私のこと、ただの抱き枕ぐらいにしか思ってないはずの
早凪くんが、看病する、なんて言ってくれることに、正直
よろこんでいる自分がいる。

　でも……。

　最近、円のことでひとりぼっちになってしまった私のた
めに、午後から出席したり早退したりしながらも、ずっと
学校には来てくれていた早凪くん。

　やっと学校に通う習慣がついたって、明人さんもよろ
こんでいたのに。

「ゆるのことは俺がよく見ておくから、3人は学校に……」

「だから、よけいに嫌だ。アキなんかに見させない」

「お前なー」

　明人さんが呆れたようにため息をつく。

　ここはなんとしてでも、早凪くんに学校に行ってもらわ
なきゃ。

　眠そうなのは相変わらずだけど、学校に行く習慣が身に

ついたってすごい進歩だと思うし、こんなところで止める
なんてできない。

「早凪くん。……学校、行ってきて」

「嫌だ」

「早凪〜、ゆるちゃんのこと困らせないでよ〜」

　翼くんがそう注意するけど、早凪くんはまったくそこか
ら動こうとしない。

　どうしたものか……。

　あっ。

「あのね、早凪くん。お願いがあるの」

「何？」

　いつもより数倍も優しい声で、心配そうにする早凪くん
は、なんだか可愛い。

　でも、ここは心を少し鬼にして。

「あの、今日の授業のノート」

「うん」

「円ともあんなことになってしまったし、見せてもらえる
友達が私にはいないから、早凪くんのノート見せてほしい
なって」

「えっ？」

「ダメ、かな？　私、ほかのみんなと違って特別な転入だ
から、単位だけは絶対に落とせなくて」

　ほかのみんななら、お金でなんとかなることなのかもし
れないけど、私の場合それができないから。

「もし単位を落としちゃったらどうなるの？」

　翼くんが心配そうに生徒会長の瑛斗くんにそう聞く。

「最悪、留年、かな」

「りゅ、留年っ!?」

　と、大げさな声を出して驚く翼くん。

「もしそうなったら、ゆるちゃんと3年生に上がれないってことになるな〜」

　瑛斗さんの声がなぜだか少しウキウキした感じなので、早凪くんのうしろにいる彼をチラッと見ると、やはり楽しそうで、目が合った私にウインクした。

　もしかして、瑛斗先輩の言ってる『留年』って……嘘？

「ゆると学年が別になるの？」

　いつもは瑛斗さんにツンとした態度なのに、『留年』にびっくりしたのか、穏やかな口調でそう聞く早凪くん。

「そう。それだと早凪も翼も寂し……」

「行く」

　え??

　突然、早凪くんがそう言って立ち上がった。

「……早凪、くん？」

「俺、ゆるが留年にならないようにノート取ってくるから。だから、ゆるもちゃんと寝ときなよ」

　早凪くんのいきなりの変わりように、固まってしまう。

　私の代わりにノートを取ってきてほしいっていうお願いが、こんなに効果的だとは。

「……ありがとう、早凪くん。すっごく助かる」

「ん」

　早凪くんは私の頭を優しく撫でてから、ふたりに「ゆるのジャマしてないで早く行くよ」なんて言って、瑛斗さんと翼くんと一緒に部屋をあとにした。

「うわぁ、すごいね、ゆるちゃんパワー」

　ドアがバタンッと閉まってから、明人さんが感心したようにそう言う。

「まさか、あれで学校に行ってくれるなんて、思いもしませんでした。でも、私も授業についていけなくなる心配がなくなりますし、早凪くんも学校に行ってくれるし、一石二鳥……」

　なんだか視界がグラッとして、口が思うように開かなくなる。

　ズキンと頭も痛くなって。

「あぁ、もう無理しなくていいよゆるちゃん。3人が部屋に来てちょっと気が張ってたのかもね。今日はホントゆっくり寝て」

　『ありがとうございます』と声に出したかったのにうまく口が開かなくて、コクンと首を縦に動かすだけになってしまう。

　明人さんは「おやすみ」と言って、屋根裏部屋をあとにした。

　フワッと、優しいシトラスの匂いに包まれるような感覚に、今までの身体の重さが嘘のように軽くなって。

　——ずっと包まれていたい。

　そんな風に思っていると、「ゆる」と穏やかに私を呼ぶ声がして。

　自分の中の、焦りとか不安が、徐々に溶けていく。

　ギュッと手を握られた感触で、うっすらと瞼《まぶた》が開いた。

　……夢、見てた？

　ぼやけて見えていた視界のピントがだんだんと合っていき、木目調の天井を見つめる。

　──ギュッ。

　ん??

　夢と同じ、手を握られる感触がしてチラッと手のほうに目を向ける。

「……へっ！」

　びっくりして、思わず小さく声を上げる。

　だって、そこには……。

　私の手を握りしめながら、ベッドに上半身を預けてスヤスヤ寝ている早凪くんがいるではありませんか。

　初めて彼を見たあの日と同じ寝顔なはずだけど、心なしか、彼の表情は以前に比べてやわらかくなってる気がする。

　起こすのは悪いっていう気持ちと、風邪をうつしてしまってはいけないという気持ち、その両方の間で揺れる。

　でも、やっぱり、うつしちゃうほうが悪いよね。

「……早凪くん？」

　静かにそう名前を呼んでも、ピクリともしない。

　学校に行って、相当疲れたのかも。

「ねぇ、早凪くん起きて」

　気持ちよさそうに寝ている人を起こすのは、少し気が引けるけど、風邪をうつしてしまうよりいいに決まってる。

「早凪くん」

　3回目、名前を呼ぶと、眉がピクッと動いた。

「ん……ゆる、起きたの？」

　寝ぼけた、早凪くんの気だるそうな声。

　ゆっくりと上半身を起こして目をこすっている。

　その瞬間、少しゆるめられた手から自分の手を離して、私も身体を起こすと、ボトッとおでこから濡れタオルが手もとに落ちてきた。

　明人さんが、してくれたのかな……？

「学校、おつかれさま、早凪くん」

「ちょ、ダメでしょ。ちゃんと寝てなきゃ」

「私はだいぶよくなったから大丈夫だけど、早凪くんこそこんなところで寝てたらうつっちゃうよ」

　私がそう言うと、少し頬をふくらませて明らかに不満げな顔をしてみせた。

　……か、可愛い。

　思わずそう思ってしまったけど、ダメダメ。

「早凪くんに風邪うつしちゃったら、私が明人さんに怒られちゃうよ」

「今、アキの名前出さないでよ。そんなことより」

「そんなことよりって……」

　早凪くんは私の注意を一切無視して、横においていたスクールバッグから何やらノートを取り出した。

「え、これって……」

「ゆるに言われたとおり、ちゃんと今日の科目のノートを全部取ってきたよ」

「へっ、嘘……」

「嘘って何。ゆるがお願いしたんでしょ？　それとも俺のことを信用してなかったとか？」

　正直、まさか本当に全部の教科のノートを取ってくれるとは思ってもなかったから、図星すぎて口ごもる。

　だって、あの学校嫌いの早凪くんが、しかもしょっちゅう寝てばっかりの早凪くんが、1日中起きて授業を受けるなんて！

　感動するに決まっている。

「ありがとう早凪くん!!　すっごく助かるよ!!」

「そんなに騒がないでよ。また熱が上がる」

　早凪くんは目線をそらしながら私に1冊のノートを差し出す。

　早凪くんの髪の毛の間から見える耳がほんのり赤くなってきて、照れてるんだってわかって、さらにほっこりした気持ちになって。

　フフッ、心の中で笑ってしまう。

「あれ……早凪くんって、ノート1冊だけ？」

　普通は、教科ごとにノートを変えたりするものだから疑問に思い、そう聞く。

「だって俺、ノート取ったことないから」

「へ!?　テストとかいつもどうしてるの!?」

「ノートは取らなくても、教科書を読めば、だいたいポイントはわかるし」

「え〜〜何それ……頭良すぎでしょ……」

　さすが、星音学園特別寮生。

　セレブってだけじゃなくて、賢さも別格なんだなぁ。

　普段はそんな早凪くんが、今日はわざわざ私のためにノートを取ってきてくれたんだと思うと、さらにうれしさが込み上げる。

　早速、早凪くんが書いてくれたノートを開いてみる。

「うわぁ。早凪くん、字が綺麗だね」

「んーどうだろう。普通じゃない？」

「いや、男子高校生でこんな綺麗な字を書く人なんて見たことないよ」

　まるで教科書のお手本みたいな字で、すごく読みやすい。

　ちゃんと、蛍光ペンを使って色わけもされているし。

「あぁ、まぁ、うち親がそういうのだけは厳しいからね。よそで書いても恥ずかしくないようにって」

「なるほど……早凪くんのご両親って」

　早凪くんのご両親がどういう仕事をしているのか、まだ聞けていないけれど、きっとすごいんだろうな。

「父親がリゾートホテル会社の社長してる」

　私の質問に、サラッと早凪くんが呟いた。

「わ〜ホテルっ！」

「それより、これでゆる、留年にならない？　俺と一緒に3年に上がれる？」

　不安げにそう聞いてくる早凪くんの上目遣いが可愛くて、胸がキュンとする。

「あ、うん！　一緒に３年生に上がろうね！」

　私はそう言って、笑った。

　──コンコンッ。

「ゆるちゃん、調子は……って」

　ノックする音がして、部屋のドアが開くと、声をかけてきた明人さんが早凪くんのことを見て、一瞬固まった。

「……早凪、何してる」

「何って、今日取ったノートをゆるに渡しただけだけど」

「は？　いいか？　お前がゆるちゃんにノートを渡しに部屋に行くって言ってから２時間以上たってんの。とっくに部屋に戻ってると思ったら……ほら、早く出ろ」

「無理」

「無理じゃないから。お前のせいでゆるちゃんが悪化したらどうすんだ。ほら」

　明人さんはそう言いながら部屋に入って早凪くんの腕を掴む。

「やだ。ゆる、汗かいてるから拭いてあげなきゃだし。それともアキがやるとか言うの？　それってセクハラじゃん」

　汗……。

　言われてみれば少し汗をかいてて、ベタベタしてて気持ちが悪いかも。

　まだ熱は少しありそうだし、今日はお風呂に入るのは無

理そう。

　でも、早凪くんや明人さんに身体を拭いてもらうのは
ちょっと、いやかなり抵抗がある。

「早凪がやったってセクハラだわ。いいからほら早く……」

「拭かないと、よけいに冷えて風邪を引くだろ」

　私のことでわがままを言う早凪くんに、胸がギュッとな
る。

「早凪くん、私は大丈夫……」

「大丈夫じゃないし、ひとりじゃ無理でしょ。ほら、アキ、
ジャマだからあっち行ってよ」

「もう来てるから」

　ん??

　明人さんのセリフに、私と早凪くんが同時に固まる。

「ほら、そんなところで突っ立ってないで入っておいでよ」

　明人さんがドアに向かってそう言う。

　え、誰か、いるの??

　じっとドアのほうを見ると、遠慮がちに入ってくる人物
がいた。

　まず星音学園の女子の制服が目に入り、目線を顔のほう
へ上げる。

　嘘……。

　なんで……。

「円……」

　一歩部屋に入った円が、そっぽを向いてて立っていた。

「俺もちょうど、ゆるちゃんの着替えとかどうしようかなっ

て悩んでいたら、瑛斗が円ちゃんはどうかって言ってくれて。いやホント助かったよ」

「ほら、早凪、これでわかったろ？　早く出な」

　明人さんにそう言われた早凪くんは、黙ったまま渋々立ち上がる。

「ゆるのことお願いね、門枝さん」

　早凪くんは、部屋を出る寸前に円にそう言ってから、部屋をあとにした。

「…………」

「…………」

　円とふたりきりになった部屋に沈黙が流れる。

　あんなことがあって１週間、まともに目も合わせなかったし、今さら何をどう話していいのかわからない。

　きっと、円は私のことまだ怒ってるだろうし……でも、それじゃ、なんで来てくれたんだろう。

「そこ、座るわよ」

「へっ、あっ、うんっ」

　沈黙を破ったのは円で、彼女はスタスタと歩き出して私のベッドのほうに来ると、ベッド横の勉強机にある洗面器と一緒におかれたタオルを手に取る。

　これもきっと、明人さんが前もって準備してくれたんだろうな。

　おでこにおかれていたタオルを、ベッド脇のサイドテーブルにあるもうひとつの洗面器の中に入れる。

「はい、うしろ向いて」

　ツンとした言い方だけれど、隣に座ってくれたことだけでもうれしくなる。

　いや、円に嫌われているのはわかっているんだけれど。

　少し恥ずかしくなりながらも、円に背中を向けて、パジャマのボタンに手をかけた。

　誰にも見られていないのはわかっているけれど、なんとなく恥ずかしくて、脱いだパジャマで胸もとを隠す。

　なんで来てくれたのか聞きたくてたまらないのに、円から聞いてはいけないような雰囲気を感じとる。

「拭くよ」

「うんっ」

　濡れたタオルが肌にふれて、気持ちがいい。

　口調がぶっきらぼうで不安だったけど、円の拭き方があまりにも優しくて、心が落ち着く。

「……ご飯は？　食べられてるの？」

「えっ、あ、うん。食欲はあるからすぐに元どおりだと思う」

　お昼に明人さんが作ってくれたうどんを食べたのを思い出してそう言う。

「……そう」

　円はそれだけ返事をすると、また黙って私の身体を拭いてくれた。

　背中やうなじや、肩。

「ちょっ……！」

「何」

　円の持つタオルが私の脇腹に触れて、思わずくすぐった

くて身体をよじりながら遠ざけてしまう。

「うっ、く、くすぐったい」

「我慢してよ、これくらい」

「無理です……あとは、自分でやります」

　そう言うと、円は「あそ」と言って私にタオルを差し出した。

　もらったタオルで、せっせと身体を拭く。

「……べつに許してほしいと思って来たんじゃないから」

「えっ」

　円の声に、手が止まる。

「私だってまだムカついてるし」

「……うん」

「うんって……」

　円がため息混じりで呆れたようにそう言う。

「そういうところがよけいにムカつくんだって。なんで責めないの？　ちょっとは自分のほうが被害者だって言い返せば？　あんた、私のせいで学校のみんなからあんな風に言われたのに……」

　円が怒ってる理由が、てっきり早凪くんのことだと思ってたので、答えに戸惑ってしまう。

　それに、今回のこと、考えれば考えるほど、円だけの責任じゃない。

「えっと、……そもそも、隠し通すことができた保証もないし。どんな形であれ、私が正式な方法で星音に入っていないことは、いずれみんなに知られることだと思うし。そ

れに、単純に……」

　チラッと円の顔を見ると、バチッと目が合った。

「うれしかったから。円が私に話しかけてくれたこと。た
とえそれがどんな動機であろうと、あの時、円に声をかけ
てもらえたこと、私はすごくうれしかったから」

　私がそう言うと、円は目を見開いてから下唇を噛んで目
をふせた。

「あと、私がクラスの子に責められてた時、円、すごくツ
ラそうだったから」

「えっ……」

「その時はわからなかったんだけど、今ならちょっとわか
るっていうか」

　きっと円は、自分のせいで私が責められてたこと、心の
どこかでは、罪悪感が少しはあったんじゃないかって。

「何、そのおめでたい脳みそ」

「うっ、ごめん……」

　でも、私の勘違いだったらしい。

「ホントムカつく、ムカつく、ムカつくムカつく！」

「へっ、ちょ、まっ！」

　円は突然声を荒げると、私の頬をつねった。

　ちょっと痛いけど、それでも、うんと優しいと思った。

「病人だかなんだか知らないけど容赦しないから」

　そんなことを言いながら、ここに来てくれたところとか。

　本当は、きっと、誰よりも……。

「やはひいね、まほかは（優しいね、円は）」

　そう言うと、彼女は耳を赤く染めながら、目をそらして口を開いた。

「本当にムカつくよ。宇垣くんがあんたを選ぶの、納得しちゃうから」

「37.5℃か。うん、だいぶ下がったね。明日熱が完全に下がってたら学校に行けるよ」

　明人さんが作ってくれたプリンを食べたあと、私の体温を測った明人さんがそう言った。

「そっか、よかった」

「なんかうれしそうだね」

「フフッ、はい」

　円に綺麗に身体を拭いてもらったあと、一緒に明人さん特製のショウガたっぷりの水餃子スープを食べた。

　最初は帰ると遠慮してた円だったけど、明人さんの押しに負けて。

　私の部屋で、円とふたり。

　すごく、すごく楽しかったんだ。

　円は、私のことを許さないなんて言っていたけれど、なんだかんだ、最後は笑いあって、『また明日』って。

　今は、瑛斗さんが円を寮まで送っている。

　仲直りできたってことで、いいのかな？

「よかったね、円ちゃんとしっかり話せたいみたいで」

　明人さんが、あっという間に空になってしまったプリンの容器を下げながらそう言った。

「はい。明人さんや瑛斗さんが円のことを呼んでくれたおかげです」

「いや。実際にゆるちゃんのことを心配して、先に声かけてきたのは円ちゃんからだよ」

「え？」

明人さんのセリフに頭の上にハテナが浮かぶ。

「ゆるちゃんが風邪で休みだって聞いて、円ちゃんがわざわざ隣のクラスの翼に、ゆるちゃんの状態を聞いてきたんだって」

「えっ、そうなんですか!?」

思ってもみなかったことを聞いてびっくりする。

まさか、円が自分から……。

「早凪には聞きにくかったんだろうね。そりゃ当たり前か」

明人さんはそう言って「じゃあ俺は片づけしたら帰るから、なんかあったらいつでも連絡して」と言いながら降りていった。

円がひとりで隣のクラスの翼くんに話しかけにいく姿を想像したらすごく愛おしくなって。

好きだなって気持ちがあふれた。

暗闇でふたりきり

　風邪を引いた日から、月日はあっという間で。

　星音学園のシステムやクラスメイトとの接し方、寮での仕事にもだいぶ慣れてきて。

　期末テストも無事終わり、あとは夏休みを待つだけの7月中旬。

「早凪くん、私、そろそろ仕事に戻らなきゃ」

「あともう少し。俺のノートのおかげで赤点免れたと言っても過言じゃないんだから、ご褒美に」

「うぅ、そんなこと言ったって……」

　今は、屋上の早凪くん特等席のハンモックで、彼に捕まって身動きが取れなくなってる最中。

　うしろから私を抱きしめて完全に固定してる早凪くんは一向に解放してくれる気配がない。

「だってゆる、最近、全然さわらせてくれないから。学校でもずっと門枝さんといてさ」

「何それ。早凪くんの抱き枕になる許可なんて一度も出した覚えないもん」

　そうだそうだ。

　いつも自分の都合でひっついてきて。

　たまにはガツンと言わなくちゃ。

　そう早凪くんに言いながらも、本当はこのぬくもりと加速する鼓動を心地いいと思っているんだけれど。

　恥ずかしくて口に出すことなんてできない。

「へ〜そんなこと言うんだ？」

　わざとらしく耳もとでささやかれたセリフに、ビクッとする。

　──カプッ。

　突然、首にピリッと痛みが走る。

「ひっ、ちょ、早凪くん!?　何してるの!?」

「何って、生意気だから噛んだ」

　か、か、噛んだって……。

　何を言っているんだこの人。

「り、理由になってないよっ！　早く離してよ！」

「ダメだって。俺だけのゆるなのに……」

「私は早凪くんのじゃ……」

「黙って」

　早凪くんはそう言うと、今度は私の手に自分の手を重ねて、指を絡めてきた。

「ちょっと早凪くんっ、」

　きっと、恋人同士でもなんでもない人達がこういうことするのはあまりよろしくないこと。

　でも、マイペースな早凪くんにそんなこと言っても通じないんだろう。

「ゆるとこうしてると心が落ち着くんだ」

「早凪くん……」

　私といて落ち着くなんて、そんなこと言われてうれしくないはずがない。

「ゆるは？　どんな感じ？」

「えっ!?」

　どんどん距離を詰めてきてそんなことを聞いてくる早凪くんに、顔が熱くなる。

「ゆるも落ち着く？」

「う……」

　耳もとでささやく早凪くんの声になぜだか胸がドキドキしてくる。

　早凪くんの香りに包まれて優しくさわられることを、嫌じゃないと思っている自分がどこかにいるから、強く拒むことができなくて。

　この胸の高鳴りは日に日に増すばかり。

　でも、こういうことを平然とやってのける彼を見ていると、私のことを女の子として見ていないからこんな風に簡単にふれられるんだろうかと思う。

　それとも……早凪くんも少しは私みたいにドキドキしているのかな？

　早凪くんの気持ちが全然わからない。

　それから少しして寝息を立て始めた。

　まったく……。

　それでも、一定の間隔で聞こえる彼の寝息は私の心を安心させて。

　寝顔に見とれてしまう。

　初めて彼の寝顔を見たときから、見入ってしまうくらい綺麗で。

　そして最近は、それに加えて表情のやわらかさが一段と
増して。

　いつまでも見ていられる可愛い顔。

　あまりに無邪気な寝顔なので、まぁ、いっか、なんて思
わせる。

　──ヒュンッ。

　突然、強い風が吹いて、わずかにハンモックが揺れる。

　そういえば、台風が近づいているってニュースで言って
たっけ。

　もし急接近するとなると、このハンモックも片づけな
きゃいけないよね。

　そう思いながらも、早凪くんの香りに誘われて、私の瞼<ruby>瞼<rt>まぶた</rt></ruby>
も重くなって。

　まだ仕事の途中なのに……。

　彼があんまり気持ちよさそうに寝ているもんだから、つ
られてこっちも眠気であくびが出てしまい、早凪くんと並
んで、眠りに落ちた。

「うわ〜今回の台風相当強いね〜」

　夕飯を食べ終わったあと、窓の外をジッと見つめる翼く
んは、シャッとカーテンを閉めた。

　あれから数日、大型の台風が急接近してきて、学校は臨
時休校中。

　明人さんは、台風が強くなる前にと、ご飯を作り終わっ
たらすぐに帰っていった。

　普段はもう少しゆっくりしているんだけれど。

「あ、早凪くん、ハンモックとかテントとか大丈夫？」

　彼が『秘密基地』なんて言うもんだから、誰にもバレちゃいけないのかと思い、小声で尋ねる。

「あぁ、アキが片した」

「あっ、そうなんだ」

　当たり前みたいにサラッと言った早凪くんだけど……早凪くんの私物を明人さんに片づけさせるって、どうなんだろうか。

　相変わらず、マイペースで自由な人だ。

　でも、あの場所が守られていることに安心している自分もいて。

　なんだかんだ言って好きなんだ、早凪くんの秘密基地。

　外から聞こえてくるブォーと強い風の音と、ガタガタと窓が揺れる音に、少しだけ不安になる。

　台風の音が苦手じゃない人なんていないだろう。

「ゆるちゃん怖い？」

　ソファに座って窓のほうを見ていたら、隣に瑛斗さんが座ってきて私の肩に手を回した。

「……あっ、いや、えっと怖いってほどではないんですけど……不安にはなりますね」

「瑛斗どいて」

「あっ、ちょ、早凪っ」

　突然、瑛斗さんの反対側に早凪くんが座ると、瑛斗さんから私を引き離すように腕が伸びてきて、彼の匂いに包ま

れた。

「ゆるはここ。俺が先に見つけたんだから、早い者勝ち」

　そう言ってギュッと抱きしめる力を強めた早凪くんに、

「も～！　ゆるちゃんは、ものじゃないんだからね～！」

　と翼くんが頬をふくらませた。

「えっと……私、テストの復習してこようかな」

　この空気をどうにかしようと慌てて話を変える。

　どうしても、私を私物化したい早凪くんは、ふたりに注意されると何かとピリつくし。

　その中にいるのはどうも気まずい。

　ここでジッとしてても、早凪くんに捕まってしまうだけだし。

「じゃあ、俺も一緒に行く」

　抱きしめる手をゆるめたと思ったら、今度は私の手首を捕まえてそう言った。

「えっ……」

「解説する人がいないと、せっかくの復習の意味ないんじゃないの？」

「……うっ」

　たしかに、星音のテスト、私が前に通っていた学校に比べて明らかにレベルが高かった。

　正直、早凪くんのノートや瑛斗さん達のわかりやすい教え方のおかげで何とかテストは赤点を免れることができたけど。

　学力自体は、まだまだ全然で。

「ちゃんと教えてあげるよ？」

　その言葉に甘えることにして、私はコクンとうなずいた。

「──だから、これになる」

「なるほどっ」

　私の部屋の勉強机に、早凪くんとふたりで並んで勉強中。

　やっぱり、早凪くんの教え方はうまくて、ホント、毎日寝てる人間とは思えないほどだ。

「すごいね、早凪くん。勉強してるようには見えないのに」

「何それ失礼」

「うっ」

　早凪くんはムスッとした表情をしてから私の鼻先を軽くつまんだ。

「えっ、じゃあ勉強してるの？」

「そんなの当たり前でしょ」

　意外なセリフに、となりの早凪くんをじっと見てしまう。

　勉強、するんだ……。

　いつもあんなにやる気がない感じなのに。

　なんだかギャップがすごいなあ。

　失礼なこと思ってるのは重々承知なんだけど。

「昔から、眠れない時は教科書が友達だったからね」

　早凪くんの口からあまりにも意外なセリフが飛び出してきたので、びっくりしてしまう。

　彼の教科書を見つめる視線が優しくて、どこか切なくて、胸がキューッて締めつけられる。

「……今も？」

「うん。問題解いてる間はそれだけに集中できて、ほかの煩いごと気にしなくてすむから。気づいたら朝になってて。その分、太陽の光を浴びたらバタッて倒れちゃうんだけど」

「そうなんだ……」

　初めて、早凪くんの口から聞いたこと。

　まさか、私にこんな話をしてくれるとは思わず、ただただびっくりだけれど。

　早凪くんがどんな悩みを抱えてて、どんな不安で眠れなくなっているのか、知りたいって思っちゃう。

　まだ出会って少しの私が簡単に深入りしちゃいけないこと、わかっているんだけれど。

　──ブォォ──。

　勉強机の斜め上にある、小さな窓が、ガタガタと動いて、風の不気味な音がする。

　まるで、大男が叫んでるみたいな音と、ヒューヒューと女の人が泣いているみたいな音。

　大きくなった今でも、少し怖くて。

　隣に早凪くんがいることが心強い。

「ゆる、怖い？」

「えっ……いや、怖くは……」

「さっきから、外から音がするたびに、ビクッてしてるじゃん」

　ごまかそうとしたのに、早凪くんは痛いところをついてくる。

　高校生にもなって、台風の音を怖がるなんて。

「俺も」

「へっ」

　――ギュッ。

　突然、早凪くんが私の手を握ってきたので驚いて顔を上げる。

　早凪……くん？

「ゆる、もっと近くに来て」

「えっ!?」

　早凪くんが腰に手を回してくる。

「怖いんでしょ？　くっついていれば怖くないよ。おいで」

　早凪くんの視線を感じると、胸が高鳴ってしまう。

　今回は、彼の甘い言葉に少しは甘えていいのかななんて。

　――バチッ。

　っ!?

「えっ!?」

　いきなり、目の前が真っ暗になる。

　嘘……。

「て、停電？」

「……そうみたい」

　そう言った早凪くんの手が、さらにギュッと私の手を握った。

　外からは、ゴーゴーというすごい雨風の音。

　まさか停電になるほどの台風だなんて……。

「ど、どうしよう早凪くん」

　何もかも真っ暗で身動きが取れない。

　今、正直、早凪くんに手を握られていて、よかったと思ってる。

　怖いけど、すごく心強い。

「早凪ー！　ゆるちゃん！　大丈夫!?」

　ふたりでジッとしていると、ドアの向こうからバタバタと足音がしてから翼くんの声がする。

「わ、私達は大丈夫っ」

「そっか。よかった〜。部屋、入るね」

　翼くんはそう言って、ガチャとドアを開けると、スマホのライト機能であたりを照らしながら部屋に入ってきた。

　そのうしろには瑛斗さんの姿も。

「早凪、ゆるちゃん、台風が落ち着くまではみんなでリビングにいよう」

　いつもチャラチャラしてるようにしか見えない瑛斗さんが、真剣な表情をしてそう言う。

「心配しなくても大丈夫だろうけど、万が一に備えて。家の中心にいたほうが安全そうだし。ゆるちゃんの部屋、年季が入ってるから、音とかよけいにダイレクトに伝わるでしょ？　この様子だと復旧にも時間かかるかも」

「みんなでいたほうが怖くないしね！」

　翼くんの優しい明るい声で、不安が薄れていく。

「あとは、懐中電灯（かいちゅうでんとう）だな。スマホのライトをずっと使ってると充電切れるし……どこにあったっけ」

「あっ、それなら、私知ってます」

　んーと考えるポーズをしている瑛斗さんにそう言う。

「え、知ってるって」

「たしか３階の食糧倉庫の隣に防災倉庫があったかと」

「あ、じゃあ俺が取りに……！」

「私が行きます！」

　翼くんの声を遮ってそう叫ぶ。

「いや、暗いし、女の子ひとりには……」

　と瑛斗さん。

「でも、防災倉庫の鍵を厨房まで取りにいかないといけないし。鍵の場所知ってるの私だけだと思うんで。しっかり明人さんに教えてもらってるので大丈夫です」

　こんな時こそ、彼らの身の回りのことを任されている身としてはしっかりせねば。

　台風に怯えたりしてるヒマはない。

「そう？　ゆるちゃんがそう言うなら……でもひとりじゃ心配だから……」

　と瑛斗さんが言いかけたとき。

「俺が行く」

　隣で今まで黙っていた早凪くんがそう言って、私の肩に手を回してグイッと引き寄せた。

「よし、頼んだぞ早凪。俺達はリビングで待ってるから」

　瑛斗さんにそう言われて、私達はゆっくりと部屋をあとにした。

　足もとに気をつけながら階段を下りて、防災倉庫の鍵のある厨房へ、早凪くんとふたりで向かう。

　手は、ギュッと握られたまま。

　「厨房に行けばいいんだよね」と確認しながら私の手を引く早凪くんは頼もしくて。

　無事、厨房にある倉庫の鍵を見つけて、再び階段を上がり、倉庫へと急いだ。

「あ、ここだよ」

　隣の食糧倉庫より少し小さめのドアを指差してそう言うと、早凪くんは「ん」とだけ言って、鍵穴に鍵を差した。

「あれ……」

　早凪くんが鍵を開けようとするけど、回しにくそう。

「全然使われてなかったからかな」

　早凪くんはそう言いながら、もう一度鍵を差しなおしてから、今度はさっきよりも力を入れて回した。

　──ガチャ。

「あ、よかった！　開いた」

「よし、早く懐中電灯を探してふたりのところに戻ろう」

「うん」

　私達はそう言って、倉庫の中へと入る。

　──バタンッ。

　ドアが閉まる音に、少しビクッとしながら倉庫の棚にスマホのライトを向ける。

「すごい……」

　防災グッズの入ったバッグがいくつか並べられていて、毛布や寝袋もそろっている。

　万が一のことがあっても、この寮にいれば数日はなんと

かなりそう。

「あっ」

　手前のカゴに懐中電灯が何本か入っているのを見つけて手を伸ばす。

　しっかり電源が入るか確かめて。

　よし、大丈夫だ。

　早凪くんも、大きめの懐中電灯と小型の懐中電灯をひとつずつ持った。

　早く、ふたりのところに戻ろう。

　そう思ってドアに手をかけた瞬間。

　──ガチャガチャ。

　ん？

　──ガチャガチャガチャ。

　あれ？

　ドアノブを回しても、ドアがまったく開かない。

　え、どういうこと!?

「……ゆる？」

　──ガチャガチャ。

　どうしよう……。

「早凪くん……開かない」

　早凪くんに助けを求めるようにそう言う。

「え……？」

　早凪くんがそう言いながらドアノブに手をかけて回すけれど、やっぱり開かない。

　これって……。

194

「と、閉じ込められた!?」

「そうみたいだね」

　そうみたいだねって、そんな冷静な……。

「大変だよ、早く助け呼ばなくちゃ!!」

　3階のここから瑛斗さんと翼くんのいる1階まで、声が届くとは思えないけれど、何もしないよりはうんとマシだ。

「瑛斗さ──ん！　翼く──んっ！」

「ちょっと、ゆる」

　ドアに向かって叫ぶ私を制した早凪くん。

「呼ばなくっても駆けつけてくるでしょ。あのふたりならとくに、あんまり遅いと心配してすぐ来るから」

「えっ」

　そうか……そう言われればそうだよね。

　ふたりは私達を懐中電灯を持ってくるのを待ってるわけだし、あんまりにも遅いと、いろいろ怪しんで様子を見にきてくれるよね。

　ちょっとパニックになってしまっていたけど、早凪くんの冷静な態度を見て、少し心が落ちつく。

「それとも……」

「……わっ！」

　突然、うしろから手を回されて身体を引かれて、早凪くんの腕の中に一瞬包まれる。

「俺とふたりっきりになるの、嫌？」

「えっ!?」

　耳もとでわざとらしくささやかれたセリフに、背筋がゾ

ワッとくすぐったくなる。

「嫌では、ないけど……」

「じゃあ、大人しく待ってよう」

　そう言った早凪くんは、棚から薄手のタオルケットを2枚取り出して、壁に背中を預けて座った。

「ここで座ってようよ」

　床をトントンと叩いて、まるで『おいで』と言ってるかのよう。

　──ブオォォォ。

　外から聞こえる強い風の音が、私の不安をまた煽る。

「ほら、くっついてたほうが怖くないでしょ」

　自分から、早凪くんの腕の中に入っていくなんてそんな恥ずかしいこと、いつもなら絶対しないのに。

　私は、ゆっくりと近づいてクルッとうしろを向いてから、彼の座る前に腰を下ろした。

　──ギュッ。

　私にタオルケットをかけてその上から優しく抱きしめる早凪くん。

　彼の優しい香りが、不安を溶かして、少し安心させてくれる。

　早凪くんの言うとおり、くっついているほうが怖くない。

「そういえば、早凪くんも台風嫌いなの？」

　自分が怖いばかりで、早凪くんの気持ちをまったく考えていなかったけど、今、少し冷静になると、さっき部屋で、早凪くんが『俺も』って言っていたのを思い出す。

　あれは聞き間違いだったのか、それとも早凪くんの本心なのか。

「……うん、苦手」

　うしろで小さく呟いた早凪くんがなんだか可愛くて、キュンとする。

　さっきまで淡々としてたから、全然そう見えなかったけど、私のために、無理してくれてたのかな……。

「小学生の頃ね、父親のこと困らせようと思って、裏庭の倉庫にひとりで隠れたことがあったんだ」

「えっ！」

　今の早凪くんからは想像できない話で、思わず大げさに声が出た。

　お父さんのことを困らせようとして、自ら外に出て隠れるなんて意外だ。

　しかも、早凪くんが自分から子どもの頃の話をしてくれるなんて。

「構ってほしかったんだよね。父親はずっとひとりで俺を育ててくれてたんだけど。会社が大きくなっていくうちに、俺の面倒は使用人に任せっきりで」

「そうだったんだ……」

　早凪くんの口から、そんな話を聞けるなんて思わなくて、なんて言葉を返していいのかわからない。

　早凪くんも、私と同じ父ひとり子ひとりの父子家庭だったということがわかって、少しうれしい反面、それでも私とは世界が違うなと痛感する。

　使用人って……。

　でも、その時の早凪くんは、きっとすごく寂しかったんだろうな。

「で、その時ちょうど台風が接近してたらしくて。今日ほど強いものではなかったんだけど、暗い倉庫の中でひとり、外から聞こえる台風の音がほんっと気味悪くて怖くって。そのあとは父親にこっぴどく叱られてさんざんだった、自分が悪いんだけど」

　早凪くんは、そう言ってから、私を抱きしめる力を少し強めた。

「それからなんだ。夜になかなか眠れないことが増えて。夜中に目が覚めたりするともうダメで。あの時の倉庫の暗闇とか音がフラッシュバックして……高校生にもなってダサいよな……」

「そんなことないよ！　苦手なことがある分、誰かの苦手にも寄り添えるんだと思うから」

　少し声を落として話す早凪くんの弱々しい声を聞いてとっさに声が出て、身体に回された彼の腕を握る。

　まさか、早凪くんがこんなことを抱えていたなんて。

「ん。ほんとゆるはずっと優しくて強いね」

「えっ？」

　フッと笑って明るくなった早凪くんの声に驚いて、聞き返す。

　早凪くんに優しいとか強いって言われてすごく嬉しいけれど、『ずっと』ってどういうことだろうか。

　私がここに来てからの数か月のことを言っているのだろうか。

「ありがとう。夜はずっと苦手だったけど、今、ゆるが、俺の暗闇の思い出を上書きしてくれた」

「う、上書き？」

「うん。暗いけど、ちゃんとあったかい。ここに太陽があるみたいに。これからは台風が来ても停電でまっ暗になっても今日のことを思い出す。あの時だってそう」

「あの時？」

「ん。これ。本当はもっと早く返したかったんだけど」

　そう言って早凪くんが後ろから私の正面に見せたのは、見覚えのある音符柄の薄ピンクのハンカチ。

　これって…。

「思い出した？　俺とゆる、実はずっと前に出会っているんだよ」

　そう言って早凪くんはゆっくり話始めた。

【早凪side】

　あれはまだ、俺もゆるも小さかった13年前の頃。

　ある晴れた日の日曜。

　その日は、２週間前から父さんと恐竜博物館に行く約束をしていた日で、忙しくてなかなか俺の相手ができなかった父さんと唯一ふたりきりの時間を満喫できる１日になるはずだった。

　俺はその日を本当にずっと楽しみにしていた。

　……それなのに。

『え……今日は絶対に遊んでくれるって言ったよね？』

『本当に悪い。早凪。わかってくれ。また別の日に……』

　父さんは俺との予定を忘れて、大事な仕事関係の予定を入れていた。

『父さんの代わりに、篠原さんの娘さんが家に来て早凪と遊んでくれるから』

　後でわかったことだけど、父さんはその頃、学生時代からの友人、篠原さん、ゆるの父親の起業のサポートを色々と手伝っていたらしい。

　どうしてもその日までに決めないといけない大事な内容だったとか。

　でも、子供の俺がそんなこと知る訳もなくて。

『知らない！　僕は父さんと行きたかったんだ！』

『お願いだよ、早凪。わかってくれ』

『嫌だ‼』

　俺はそう言ってリビングを飛び出して自分の部屋に閉じこもって泣きじゃくった。

　それから数分後のことだったと思う。

　──コンコンッ

『父さん⁉』

　ドアをノックする音がして思わず顔を上げて声を出したら、扉がガチャッと開けられて。

　そこから顔を出したのは見たことない女の子だった。

　バチッと目が合って慌てて顔をそむけると。

『……早凪、くん？』

　優しくそう名前を呼ぶ声が近づいてきて。

『やっと見つけた！』

　その明るい声に自然と視線が上がった。

『へっ……』

『一緒に遊ぼう？』

　女の子は無邪気な笑顔をこちらに向けながら音符柄のピンクのハンカチを差し出してきた。

　それが、俺とゆるの出会い。

　受け取ったハンカチで涙を拭いた時、鼻腔（びこう）に触れた優しい香りと彼女のあまりにも可愛らしい笑顔に慰め（なぐさ）られたのをよく覚えている。

　俺たちはその１日だけを一緒に過ごしたんだ。

　ハンカチも返せないまま、ゆるとはそれっきり会うことはなくて。

　でもいつかちゃんとあの時のお礼をしっかりして、ハンカチを返したいと思っていた。

　だから、始業式の日に自分の体にかけられた見知らぬカーディガンからあの時の匂いがしてすごくびっくりしたんだ。

　そして教室でゆるを見つけて。

　運命だって思ってしまった。

　高校生になったゆるはさらに可愛らしくなっていて、でも性格はあの頃のまま。

　思いやりがあって強い子で。

　気が付けば俺の気持ちはゆるを困らせてしまうぐらいにはどんどん溢れてて。

　わかっているけど止められないんだ。

　ゆるは全然、俺の気持ちに気付いていないみたいだけど。

「まさか……早凪くんと会っていたなんて」

　俺の話を聞いたゆるはすごく驚いて体ごとこちらに向き直った。

「ほんと、びっくりだよね。やっぱりゆるはあの日のこと覚えてないか」

「すっごく大きなお家に遊びに行ったのはなんとなく覚えてる！　でもハンカチを渡したあの男の子が早凪くんだったなんて……」

「ん。ほんとあの時はありがとう。ゆるのおかげであの日を乗り越えられたから」

「私はなにも……」

「ううん。ゆるは俺の太陽だよ」

「えっ、いや、太陽って……」

　目を逸らすゆるが可愛くて、もっとからかいたくなるんだ。

「だから、もっとあったかくなってもいいよ」

「えっ、ちょっ」

　さっきより少し離れた距離をもとに戻そうとゆるの腰に両手を伸ばして抱きしめる。

「えっ、ちょっ」

　そう焦る声も可愛くて。

　煽るようにわざと、彼女の首筋に吐息がかかるようにすれば。

「っ、さ、早凪くんっ！」

　体がビクッと反応するから、さらに止められなくなる。

　ゆるの柔らかくてサラサラの細い髪の毛にふれて耳にかける。

「ゆる、さわられると熱くなるよね」

「なっ、意味わかんないから……ひゃっ」

　強がっている姿だって愛おしくて。

「早凪くん、今何して……」

「耳噛んだ」

「っ、は、はい!?」

　耳をおさえてこちらを振り向くゆるの顔が赤く染まっているのが薄暗い中でもわかる。

　本当は、このままキスしたいぐらいなんだけど。

　そんなことしたらますます理性を保てなくなりそうだから我慢してあげる俺を褒めて欲しい。

　その代わり、再び彼女を後ろからギュッと抱きしめて、彼女の首筋に顔を埋める。

「……だよ」

　小さく、小さく呟いた。

　ゆるの気持ちがわからない今、伝える勇気はまだ俺にはないから。

"好きだよ"

「え、何？」

「…………」

「早凪くん？」

「…………」

「へ、早凪くん……もしかして寝たの⁉」

　こんな状況、寝たフリでもしてないとおかしくなりそう

だから。

「おやすみ、早凪くん」

　ゆるの可愛らしいその声を聴いて静かに目を瞑った。

早凪くんのいとこ

「早凪〜〜!?　早凪どこにいるの〜〜!?」

　ん？

「ちょっと、莉々ちゃんっ！」

「離して！　私は毎年この日を楽しみにしているのよ！
早凪！　早凪どこ〜？」

　へ!?

　聞いたことのない女の子の声と、翼くんの慌てた声がド
アの向こうから聞こえて、目を覚ます。

　ここは、防災倉庫。

　私と早凪くん、そのままここで寝ちゃってたんだ。

　私のうしろには、壁に身体を預けてスヤスヤ眠ってる早
凪くんの姿。

　あんまりにも綺麗な寝顔で思わず見惚れちゃう。

　初めてこの学校に来た時に見た寝顔より、やっぱりやわ
らかく見える。

　倉庫の奥にある小さな窓からは、太陽の光が入ってて、
昨日すごかった台風が嘘のよう。

　って……そんなことよりも！

　今、向こうから聞こえる女の子の声って？

　──ガチャ。

　勢いよく開けられたドアに驚いて、思わず早凪くんから
身体を離す。

　壊れて開かなかったはずのドアが、開いた。

「はっ!!　早凪いた!　なんでこんなところで寝ているの?　早凪!　早凪起きて!　莉々、今年も早凪に会いにきたよ!」

　目の前には、寝てる早凪くんの肩を優しく揺する、赤いリボンでツインテールにしている女の子。

　この子……一体……。

　丸襟つきのグレーのふわっとしたワンピースが本当によく似合っていて、まるでお人形さんだ。

　この子、早凪くんのことを呼び捨てにしているけど、知り合い、なのかな?

「って……この子、誰?」

　早凪くんが目を開ける前に、私に気づいた女の子がこちらをギロッと見てそう言った。

　早凪くんを起こす時の声と全然違って、びっくりする。

「莉々ちゃん、その子は特別寮に新しく入った篠原ゆるちゃん」

　慌てて追いかけてきたらしい明人さんが、息を整えながら私を紹介した。

「えー?　新入り?」

　明らかに不満そうに口をとんがらせる、莉々ちゃんと呼ばれてる女の子。

「ゆるちゃん、この子は、えっと、早凪のいとこの、羽富莉々ちゃん」

　はとみ……りりちゃん。

　早凪くんの、いとこ……。

　明人さんに紹介された私は、立ち上がってペコリと軽く彼女に会釈する。

「ってかごめんね、ゆるちゃん！　昨日！　あのあと、あんまり部屋が暗いもんだから、そのまま俺達、いつの間にか寝ちゃってさ……まさかふたりがこんなところにいるなんて」

　申し訳なさそうに謝る瑛斗さん。

「あ、いえ……ドアが中からは開かなくて」

「うわー、やっぱり壊れてたかこのドア。前から調子悪いなとは思ってたんだけど、あとで直すか……」

　と頭をかく明人さん。

「っていうか！　ゆるちゃん大丈夫なの!?　早凪と密室でふたりきりとか！　何もされなかった!?」

　心配そうに駆け寄ってくる翼くん。

「え、いや……」

　何もされなかったわけじゃないから、言葉を濁してしまった。

　昨日の密着具合を思い出して、急に顔が熱くなる。

　いくら台風が怖かったとはいえ、一晩中くっついて寝ていたなんて。

「は!?　何？　あなた早凪のなんなのよ！」

「え、いや、私は……」

　突然の見知らぬ女の子の登場にただでさえ戸惑っているのに、威圧的にこっちを見てる彼女の目が怖くて、目をそ

らす。

「あれ……莉々、なんで？」

っ!?

「早凪！　やっと起きた！　莉々、今年も早凪に会いにきたよ！」

　羽富莉々さんが目をキラキラさせながら、ゆっくりと瞼を開けた早凪くんにそう言う。

『莉々』

　早凪くんが、彼女のことをそう名前で呼んだのを聞いて、なぜだか胸がチクッとする。

「よし、早凪も起きたことだし、とりあえずみんなリビングで話そう」

　明人さんのその声で、私達はリビングへと移動した。

「本当は昨日着いてるはずだったけど、台風のせいで予定どおりに飛行機が着かなくて」

「そうだったんだ〜！　莉々ちゃん、去年は夏休み中に来てたでしょ？　今年はちょっと早くない？」

「うん、まぁ、いろいろあってね」

　左から、早凪くん、羽富さん、翼くんがソファに並んで座っているのを向かいのソファからじっと見つめる。

　瑛斗さんや翼くん、明人さんまでもが、彼女と親しげで、なんだか私がここにいるのが一気に場違いに感じる。

「ねぇ、早凪、台風は大丈夫だったの？　停電もしたんだよね？」

　彼女の問いに、早凪くんが少し間をおいてから「まぁ」とだけ言う。

　なんだろう。

　今の羽富さんの聞き方、少し引っかかってしまう。

　早凪くんが昨日私にしてくれた話、羽富さんは知っているのかな？

　……なんて考えて胸がザワッとして。

「莉々ちゃんは、毎年、夏になると早凪に会いに来てるらしくて、去年特別寮に早凪が入ってからは、莉々ちゃんだけ特別に客室に泊まってるんだ」

「えっ……泊まっ……」

　隣の瑛斗さんのセリフに、言葉に詰まってしまった。

　だって……。

　特別寮は基本、寮生以外は立ち入り禁止なはずで。

　私だって本来いけないはずだけど、異例のことで……。

　なのに、なんで羽富さんだけそんな堂々と特別扱いを？

「そうよ！　毎年、莉々と早凪はラブラブなサマーバケーションをすごしているの！」

　毛先がくるんと跳ねたツインテールを揺らしながら、羽富さんが早凪くんに抱きついた。

　えっ……ラブラブって……。

「莉々、痛い」

　抱きしめられてる早凪くんはあまり嫌そうな感じじゃなくて、羽富さんのすべてを受け入れてるみたい。

「早凪は莉々の王子さまだから、取らないでね？　それ約

束してくれるなら仲良くしてあげる！ 私のことは、莉々でいいよ！ よろしくね、ゆる」

莉々ちゃんは、早凪くんを抱きしめる力をさらに強めてから、私にウィンクしてそう言った。

初めて会った子のことを、瞬時に『なんかやだな』って思ってしまった。

羽富莉々ちゃん。

早凪くんのいとこで、ひとりっ子同士だったふたりは小さい頃からよく一緒に遊んでいたらしい。

でも、莉々ちゃんのお父さんの会社が、海外進出することが決まってから、莉々ちゃんはニューヨークに引っ越したとかなんとか。

正直、改めて住む世界が違うことを実感して、後半のみんなの会話に参加することができなかった。

翼くんも瑛斗くんも、親が社長のお金持ち。

そうなると、莉々ちゃんとも話が合うらしくて、すごく楽しそうだった。

あんまり息苦しく感じて、私だけ早めに家を出て学校に向かった。

明人さんは私のことを気遣って、玄関で「莉々ちゃんのこと先に話してなくてごめんね」って謝ってくれたけど。

特別寮にいると、みんなが優しいから感覚が麻痺していた。

つねに構われて声をかけられていたから、まるで自分も一員になったかのように。

　実際、莉々ちゃんみたいな子が３人の輪の中にいるのが
ふさわしい。

　私は所詮、ただの一般人。

　まさか、莉々ちゃんが来たことで、こんな気持ちになる
なんて。

　自分の中で、この場所への想いが大きくなっていたこと
を痛感する。

　それに……。

　早凪くんへのあのふれ方。

　早凪くんのことを昔から知っていますって言われてるみ
たいでモヤモヤした。

　早凪くんだって、莉々ちゃんにふれられたり、あんなカッ
プルみたいなことされても平然としているし。

　なんで私、こんなにふてくされているんだろうか。

　これじゃまるで、莉々ちゃんに嫉妬してるみたいだよ。

　って。

　そうだ。

　きっと、してるんだ。

　彼女に自分の居場所を取られた、なんて思ってしまって
いる。

　元々、あとから入ってきたのは私の方なのに。

　初めから、あの場所は、莉々ちゃんのものだったんだ。

「ゆる、ゆーる」

「へっ」

「『へっ』じゃないわよ、昨日の停電、大丈夫だったの?」

　名前を呼ばれて、ハッとすると、前の席に座った円がこちらを向いて机に頬づえをついていた。

「うちの寮は、朝にやっと復旧してさ、みんなバタバタだったわ。ゆるのところは?」

　円は、熱を出した私のところへお見舞いに来てくれた日から、何かが解けたみたいに私に遠慮なく絡んできてくれるようになった。

　それがとってもうれしくて、最近は教室にいる時間もすごく楽しい。

　正直、今日はとくに、あの特別寮に帰りたくないかも、なんて思っているし。

「ちょっと、ゆる?　聞いてるの?」

「あ、うん、ごめん、台風ね!　うちも停電して大変だったよ……朝には復旧してたから大丈夫だったけど」

　少し不機嫌そうに名前を呼ばれてしまったので、慌てて答える。

　台風のことよりも、今は早凪くんのいとこの莉々ちゃんの存在で頭がいっぱいで。

　こんな気持ち初めてで、どうしていいのかわからない。

「なんかあったの?」

「えっ、ううん!　な、なんでもないよ!」

「あそう。ってかそれよりも!　夏休み!」

　本当は、円にもう少し踏み込んで聞いてほしかったな、なんて贅沢なことまで思ってしまって。

　ホント、自分が自分じゃないみたい。

　それに、早凪くんのことを好きな円が、私のこの気持ち
をどう思うか。

　ううん、そんなの考えなくてもわかる。

　絶対よく思わないよね。

　正面で、何やら楽しそうにスケジュール帳を見つめる円
に目線を向けると、円が口を開いた。

「あのね、夏休みは基本、寮にいる子達は実家に帰るのね」

「え、あ、うん」

「それで、私ももちろん帰るんだけど、ゆるさえよければ、
お泊りにきてほしいなって！　ここら辺の街のことだっ
て、まだよく知らないだろうし、私が案内してあげる！」

「え、い、いいの？」

　円のまさかのセリフに驚いて、目を見開いてパチパチと
瞬きする。

「いくら特別寮のお手伝いがあっても、夏休みぐらい、ヒ
マな時間できるでしょ？　付き合ってあげてもいいけ
ど？」

「円……」

　円のツンデレ発言が、私のモヤッとしてた心を優しく包
んでくれる。

　うれしくなって、「ありがとうっ」と目一杯の笑顔で返
した。

「ゆるちゃ〜ん！　帰ろー？」

　放課後、帰り支度をしていると、教室の扉のほうから私を呼ぶ声がして、顔を上げる。

「あっ、翼くん」

　目線の先には、ニコニコと楽しそうに笑顔を振りまきながらこちらに手を振ってる翼くんの姿。

　みんなに、特別寮に住んでいることが公になってからは、翼くんと、調子がいい時は早凪くんも、私をこうして迎えにくるのが日課になっていた。

　今日は、早凪くんがいないけど。

　普段だって、彼がいないことはよくあることだったのに、今日はとくに胸がざわつく。

「早凪、午前中まで学校にいたんだけどね〜。午後は莉々ちゃんに呼ばれて帰っちゃった」

『莉々ちゃん』

　その名前に、さらに胃がムカムカしてしまう。

　呼ばれたら帰るような仲なんだ、なんて。

　だいたい、いとこにあんなにベタベタするのって普通なのかな？

　莉々ちゃんのこと何も知らないのに、嫌な風に考えちゃう自分にもムカついて。

　こんなこと、あんまり思うタイプじゃないのに。

　ホント、私、どうしちゃったんだろう。

　なんだか上がらないテンションのまま寮に帰り、掃除や家事をこなして。

　その間、明人さんと話したぐらいで早凪くんには会っていない。

　昨日、あんなに距離が縮まったと思っていた彼が、すごく遠くにいっちゃった感じがして。

　夕食の時間、いつものようにサービスワゴンに料理を載せてからダイニングへと向かう。

　──ガチャ。

「わ〜やっと来た〜！　もう莉々お腹ペコペコだよ〜！　アキくんの作る料理を食べるのも、すごく楽しみにしてたんだ〜！　早く食べたい〜！」

「おい莉々、少しは大人しくしろよ」

　早凪くんの、まるで莉々ちゃんの扱い方にとても慣れている口調。

　昔から知っていると、はたから見てもこんなにわかるくらい、距離が近いんだな。

「莉々ちゃん、ほんっと元気だよね〜」

　瑛斗さんも楽しそうに莉々ちゃんのことを見る。

　あぁ、やっぱり、今までいた場所がおかしかったんだ。

　彼らとは何もかもが違うんだ。

「ふふっ、だって早凪の顔が見れたんだもん！　どんどんイケメンになってて、莉々、心配」

「え〜莉々ちゃんもどんどん可愛くなってるよ〜」

　瑛斗さんにそう言われると、莉々ちゃんは両手で口もとを隠すようにして「も〜瑛斗さん誰にでも言うでしょ？」なんて照れたように笑ってる。

『可愛い』って言われることに慣れてる子の反応。

それに……彼女が今、座ってる席は、私がいつも座っている席。

「莉々、いい加減どいて。ここはゆるの席」

早凪くんがそう注意してくれてちょっとホッとする。

早凪くんは「さっきからずっと言ってるんだけど聞かなくて」と頭を抱えている。

「去年からここは私の席よ。後から来たのはこの子でしょ？」

莉々ちゃんがプクーっと頬を膨らませる。

「あーじゃあ、ゆるちゃん、ゆるちゃんは今日ここね！」

莉々ちゃんの機嫌をこれ以上損なわせないように、翼くんがサービスワゴンに載った料理をテーブルにおいてから、翼くんの隣の席を指差した。

「あ、うん、……ありがとう」

一緒に食器を並べたあと、遠慮がちにテーブルにつき、椅子に腰かけると、すぐにみんなの「いただきます」の声が響いた。

「あれ？　ゆるも一緒に食べるのー？」

「えっ……」

莉々ちゃんの声に、フォークを持つ手が止まった。

「俺が決めたことだから。ゆるは俺達と一緒にご飯を食べるって、ね」

「…………」

すぐに早凪くんが間に入ってそう言ってくれたけど、

莉々ちゃんにあんまり優しい口調で言うもんだから、なぜだかイラッとしてしまって、目を合わせないままうなずいた。

「へ〜みんな優しいね。莉々の家のお手伝いさんが同じことしてたらびっくりしちゃうよ〜」

明らかにイヤミたっぷりのその言い方。

痛いほど感じていることを、ストレートにぶつけてくる莉々ちゃんに、何も言い返すことができない。

この寮での私への扱いは、きっと普通じゃない。

そんなこと、わかっていたけれど……。

それがうれしくて、学校も寮での手伝いもがんばろうって思ってたのに。

「この席だって、莉々が遊びにきた時に莉々が座る特等席なんだよ？　ゆるに座らせてたって早凪どういうこと？」

「べつに莉々専用なんて誰も決めてない。それに、ゆるがこの特別寮のお手伝いをしてくれているのはゆるの厚意だから。本来、ゆるはしなくていいんだ。俺らと同じ特別寮生だよ」

早凪くんは莉々ちゃんに丁寧に説明しながらそう言い、パスタをフォークでクルクルと巻く。

「ブー、何その言い方〜。とにかく、早凪はずっと莉々の王子さまだから、取らないでよね？」

「……っ、と、取らないよ、取るわけない」

絞り出した私の声に、莉々ちゃんは満足げに「うん！　ゆるが話のわかる子でよかった！」なんて言って笑った。

　早く……この場から離れたい。

　4人が莉々ちゃん中心の会話で盛り上がる中、私はサ
サッとご飯を食べ終えて、自分の食器だけを持って厨房へ
と向かった。

　私が席を立った時「ゆるちゃん」と翼くんが気にかけて
くれる声がしたけど、聞こえないフリをして。

「あれ、ゆるちゃん早いね」

「あっ……」

　厨房で休憩していた明人さんが、不思議そうに私を見る。

　それもそうだ。

　いつもはみんなとおしゃべりしてて、慌てて片づけるこ
とばかりだから。

「莉々ちゃんに、何か言われた？」

「へっ……あっ、いや……」

　私が口ごもっていると、明人さんは厨房の端にあった丸
椅子を自分の座っていた椅子の前に持ってきて、私に座る
ように促す。

　お決まりの、おやつと飲み物も用意して。

「がんばるって決めたはずなのに、ダメですよね。すぐ弱
気になっちゃって」

「いや、わかるよ」

　優しくそう共感してくれる明人さんの声があったかく
て、心の中のモヤモヤやイライラが、少しずつ落ち着いて
いく。

「3人に受け入れてもらっても、やっぱり、はたから見た

ら私の立場っておかしいよなって。関わっちゃいけないよ
なって思っちゃって」

「そっか。でも、円ちゃんの時もそれは同じだったよね？
今、円ちゃんとはどう？」

「えっ、あっ、だいぶ、良好、だと思います」

「うん。そうだよね。きっと、莉々ちゃんともしっかり向
き合えば、わかり合えると思うよ」

「んー……」

　なんなんだろう、この引っかかり。

　円の時とは、何かが違う気がして。

「あとは、ゆるちゃんの感情は、別のものかもね」

「えっ……別の、もの？」

　明人さんは、それ以上言うことはしないで何やらうれし
そうにうなずいただけだった。

　あれから数日がたって、あっという間に夏休みがきた。

　莉々ちゃんは８月の中旬まで特別寮にいるらしくて、正
直、もうヘトヘトだ。

　私が要望に応えられないでいるとすぐに『前のお手伝い
さんはしてくれたわよ？』なんて言ってくるもんだから。

　早凪くんも、何度か私に話しかけようとしてくれるけど、
基本、早凪くんのそばには莉々ちゃんがべったりひっつい
て離れないし。

　監視されてるような日々が息苦しい。

「ねぇーお願い！　早凪も一緒に入ろうよー！」

「……無理。昨日も莉々の相手して俺もう体力残ってないんだけど」

「うぅ〜そんなこと言わないでよ〜！　浸かるだけでいいから〜！　せっかく早凪に見せるために翼くんから水着もらったのにー！」

　畳んだ洗濯物をみんなの部屋に片づけて階段を下りていると、1階の中庭から早凪くんと莉々ちゃんの声がして、思わず壁の死角に立って聞き耳をたてる。

　チラッと中庭のふたりをのぞくと、ビキニの上からバスローブを羽織っている莉々ちゃんと、中庭のサマーベッドに横になっている早凪くんの姿が見えた。

　何やら、莉々ちゃんが中庭のプールに一緒に入ろうと誘っているらしい。

「莉々ひとりで入ればいいでしょ。俺ここで見ててあげるから」

「嘘、絶対寝るじゃん！」

「昨日寝かさなかったのはどこの誰？」

　早凪くんにそう言われて、プクーと頬をふくらませる莉々ちゃん。

　昨日の夜、ふたりはずっと一緒だったんだ。

　そう思うだけで、ギュッと胸が締めつけられる。

　早凪くんも、莉々ちゃんとふたりきりの時、私にしたみたいにふれたりするのかな。

　少し考えるだけで、なぜか泣きそうになってしまう。

「早凪……お願い」

　莉々ちゃんの泣きそうな甘えた声。

　バスローブの間から見える、莉々ちゃんの華奢<ruby>華奢<rt>きゃしゃ</rt></ruby>なのにしっかりと女の子らしい身体と白い肌は、同じ女の子の私でもドキッとしちゃうような理想体型。

　あんなの見せられたら、早凪くんだって……。

　普段他人に興味なさそうな早凪くんだけど、莉々ちゃんにはなぜかそんな雰囲気を一切見せない。

　莉々ちゃんといる早凪くんはどこか大人っぽくて、いつもより増してカッコいいんだ。

　これ以上ふたりの会話を聞いていたら、またフツフツと負の感情が押し寄せてきそうで、私はふたりから目をそらして、洗濯カゴを片づけにランドリールームへと向かう。

　莉々ちゃんにあんなに可愛くねだられちゃ、いくらめんどくさいことが嫌いそうな早凪くんだって、一緒に入るんだろうな。

　そんなことを思って勝手にモヤッとしていると、エプロンのポケットに入れていたスマホがブルブルと震えた。

「えっ……円？」

　ポケットからスマホを取り出して画面を確認すると、そこには【円】の表示。

　すぐに通話ボタンを押して、スマホを耳に当てる。

「も、もしもし……」

『あ、出た。ゆる仕事は？』

「えっ、あぁ、今、洗濯物が終わったから夕飯まではとくにないかな」

　円に仕事のことをサラッと聞かれたのが、少し前なら考えられないことで、変な感じ。

『おっ、だったら今からカフェに行かない？　とっておきのところがあるから連れていきたいんだ。学校の門で待ち合わせは？　それとも用事あるかな？』

　カ、カフェ……。

　しかもこのタイミング……。

　家にいたくないと思っていたところ。

「ううん！　ヒマ！　うれしい！　絶対行く！」

　円に元気にそう返事をして、時間を決めてから早速準備を始めた。

「わぁ〜おしゃれな店……」

「このあたりで一番おいしいパンケーキ屋さんなの」

　円と合流して、円が用意してくれた高級車に乗り込んで10分して車から降りると、一瞬、美術館かと思ってしまうような建物が目の前に立っていて、思わず口をあんぐりさせてしまう。

　これがカフェというんだからさらに驚きだ。

　こんなところ、私みたいな庶民が足を踏み入れてもいいのか。

「さ、行きましょ」

　慣れているように店内に入っていく円の背中を慌てて追いかける。

　入り口がもうキラキラしてて、まるで、宝石箱の中に飛

び込んだみたい。

　あっ、お金っ！

　こんなすごいところに連れてこられるなんて思ってなくて、慌ててショルダーバッグの中を確認する。

　一体、１品でいくらぐらいなんだろうか……。

「私が誘ったんだから、いらないこと考えるのやめなさいね。ゆるが払える額じゃないし」

　円がそう言ってこっちを振り返る。

「えっ！　そ、そんな！　でも……」

「でもじゃない」

　円はピシッと私にそう言うと、再び振り返って店員さんに案内される。

「いらっしゃいませ、門枝さま」

「こんにちは。個室は使えるかしら？」

　円は、店員さんにそう言いながら、ゴールドの校章が入ったホワイトカラーのカードを見せた。

「はい、もちろんです」

　カードを見て店員さんが答えると、流れるように奥の部屋へと案内される。

　全部が初めてづくしで、ただ円の背中を追っかけることしかできない。

「それではご注文が決まりましたら、ベルでお知らせください」

　個室に通されるまま席に着くと、店員さんが私達にそう言って個室をあとにした。

「す、すごいね……」

　あまりのすごさに息を飲んでいて、やっと言葉が出た。

「この店の個室は、星音学園の生徒とほかのセレブさんしか使えないの」

「ほへー……」

　すごい学校だとは思っていたけど、こうやって外でも特別扱いされているのを見ると、本物のお金持ちしかいない学校なんだと思い知らされる。

　あのカード、あんな風に使うんだな。

　私も理事長からもらったけれど、なかなか使えないよ。

「さ、なんでも好きなの頼んで〜。私のオススメは、このお店でしか食べられないフワッフワのパンケーキなんだけど、それは必須でしょ？　ほかにほら、ゆる選びなっ！」

「あぁ、う、うん……」

　円の勢いに圧倒されて、メニューに目を通す。

　ホント、どのメニューもおいしそうで、そして、高そう。

　ページを開きながら、一番目についたのは、イチゴの豪華なパフェ。

　ゴクリと唾を飲んで、釘づけになる。

　そんな私にすぐに気づいた円が、すかさず「それね！」と言って、慣れた手つきで店員さんを呼び、パンケーキとパフェ以外にも何品かデザートを注文した。

　メニューがくる間、お店の内装にキョロキョロしちゃったり、それを見て笑った円がスマホで私のことを撮り始めたりして、そうしていると、あっという間に頼んだものが

運ばれてきた。

「わぁ……」

　すんごくすんごくおいしそうで、可愛くって、キラキラしてて。

　食べちゃうのがもったいないと思っていたら、目の前の円が「いただきます！」と言ってすぐにパンケーキを頬張り出した。

　円に「早く食べないと私が全部食べちゃうよ」なんて言われて、慌ててフォークとナイフを持って、わたしもパンケーキをひとくち運んだ。

「……っ!!」

　な、何これ!?

　今まで食べてきたどんなスイーツよりもフッワフワで、口の中で溶けてなくなっちゃう感覚。

　生地自体は甘さ控えめだけど、一緒に食べたフルーツの爽やかな酸味やカスタードクリームの甘さが絶妙にマッチして。

　なんて幸せなんだ……と、笑みがこぼれちゃう。

「すごい……すっっごくおいひい……」

「……よかった、ゆるやっと笑った」

「えっ……」

　ホッとしたように胸を撫で下ろして、こちらを見ながら微笑む円。

　よかったって……。

「えっ……って。ゆるわかりやすいんだからね？」

「嘘……」

「嘘じゃないわ。なにか悩んでるんだったら、聞くよ。あんなことした私が、こんなこと言っていい立場じゃないことはわかってる。けど……ゆるが笑ってないと……つまんない」

　円は目をそらしながらそう言うけど、その顔がほんのり桜色に染まっていて可愛い。

　ずっと気にしてくれてたんだ。

　でも、円に早凪くんの話をしていいのかも悩んじゃう。

　だけど、このモヤモヤの正体がわからないままだと、たぶんずっと、円に『つまんない』と思わせてしまうかもしれない。

　『つまんない』って、ただ気を遣って言ってくれただけかもしれないけど、その気遣いもうれしいから。

「私でよかったら、話してほしい」

　円が、今度はまっすぐ私の瞳を捉えてそう言ったので、私は意を決して、自分の気持ちを円に正直に話すことにした。

　莉々ちゃんが来たことで、ずっと心の中がモヤモヤすること。

　早凪くんと莉々ちゃんが話していると、無性にイラッとしてしまうこと。

　やっぱり私は、ここにいてはいけない人間なんだって思ってること。

　莉々ちゃんの名前を出した時、円が一瞬「え、あいつも

う来てんの!?」なんて声を発したけど、慌てて「ごめん続
けて」と言われて、言われたとおり自分の気持ちをしっか
り話すことができた。

　円も、莉々ちゃんのこと知ってたんだな、なんて思いな
がら。

「……ゆる、あんた本当にその気持ちの正体に気づいてな
いの？」

　話をすべて聞いてくれた円は、グラスに注がれたアイス
ティーをひとくち飲んでからそう言った。

「えっ……うん。とにかく、この気持ちのせいでずっと調
子がよくなくて、早くどうにかしたいんだけれど、円は原
因わかったの？　今の話だけで？」

「……嘘でしょ」

「へっ……」

　円が呆れたように私を見つめる。

「宇垣くんがあの女と話してるの見てイライラするのよ
ね？」

「うん……」

「あの女に居場所取られちゃったって不安なんだよね？」

「はい……」

「恋よ」

「ん？」

　こ、恋??

「そんなのヤキモチ以外の何ものでもないじゃない。ゆる
は好きなのよ、宇垣くんのことが。男として」

「えっ……」

　円の答えが衝撃的で、言葉に詰まる。

「いや、それはない、かも」

「ゆる、今までに好きな人いたことは？」

「な、ないです」

「じゃあ、これは恋じゃないっていうゆるのその判断は、信ぴょう性に欠けるわね」

　円は少しイラついたようにそう言うと、パンケーキを切ってさっきよりも荒っぽく口の中に運んだ。

「だって、円が早凪くんと話してる時はこんな風に思ったりしなかったよ」

　もし私が早凪くんのことが好きなら、円が話してる時だってきっと……。

「そんなの知らないわよ。ゆるの中で、私はどう見ても脈なしって判断してたんじゃない？」

「そんなこと！」

　そんな失礼なこと思うわけ……！

「っていうか、あれから結構時間がたってるわけだし。あの日以降、宇垣くんとはしゃべったこともないし!?　ゆるの中での宇垣くんの存在だって、知らず知らずに大きくなってるんじゃないの？　はー！　もう私がイラついちゃう！」

　円はそう言って再びパンケーキを頬張る。

　そのほっそい身体のどこに、そんなに入っていくんだろうか。

「ご、ごめんなさい……そうだよね、円だってこんな話を私から聞くの嫌だよね」

　やっぱり、円には話さない方がよかったかも。

　せっかく私のことを思ってこうやって素敵な場所まで連れてきてくれたのに。

　なんでもう少し考えられなかったんだろう。

「バカ！　違うわよ！　話が聞きたいって言ったのは私だし！　完全に宇垣くんのこと吹っ切れたって言ったら嘘になるけれど！　私がイラついてるのは、ゆるが宇垣くんにあれだけ気に入られてるくせに、あんな女ごときで落ち込んでるから！」

「あんな女って……」

　固まってる私をよそに、円は「もーっ！」と頭をかきながら「よーく聞いてなさい？」と言って話し出した。

「羽富莉々。私達よりひとつ年下の高校１年生。親の会社が海外に進出してからはずっとアメリカ在住。噂によると、もうずっと前から夏休みの時期に必ず宇垣くんに会いに来ているらしいの」

「そうなんだ……」

　寮で莉々ちゃんのことは少し聞いていたけれど、ここは黙って円の話を聞く。

「それで、かなり宇垣くんのことを溺愛しててね。去年なんか、わざわざうちの学校のカフェで宇垣くんとお茶してて。それ見た女子、みんな『キィー！』ってなってたわよ。特別寮生は女子生徒にとってアイドルみたいなものだし

ね。まぁ、そういうみんなの反応につけ込んで、ゆるの秘密をバラした私が言えることじゃないんだけど」

「そのことは、もういいよ」

「よくないんだけどさ！ とにかく……一度見ただけでわかったよね、『やな奴』って」

とため息混じりに円が呟く。

そっか……。

早凪くん、付き添いでカフェに行くなんてしなさそうなタイプなのに、莉々ちゃんだと付き合うんだな。

今日のプールだって、きっと……。

「いい？ 私は宇垣くんにはゆる以外の女、絶対許さないんだからね!?」

「えっ……そんな」

まさか、早凪くんのことが好きな円にそんなことを言われるなんて。

「ゆるが教室に初めて来た時、宇垣くんがまっすぐゆるのところに向かっていくのを見て、なんとなく、彼はこの子と一緒になるんだろうなって思ったの。そう思ってしまった悔しさでゆるを傷つけてしまったけれど」

円が、本当はあまり話したくないであろうあの時の気持ちを、こうやって打ち明けてくれて、ジンとする。

「円は、いつから早凪くんのことが好きなの？」

こんなこと私が聞いちゃったら怒られちゃう、って思ったけれど、そんな気持ちよりも、円のこと、もっと知りたいって思った。

「……えっ、そんなこと聞いて面白い？」

「聞きたい！　私のまだ会ったことない頃の円のこと知りたいっ」

　円は「今までに誰にも話したことないし、ホントゆるだけなんだからね？」と顔を赤く染めながら、話し出した。「私、小4の頃に星音の付属小学校に転入したの。何もかもド緊張で不安でいっぱいで。その時、席が隣だったのが宇垣くんで。最初は、私が挨拶してもとくに反応しなくて、無表情で窓の外見てる子だったから、ちょっと近寄りがたいなって印象だったんだけど……」

　円の恋の話。

　聞いてる私のほうもなんだかドキドキして、胸がキュンとなる。

「その日、転入初日で教科書を忘れてしまって。今思えば普通に先生に言えばよかったんだけど。当時の私は『転入初日で忘れ物するような子だって印象を与えたら、みんなになんて思われるか』ってことで頭がいっぱいで。そんな時に、隣の宇垣くんが、こっそり教科書を貸してくれたんだ。『俺どうせ寝るから』って言って」

「優しい……」

「でしょ？　それからも高校になってもクラスはずっと一緒だったし、ああ、もしかしたら運命なのかもって考えることもあった。だけど、宇垣くんとまともな会話なんてしたことなくて。全然進展しないまま、今まで」

「……そう、だったんだ」

　私が知らない早凪くんを、円は知っているんだ。

「一見何考えてるのかわかんない自由人に見えるけど、きっと誰よりも周りのことを見てて、誰よりも気を遣える人なのよ、宇垣くんって。そんな彼が、ゆるにはべったり。ゆるの前ではきっと素でいられるんだと思う。気張ってないんだよ」

「……素?」

「うん。ありのままでいられるってこと。だからもう少し自信もてば?　ゆるが宇垣くんのこと好きだって知ったら彼だってきっと……」

　『好き』──そのセリフに、ボッと顔が赤くなる。

　そりゃ、早凪くんのことは好きだよ。

　でもそれは、明人さんや瑛斗さん、翼くんにだって思ってることで……。

「好きって、まだ決まったわけじゃ……。それに、円だって……」

「はー?　何それ?　もしかして、私が宇垣くんのこと好きだから申し訳ないみたいな?　うっわ、余裕だね!」

「いやべつに余裕とか、そんなんじゃ!」

　プンプンと再び怒り出した円は、私が食べたいと思っていたパフェに手を伸ばして、専用のスプーンを使って豪快に食べ始めた。

「いいのよ、こんな進展のない恋する時間なんてもったいないって思ってたし。友達の好きな人だから仕方ないって諦める理由をつけて終わらせたほうがいいの。ってか、も

う振られてるようなもんだし」

「そんなこと……」

「宇垣くん、私の気持ち知ってもそれから何も言ってこないじゃない。言われなくてもわかってる。今さら改めて振られる方がキツイし」

　小さい頃からずっと好きだったんだもん。

　きっと、そんな簡単にスパッと諦められるものじゃないはずなのに。

「この私が諦めてあげるって言ってんだから、絶対くっつかないと許さないからね？」

「円……」

「あとは、ゆるがちゃんと自分の気持ちと向き合うだけよ。それからじゃない？　あの女とどう戦うかは」

「自分の気持ち……」

　この気持ちは単純に、今まで心地よかった特別寮を莉々ちゃんにかき回されて、居場所がなくなっちゃったと感じたからだと思ってた。

「本当は、その恋に気づいちゃうのも怖くて、見て見ぬフリしてるんじゃないの？」

　円のそのセリフが、ズキッと私の心臓を刺した。

　あれから、円と話していたらあっという間に３時間ほどたって。

　夕飯の準備がある私に気を遣って、円がすぐに車を手配してくれたおかげで、無事に時間までに寮へと着くことが

できた。

　円に何度もお礼を言って学校の門で別れてから、少し落ちついた気持ちで寮へと向かう。

『本当は、その恋に気づいちゃうのも怖くて、見て見ぬフリしてるんじゃないの？』

　円にそう言われてハッとさせられた。

　ものすごく図星だった。

　早凪くんにふれられるのは、瑛斗さんや翼くんにふれられるのとは少し違ってて。

　恥ずかしくて身体中が熱くなるけれど、どこかすごく心地がよくて。

　正直、台風の日は、このままずっと離さないでほしいって気持ちがよぎった。

　だけど、早凪くんは私のことを、家族のような存在だって見てる。

　女の子としてじゃない。

　だから、私が早凪くんを恋愛対象として見ていたらそれこそ迷惑な話で。

　ほかのふたりや、明人さんにだってきっと迷惑だ。

　私の気持ちひとつで、築き上げられてきてる家族みたいな関係が崩れちゃうなんて。

　そんなのは絶対あってはいけない。

　だから、無意識に私は、この気持ちにふたをして。

『恋』

　きっと、自分で認めるのが怖くて、円に言わせたんだ。

　卑怯だ、卑怯すぎるよ、私。

　円はあんな風に言ってくれたけど、莉々ちゃんに勝てる自信も、早凪くんに好きだって言う勇気もない。

　ただ、この気持ちをちゃんと円に説明できたのは、よかったのかも。

　はぐらかすのにも限界があったし。

　それに彼女をたくさん知ることができて、距離が縮んだ。

　そして、自分の本当の気持ちに真正面から気づかされて、再び頭を抱える。

「う〜」

　今いるのは、この間瑛斗さん達に教えてもらった学校のラウンジ上にあるVIPルーム。

　結局、寮に帰って食事が始まっても、相変わらずな早凪くんと莉々ちゃんのやりとりにモヤモヤして、私は夕飯の片づけを終えてから、逃げるように寮を出てここに来た。

　自分の部屋さえも、いつもと空気が違う気がして居心地が悪くて。

　ここに来たって、早凪くんや莉々ちゃんのことを考えちゃうくせに。

　私、好き……なんだな、早凪くんのこと。

　男の子として。

　心の中で思うだけでも、顔が熱くなって、VIPルームのソファで足をバタバタさせる。

　好きって認めたら、その気持ちを伝えたら、今までとは

違っちゃうかもしれない。

　よけいに、早凪くんが離れちゃうかもしれない。

　そう思うと、なかなか踏み出せない。

　しかも、早凪くんには莉々ちゃんがいる。

　ここ数日、早凪くんとはまともに話していない。

　マイナスな考えばかりが浮かぶ。

　早凪くんが私に構っていたのは気まぐれで、莉々ちゃんがいれば私のことなんてどうでもいいんじゃないかって。

　私、すごく好きなんだ、早凪くんのこと。

　話さなくなって、誰かのものになるかもしれないって思って、やっとこんな風に気づくなんて。

　自覚した瞬間、早凪くんへの気持ちがどんどん大きくなって。

　今までふたをしてたぶんが、あふれてくるみたいに。

　また、ふれてほしい、なんて。

　——ウィン。

　っ!?

　突然、VIPルームのドアが開いたので驚いて勢いよく立ち上がる。

　嘘……。

「早凪……くん……?」

　目の前には、少し不機嫌な顔をした早凪くんが立っていて、ズンズンとこちらに近寄ってくるではありませんか。

　誰にも何も言わないで寮から出てきたのに……。

「どうして……」

「どうしてはこっちのセリフ。寮のどこ探してもいないから、すごい心配した」

『心配した』なんて言われて不覚にもキュンとして。

「よかった、見つかって」

「えっ!?」

早凪くんは私の身体をグイッと引き寄せると、そのまま抱きしめて、私の耳もとでそう呟いた。

私のこと、全然女の子として意識していないからこんなこと簡単にできちゃうんだろうか。

私は、早凪くんにふれられるたびいつだって普通じゃいられないのに。

「帰ろう。最近ゆる不足で死にそう」

「……っ」

またそんなこと言って、最近ずっと莉々ちゃんと一緒にいるくせに。

それなのに、こんな時に駆けつけてきたり、思わせぶりなことを言ったり、意味わかんないよ。

「……早凪くんには莉々ちゃんがいるじゃない」

我慢できずに、そう口に出していた。

「何それ」

「こんな風にだれかれ構わずさわるの、早凪くんの悪いところだよ」

莉々ちゃんにふれたその手で、私にふれないでほしい、なんて。

好きだって自覚すればするほど、わがままになる。

「え、何。ゆるって、莉々にヤキモチ妬いてるの?」

「は、はぁい!?」

　早凪くんのド直球な問いに思わずそう声を上げたと同時に、彼から勢いよく離れる。

　顔が熱くって、こんなんじゃ、早凪くんに気持ちがバレると思って髪の毛でとっさに顔を隠すように横を向く。

「早凪くんのそういう言動で、傷つく子がいるってこと。私は早凪くんが誰とどうしようが、べつなんとも思わないよっ」

　思ってもないことがよくもまぁポンポン出てきちゃうな、と自分でも感心してしまう。

「ふーん。ゆるの言いたいことはわかったよ。とりあえず早く帰ろう。夜9時には校舎は閉まるから」

「えっ……あっ、うん」

　どうしよう。

　言っちゃったあとにものすごく後悔する。

　私のこと、嫌いになっちゃったかな、早凪くん。

　いくらなんでもさっきの言い方は、ただの八つ当たりだよね。

　学校が閉まることを頭に入れてなかった自分にも、何やってんだ、と恥ずかしくなって。

　私は仕方なく早凪くんに返事をして、一緒に学校をあとにした。

「それで……なんで、ここに?」

　学校から出て、早凪くんに手を掴まれたまま連れてこら
れたのは、寮の中庭。

　今日の昼、早凪くんと莉々ちゃんが話してたところだ。

　月明かりと、中庭のいくつかある小さな照明がプールの
水を照らしていて、キラキラしている。

「あっ」

　早凪くんは、私の質問に答える代わりに、握られていた
手を離してからプールへと近づいた。

「さ、早凪くん？」

　プールの水面（みなも）をジッと見てる早凪くんの背中に恐る恐る
声をかける。

　何か、見つけたんだろうか。

　そう思って、1歩だけ前に進んだ瞬間だった。

　──バッシャ──ンッ。

「さ、早凪くん!?」

　勢いよく水しぶきが飛んだかと思うと、泡になったプー
ルの水がパチパチ音を立てて。

　目の前にいたはずの早凪くんが消えていた。

「嘘……さ、早凪くん!?」

　落ちたの？

　今、早凪くん、プールに落ちたの？

　慌ててプールの方へ駆け寄って、水面を見つめる。

「早凪くんっ！」

　そう名前を叫んだと同時に、プハッと思い切り息を吐く
音がして、全身ずぶ濡れになった早凪くんがひょっこり顔

を出していた。

　間違えて落ちたにしては、あまりにも爽やかすぎる顔をしていて違和感。

　プチパニックの私をよそに、早凪くんは濡れた前髪をかきあげて、こちらを見上げながらぷかぷかプールに浮かぶ。

「な、何してるの!?」

「何って、見てわかんない？　溺れてる」

「……いや」

　溺れてる人間はそんなに落ち着いていられないって。

「ねぇ、ゆる。俺、溺れてるんだけど」

「どう見てもそうは見えないよ」

　彼の濡れた髪の毛先から水が滴って、妙に色っぽく見せていて変な感じ。

　夜の月明かりとか、落ち着いた照明とか。

　彼を好きだと認めて意識しているからなのか、いつもと違う雰囲気で気持ちが高まっているからなのかわからないけれど、いつもの何倍も恥ずかしくって、目をそらす。

「俺が溺れてるって言ってんだから溺れてるの。助けて？」

「うっ……」

　莉々ちゃんと話す早凪くんとは別人で、やっぱり自由人で勝手だ。

　彼女と話すときはどこか大人なくせに。

「ゆる」

　早凪くんは、私の名前を呼んで濡れた手を伸ばす。

　久しぶりに名前を呼ばれて、胸がギュッとなって。

　こんな気まぐれな彼のことを好きになってしまって、気持ちを振り回されてるのが悔しい。

　悔しい、のに。

　彼にふれてもらえると思うとうれしくて。

　彼のほうにゆっくりと手を伸ばす。

「さ、早凪くん？」

　プールから引き上げるために手を伸ばしたのに、早凪くんは、私の伸ばした手に、自分の指を絡めてきた。

「ゆるの手、久しぶり」

「……っ」

　いちいちドキドキするようなことをしてきて、そんなことを言う彼は、確信犯(かくしんはん)だ。

　私がこういうのに慣れていないのをわかってて、面白がってるに決まってる。

「ゆるの手、小さいね」

「早凪くん、上がる気ないなら離してよ。濡れちゃう」

　『溺れてるから助けて』なんてすぐわかる嘘で、わざわざ引き上げてもらおうとしたのは早凪くんのほうなのに。

「……濡れちゃえば」

　早凪くんはそう言って再び水の中に潜り出す。

「えっ……ちょっ！」

　水の音が消えて、あっという間にシンとなった空間。

　水の中には早凪くんがいるはずなのに、まるで急にひとりになったような。

「ふざけないで早凪くん。私もう行くよ」

「…………」

　かまってちゃんにも程がある。

　莉々ちゃんがいるんだから、莉々ちゃんに相手してもらえばいいのに。

「早凪くん、いい加減に……」

　注意しながらも、あまりにも静かなプールに、なんだか怖くなる。

　長く、ない?

　いくら悪ふざけとはいえ……。

　普通の人間がどれくらい息を止めてられるかわからないけれど、早凪くんが水の中に入ってからすごく時間がたってる気がして。

「早凪くん?　ねぇ……」

「…………」

「早凪くんっ!」

　最悪な事態を考えてしまって、すごく怖くなって。

　私は急いでプールのはしごの方へと向かい、水の中へ降りる。

　幸い、プールの深さは私も足が届く範囲で水の高さは私の胸あたり。

　探さなきゃっ!

　泳ぎにすこぶる自信があるわけではないけれど、そんなこと言ってられなくて。

　はしごから手を離して、早凪くんのもとへと進もうと足を1歩前に出した瞬間。

　　──バシャン。

「ゆる、チョロすぎ」

「へっ!?」

　目の前に現れた彼に、驚いて固まってしまう。

「ひ、ひどいよ！　心配したんだからね！」

　彼が無事だったことへの安堵とひどい悪ふざけへのイラ
立ち、その両方で、涙が出そうになる。

「だって、こうでもしないとゆるはこっちにきてくれない
でしょ」

「だからって、こんなの悪ふざけの域を超えてる！」

　もしものことがあったら、そう頭によぎった時、ものす
ごく怖かった私の気持ちなんて、早凪くんにとってはなん
でもないことなんだろうか。

「助けてほしいのは事実だし」

「はい？　……ちょっ」

　突然、水の中から早凪くんの手が伸び、私の腰に回して
きてそのまま引き寄せた。

　お互いの濡れた衣服と肌がふれて、水は冷たいのに、シャ
ツを通して早凪くんの体温が伝わってきて、こんな時なの
に、ドキドキと胸が高鳴ってしまう。

「ゆるにふれてなくて死にそうだから、助けて」

「……何それ」

　口では冷たくそう呟いておきながら、心では、早凪くん
に久しぶりにふれてもらえてよろこんでる自分がいて、も
うわけがわからない。

「明らかに俺のこと避けてるでしょ」

　だって、そんなの早凪くんが悪いよ。

「莉々ちゃんいるから、私じゃなくてもいいでしょ」

　莉々ちゃんのほうがお互いに気心が知れてるみたいだし、それなら、彼女に抱き枕になってもらったほうがいいに決まってる。

「……莉々とは、そういうんじゃないから」

　そう言った早凪くんの抱きしめる力が強くなる。

　そういうんじゃないってなんだろうか。

　中途半端にふれて、気が向いた時だけかまってもらうような都合のいい関係じゃないってこと?

　私には簡単にすぐにふれてくるのに。

　いかに私のことをなんとも思っていないかがわかってしまう。

　それぐらい、早凪くんは莉々ちゃんのこと特別に思って大切にしているんだ。

「……莉々ちゃんは、早凪くんのことすごく好きだよ」

　本人にも周りにもわかるくらい莉々ちゃんのアピールは凄(すさ)まじい。

「莉々には昔から俺しかいなかったからね」

　私のことを抱きしめておきながら、違う女の子の名前を出してそんなことを言うなんて、ホント早凪くん、無神経にも程があるよ。

　『だったらずっと莉々ちゃんのそばにいればいいよ』なんてセリフが口から飛び出そうになって飲み込んだ。

　いくらムカつくからって、感情的に、思ってもないそんなことを言って、本当に早凪くんが今この手を離してしまったら、それこそ納得なんてできる気がしない。

「昔から甘やかされて育ってるせいで、典型的なお嬢様気質なんだ。どこに行ってもわがままだから、学校で莉々はずっとひとりでさ。莉々、女友達ができたこと１回もないんだよね」

「えっ……」

「でも、家でひとりぼっちだった俺は、時々遊びに来る莉々に助けられていた。莉々といるとひとりじゃないんだって思えた」

「……そうなんだ」

　正直、今すぐ耳を塞ぎたい。

「だから、俺は莉々の扱い方をよく知ってる。莉々があんなこと言うのは、俺のことしか知らないから。もっと莉々が自分の世界を広げて、いろんな人と関われば、あいつの見方も変わると思う。だから、ゆる、あいつと仲良くしてほしい」

「へっ……」

　まさかの発言に、思わず顔を上げる。

　てっきり、早凪くんの莉々ちゃんへの思いの丈をぶつけられるんだと思ってた。

　なのに、仲良くしてほしい……って……。

「仲良くって、そもそも莉々ちゃんが私のことよく思ってないんだもん」

「ゆるのこと、テストしてるんだと思うよ。どんなわがま
ま言ってもゆるがキレないか」

「何それ……」

　テキトーなことを言いながら私の首筋に顔を埋める早凪
くんに、そう呟く。

　濡れた服が身体にピタッとひっついて気持ち悪いはずな
のに、伝わる早凪くんの熱がどこか心地よくて、このまま
離さないでほしい。

　バカみたいだ。

　前はこんなこと、全然考えなかったのに。

「返事は？」

「……っ」

　早凪くんが、埋めていた顔を上げて、私の頬に手を添え
てきたので、バチッと目が合う。

　やっぱり、いつもよりも増して色気を漂わせてる早凪く
んはずるい。

　私は、いつだってキュンとしてばかりなのに、彼にとっ
て私は家族のような存在。

　あんまり早凪くんの瞳が色っぽくて思わず目をそらす。

「ゆる、答えないとチューするよ」

「は、はい!?　意味わかんない！」

「5～4～3～」

「わ、わわわかったから！　わかった！　莉々ちゃんと仲
良くするから！」

　突然カウントダウンをした彼に、慌ててそう答えた。

夏だ！　浴衣だ！　ライバルだ！

「答えないで、そのままチューしてもらえばよかったじゃ
ない」

「え……円、何を言って……」

　プール事件から３日たち。

　今日は、円のお家でお泊り中。

　円に何度もしつこく早凪くんとどうなってるのか聞かれ
たので、あの日おきたことをひととおり話すことにしたけ
れど、円の大胆な発言に戸惑いを隠せない。

　付き合ってもない人とキスなんて、そんなのおかしいよ。

「そこまでしてて、ゆるのことなんとも思ってないってい
うほうがおかしいじゃない！」

　円は、そう言ってお手伝いさんが準備してくれた高級そ
うなようかんをパクッと食べた。

「だって、早凪くん、私のことは家族みたいなもんだって。
そんな風に思ってて、異性として見てもらえるとは……」

　それにやっぱり、早凪くんと莉々ちゃんの関係を知れば
知るほど、好きだって言えなくなってしまう。

　莉々ちゃんと仲良くしてほしいなんて、もし私のこと好
きだって思っててくれたらあんなこと言えないと思うし。

「そんなこと言ってたら、何も進展しないじゃん！　ゆる
は、あの女に宇垣くんを取られていいわけ？　自分はそも
そも住む世界が違うからって、何かする前から諦めるわ

け？」

「円……」

　まだ、早凪くんのことを全然忘れられていないはずなのに、まっすぐこんな風に言ってくれるなんて。

　思わず、うるっとしてしまう。

「私がそうだったから、よけい、おんなじ思いしてほしくないの。あんなことになる前にもっとちゃんと面と向かって告白して、しっかり振られればよかったって思うし。行動しないほうがずっと後悔するよ。まぁ、私には、宇垣くんがゆるのこと大好きなようにしか見えないけどね！」

「……うん」

　円の気持ちはすごくうれしい。

　でも、どうしていいのかわからない。

　わからないくせに、莉々ちゃんと早凪くんが一緒になるのは嫌だなって気持ちはどんどんふくれ上がっている。

「そうと決まれば！　ほら、ゆる、宇垣くんとしたいこととかないの？　行きたいところとか」

「えっ……」

「ライバルがいるときこそ、チャンスじゃん！　ね？　夏休みなんだしさ！　この際あの女のことはおいといて、ゆるの気持ち、教えてよ」

　早凪くんと、したいこと、行きたいところ……。

　もし、もしも、許されるのならば……。

「花火大会、行きたいかな。ゆ、浴衣、着て。でも、それは、みんなで行きたいっ！」

　円とも、瑛斗さんや翼くんとも、もちろん。

　みんなで浴衣着て、楽しみたい。

　仲のいい友達と浴衣を着て出かけるのは、ずっと私の密かな夢だ。

　今まで一度もしたことがない。

「浴衣……！　いいじゃない！　宇垣くんにいつもと違うゆるを見せてドキッとさせちゃおう！　ぜっっったい、宇垣くんはゆる以外に渡さないんだから！」

　円は得意げにそう言って、ようかんの最後のひとくちを頬張った。

　——コンコンッ。

　特別に１泊だけ休みをもらって円のうちでお泊まりした日から一夜明けて。

　１日の仕事を終えて自分の部屋のベッドで休んでいると、ドアをノックする音がして、返事をする。

「ゆるちゃん、入ってもいい？」

　優しくて可愛らしい声。

　ドアの向こうにいるのが翼くんであることはすぐにわかった。

　——ガチャ。

「どうしたの、翼くん」

「フフッ」

　何やらうれしそうに紙袋を持っている翼くんの姿。

　一体どうしたんだろう。

「円ちゃんからいろいろと話を聞いてね」

　翼くんがそう話しながら、私の勉強机の椅子に腰掛けた。

「いろいろって……」

　まさか、円が、私の早凪くんへの気持ちを翼くんに話したのかと思って、一気に身体から汗が吹き出る。

「みんなで、花火大会に行こうって話！　いや～俺達みたいなのは、そういうの行ったことないからさ～！　ゆるちゃんが提案してくれたって聞いて、めっちゃうれしかったよ！」

「あっ、う、うん」

　翼くんの様子からして、もしかして、円は私の気持ちまでは話してない？

「だからね！　慌ててお母さんにそのこと伝えたら、早速特注でみんなの浴衣を用意してくれて!!」

「えっ、と、特注!?」

「ゆるちゃんのは、金魚の柄なんだ～！　めっちゃ可愛いよ～！　お母さんが、これはぜひ、ゆるちゃんにって！」

　翼くんは、驚く私におかまいなしにそう言って紙袋から浴衣を取り出した。

「うわ……すっごく可愛い」

「でしょ～？」

　得意げにそう言う翼くんだけど……。

「ど、どうして、翼くんのお母さんが私のこと知ってるの？」

「ふふーん、この前お洋服着てもらった時、ゆるちゃんのことバッチリ撮ってたんだ～！　その画像を送ったらお母

さんすっごくテンション上がっちゃって」

「ええっ……翼くんのお母さんに送っちゃったの？」

　私の許可なしにそんなことされて、普通なら怒るところなんだろうけど、翼くん相手だとどうも怒る気になれない。

「うん！　すっごい可愛い子だからぜひうちのイメージモデルに、って言ってるよ？　ゆるちゃんさえよかったらやってほしいけど、早凪が怒るのが目に見えるしな〜」

　翼くんの口から早凪くんの名前が飛び出してきて、ドクンと心臓が音を立てる。

「私みたいなのが翼くんちのブランドのモデルとか、ホント恐れ多くて全然考えられないよ」

「え〜！　何が恐れ多いのさ！　俺もお母さんも、いつでもウェルカムだって！　ゆるちゃんのこと、すっごい大好きだもん！」

「翼くん……」

　莉々ちゃんの件で、私はみんなとは違うことを実感して落ち込んでいたけれど、翼くんの言葉が、たとえお世辞としても、こうやってまっすぐ『好き』って言ってもらえるの、すごくうれしい。

　私はここにいていいんだ、って言われてるみたいで。

　翼くんの言葉に少し元気が出た。

「え、ちょっと待って……なんで……」

「ごめんね、門枝さん。いきなりで。莉々がどうしても一緒に行きたいって言うから、着付けをお願いしてもいいか

な？」

　と早凪くん。

　あれから数日たち、やってきた花火大会の日。

　特別寮の３人も浴衣を着るようで、寮で翼くんが着付け
をすることになった。

　私と円は、円の家で浴衣に着替えて、大会会場で合流、
となっていたはずなんだけど……。

　円が翼くんから浴衣を受け取り、ふたりで円の家に向か
おうと玄関で靴を履いてると、莉々ちゃんが何事かと部屋
から出てきてしまい、自分も行きたいと騒ぎ出したのだ。

「悪いけど、浴衣、２着しかないから……」

　事情を知っている円は、きっぱりとそう言う。

　莉々ちゃんひとりを寮においておくのは、かわいそうだ
けど……。

「え～！　莉々も行きたい！　行きたい～！　もしかして、
みんな莉々のことおいていくつもりだったの？　早凪
も？」

「だって、莉々は今日、予定があるって言ってたでしょ。
だからあえて言わなかっただけ」

　早凪くんのセリフに、莉々ちゃん予定があったんだ、と
どこかホッとすると同時に、じゃあもし莉々ちゃんに予定
がなかったら、早凪くんは莉々ちゃんのことを誘っていた
んだろうかと思うと、胸がまたモヤモヤしちゃう。

「いい……予定はキャンセル！　私は早凪と花火を見にい
きたい！」

「早凪だけじゃなくて、俺達もいるけどな〜？」

　と瑛斗さんに言われると、莉々ちゃんは少し頬をふくらませて、早凪くんの腕に手を回した。

「浴衣ならもう1着もってるよ！」

　そう言ったのは、翼くん。

　そのセリフに莉々ちゃんが目をキラキラさせて。

「じゃあ、莉々ちゃんも一緒に着替えに行こ」

　私は、完全に諦めてそう言った。

『私の家で着替えれば、会場で宇垣くんと会ったときに浴衣姿見せられるじゃん！　デートの待ち合わせみたいでワクワクしない？　ゆるの可愛い浴衣姿でグッと宇垣くんの気持ちを掴むチャンスだよ！』

　円のそんな提案で、円の家でわざわざ着付けをしてもらうことになったのに。

　まさか、こんなことになるなんて。

　今日も外にまで出て莉々ちゃんのわがままに付き合うのかと思うと、憂鬱になってしまいそう。

　せっかく、円に着付けしてもらえるっていうのに。

「わ〜〜！　すっごく広いおうち!!」

　円が用意してくれた高級車から降りて、円の家に入ると、莉々ちゃんがそう言った。

「いいのよべつに。宇垣くんもほかのふたりもいないんだし、そういうのいいから」

　うわ〜と目をキラキラさせてる莉々ちゃんに、円がきっ

ぱりとそう言った。

「え～円さん、何言ってるんですか？」

　莉々ちゃんは、眉毛を下げながら上目遣いで円のことを見つめる。

　自分の可愛い角度を、すべて把握してるって感じで。

「とにかく、私はあなたのことが昔から大嫌いだから、それだけ覚えてて？」

　廊下を少し進んで、部屋のふすまを開けながらそう言った円に、莉々ちゃんの顔が明らかに変わった。

「もしかして、円さんって、早凪のこと好きなんですか？」

　紙袋から浴衣を取り出した円の手が、わずかに止まった。

「べつに……」

「あ、それとも、翼くんか瑛斗さんのどっちかですか？」

　毛先がクルンとなったツインテールを揺らしながらうれしそうにそう言う莉々ちゃん。

　私が言われているわけじゃないのに、すごく気分がよくない。

「やめといたほうがいいですよ？　みんな、莉々のことが好きなんで」

「はー？　なんなのあんた！」

「ちょ、円！」

　声を荒げた円を慌ててなだめようと、彼女の肩にふれる。

　円が怒るのも無理はないけれど、莉々ちゃんはどこかわざと煽るように言ってるようにも見える。

　自分が言われてる時は気づかなかったけれど。

　今、客観的に見ると、少しだけそう感じた。

「ほんっと腹立つ女！」

「まぁ、円さんの気持ちもわからなくもないですよ。莉々可愛いんで、周りの男の子達がみんな莉々に注目しちゃいますもんね」

　ククククッと笑いながら話す莉々ちゃん。

　なんで、怒らせるってわかっててこんなことを言うんだろう。

「莉々ちゃん」

『もうやめて』

　そういう意味を込めて、名前を呼ぶ。

　少し、強く。

「ゆるだって、莉々のこと嫌いでしょ？　バレバレ。早凪はあんなこと言ってたけど、そんなの嘘」

『早凪はあんなこと言ってたけど』

　莉々ちゃんのセリフに少し引っかかりを感じる。

「そんなの当たり前でしょ!?　あんたのその性格！　不快にならない人がいるっていうの!?」

　代わりに円が声を出した。

「……っ、うるさい」

「……莉々ちゃん？」

　ボソッと呟いた莉々ちゃんの声は、ほんの少し、一瞬だけど寂しそうに聞こえて。

「何にも知らないくせに、うるさいっ！」

「はぁ!?　逆ギレ!?　もう知らない。ひとりで着付けなさ

いよ!!」

　円は「いこ、隣の部屋でやる」と私の手を引っぱってから、莉々ちゃんを部屋にひとり残した。

　着付けが終わり、円にメイクやヘアアレンジをしてもらって、莉々ちゃんと３人、花火大会の会場に着いてから、会場の入り口のほうで早凪くん達を待つ。

　その間、全員終始無言で。

　円は、私の準備を手際よくやってくれたあと、自分のこともこれまたササッとやるもんだから関心した。

　家が茶道の家元なんだそうで、そういうの、徹底して仕込まれているんだろう。

　莉々ちゃんはというと、彼女も彼女で、バッチリ着付けできていて、しかもいつものツインテールが、頭の高い位置で綺麗にひとつのお団子になっているからびっくり。

　こういうの、自分じゃできないタイプの子なのかと思っていたから。

　後れ毛で可愛らしさを残しつつも、いつもより大人っぽくて、悔しいけどすごく綺麗。

　翼くんが莉々ちゃんに貸した浴衣も、薄ピンクを基調とした桜の柄で、可愛らしい彼女によく似合っている。

　誰の力も借りず、自分をここまで可愛く見せることのできる莉々ちゃん、これはきっと才能だ。

　メイクの雰囲気もいつもと違うし。

　きっと、彼女の持ってたバッグの中には、化粧ポーチや

ヘアアクセがつねに用意されているんだろう。

　一緒に行こうと先に声を発したのは私だけれど、やっぱり心から楽しめる気がしない。

「あっ、いた──!!」

　聞き覚えのある陽気な声が聞こえたので顔を上げると、そこには、瑛斗さんが浴衣姿で手を振っていた。

　瑛斗さんは、黒の浴衣に黒のハットを被っていて、浴衣姿でも、並外れたセンスを醸し出していた。

　ハットの中から見える金髪が大人っぽい浴衣となんともまあ相性バツグンで。

　瑛斗さんの横を歩く翼くんは、紺のストライプ柄の浴衣に、くせっ毛の栗色の前髪をちょこんとあげて結んでいる。

　可愛らしい顔がさらによく見えてすごく素敵。

　ふたりもほんとにカッコいい。

　そして……。

「……っ!」

　ふたりの後ろを歩く早凪くんの姿に息をのんだ。

　グレーの浴衣と、黒っぽい帯。

　髪型はいつものストレートヘアとは違って少しふんわり動きがあって、前髪は分けられていておでこが少し見えるセット。

　シンプルなのに、絵になるぐらい本当にかっこいい。

　思わず数秒見惚れていたら、早凪くんと視線がぶつかって慌ててそらしてしまった。

　道行く人全員が振り返ったり、小声で３人のことを見な

がら何やら話していたり。

　その中には、『星音特別寮の３人じゃん！』と彼らのことを知ってる人もいて。

　一般の人にも認知されてるほどの人気ぶりを実感して、今から彼らと行動をともにすると思うと、なんだかいつもと違う緊張が襲ってくる。

「円ちゃんめっちゃ綺麗だね〜！　浴衣だとものすっごい大人っぽくなる〜！」

「どうも」

　瑛斗さんの褒め言葉にも動じることなく、円はサラッとお礼を言う。

「待った？」

「うん、かなり」

　正直にそう答える円は円らしくて、少しホッとする。

　莉々ちゃんがいることでずっと不機嫌だったから。

　いや、男性陣が来るのが少し遅くて本当にイラ立っていたのもあるかもしれないけど。

「ごめんごめん、早凪が遅くってさ〜！」

「は？　瑛斗が帽子がないとか騒いでたからだろ？」

「わぁ〜〜！　早凪の浴衣姿カッコいい〜!!」

　そう言って、早凪くんの腕に手を回したのは、もちろん莉々ちゃんで。

「ゆるっ」

　早凪くんが私を呼んで一瞬目が合ったけど、莉々ちゃんのあからさまに嫌そうな顔が見えてそれに怯んで聞こえな

いふりをしてしまった。

　これじゃ、私が早凪くんと進展するどころか、莉々ちゃんと早凪くんの距離がもっと縮んじゃうよ……。

「やっぱりこの柄、ゆるちゃんにめっちゃ似合うね！」

　少し気持ちが沈んでいると、翼くんが声をかけてくれて浴衣姿を褒めてくれた。

「あっ、ありがとう。翼くんもよく似合ってる」

「へへっ！　ありがとう！」

　無邪気にそう笑う翼くんだけど、ホント、いつもと違って、可愛さよりもカッコよさの方が増してる気がする。

　浴衣の色がシックだからか、いつもよりとっても大人っぽい。

「早く行こ！　莉々すごく楽しみ！」

　莉々ちゃんが早凪くんの腕を掴んだまま先頭を歩き出して、瑛斗さんと円がそのあとを追いかける。

　自然と、先頭に莉々ちゃんと早凪くん、その次に円と瑛斗さん、最後に、私と翼くん、という順番で、花火が始まるまでの間、屋台を回ることになった。

「早凪、見て見て！　おっきいわたあめ！」

「ん」

　人混みの中、聞きたくない会話は異様によく聞こえてしまう。

　チラッと後ろからふたりの背中を見つめれば、早凪くんが何度も後ろを振り向いて気にして歩いているのが見えたけど。

「莉々、早凪とふたりなら食べられるよ！」

　そう莉々ちゃんに話しかけられるたびに、腕を掴まえられて戻される早凪くん。

　はぁ……。

　すっごく楽しみにしていた今日だけど、油断したら涙が流れてしまいそう。

　円は、何度もこちらを振り返ってくれては、私の様子をうかがってくれていたけれど、それもなんだかすごく申し訳ない。

　円にだって、本当は目一杯楽しんでほしいのに。

　落ち込んだ気持ちのまま、人の流れに身をまかせるように、前へと進んだ。

「ゆるちゃん、大丈夫？」

「へっ……」

　歩いて少しして、隣の翼くんが心配そうに私の顔をのぞき込んだ。

「いや、なんか元気なさそうだなって。ボーッとしてたらはぐれちゃうよ〜」

　翼くんはそう言って、私の手首に手を伸ばした。

「つ、翼くん？」

「ゆるちゃんはぐれちゃいそうだから、ここ掴んでな」

　翼くんはそう言って、自分の浴衣の袖を私に掴むように促した。

「いや、大丈夫だよ！　そんなことしなくてもっ」

　そこまで子どもじゃないから、と思ってそう断ったけど

「絶対はぐれないって約束できるの？」と聞かれて、しぶしぶ袖を掴ませてもらった。

　もし仮に迷子にでもなったりしたら、それこそみんなに迷惑かけちゃうし。

　迷ったけれど、ここは翼くんの言うとおりにしようと決めた。

「わぁ～！　すご～い！　射的だって～！」

　甘さを醸し出すような莉々ちゃんの声が聞こえて、顔を上げると、莉々ちゃんがお店をのぞいて射的屋さんに夢中。

　その横には、お店の人と話す早凪くん。

　足を止めて、少し離れたところから浴衣姿のふたりを眺めると、さらに感じてしまう。

　"お似合い"

　カッコよくて可愛くて、お金持ちのふたり。

　そりゃ、将来ふたりがどうなるのか目に見えてわかってしまう。

「莉々、あれがほしい！　ウサギちゃんの指人形！」

「……無理でしょ、もっと当たる面積が大きいものが……」

「え～早凪ならできるよ～!!　当たらなくても、早凪の射的姿が見たい！」

　ふたりの光景に思わず目を伏せる。

　円も、瑛斗さんに半ば強引に射的コーナーに連れていかれて、瑛斗さんに銃の持ち方なんかを教えてもらっていた。

　あの瑛斗さんのことだから、すごく密着しながら円に教えているけれど、それがまたさまになるからすごい。

　はじめは嫌そうだった円も狙いの景品を決めると、その眼差しは真剣そのもの。

　完全にどっちも、いい雰囲気ができあがっている。

　射的コーナーは、一度で4人のお客さんが使える仕様らしいけれど、ほかにもお客さんがいて残りのふたつも埋まっていたので、私と翼くんは少し離れた斜めうしろからみんなのことを眺める。

　悔しいけれど、早凪くんの銃を持つ姿は、思わず見惚れちゃうくらいカッコよくて。

　横顔があんまりにも綺麗だ。

　浴衣から伸びる腕も、首筋も。

　いちいちドキドキしてしまって。

　──バンッ。

「わーっ!!　ほら!!　早凪命中させた!　すごいすごいっ!!」

　莉々ちゃんのその声が聞こえて、再び現実へと引きもどされた。

　早凪くんは、私のものなんかじゃないんだ。

「ゆるちゃん、俺達は隣のやってみようよ」

「えっ……」

　みんなに声援を送っていた翼くんの突然の提案に戸惑いながらも、さりげなく掴まれた手首を引かれるまま、自然に隣のお店へと足が動く。

　きっと、その場から離れたかったから。

「わー!　見て!　可愛い〜!　ヨーヨー釣りだって!

しかもこれストラップだ～！　可愛い～！　ねぇ、ゆる
ちゃんも早く来てよ！」

「あ、うんっ」

　翼くんにさらに腕をひかれた私は、先にビニールプール
の前で腰を下ろした翼くんの隣に駆け寄った。

「うわ～！　可愛い～!!」

　ビニールプールの中には、人気のキャラクターがヨー
ヨーの形になった丸い小さなストラップがいくつかプカプ
カと水に浮いていた。

　『200円３本』と書かれた看板を見た翼くんが、スッと
200円をお店の人に渡すと、すぐに、ヨーヨー釣り専用の
針がついたこよりが３本出てきた。

「はい、ゆるちゃんの」

「えっ、あ、ありがとう。こんなのもあるんだね、知らなかっ
た～」

「ね、面白そう！」

　無邪気に笑う翼くんに、だいぶ癒されちゃう。

　翼くんからこよりを受け取り、プールの中をのぞき込む
と、お店の人に「案外難しいからね、これ」なんて声をか
けられて。

　プールの中には難易度を上げるため、水流ポンプがあっ
て、そのせいで、ストラップが元気よく泳いでいるよう。

　ホントだ、これは意外と難しそう。

　そう思いながらプールを眺めていたら、ひとつのスト
ラップに目が止まった。

　可愛らしいクマのキャラクター。

　私がこのシリーズの中で一番大好きなキャラクターだ。

「これにする！」

　そう言って、水面の前に腰を下ろして、グルグルとプールを回るストラップを目で追いかける。

　ストラップの紐部分を釣り針にかけようと、必死になる。

「うわぁ、ホントだ〜動いてるからよけい難しいよ〜」

「ははっ、がんばれ〜ゆるちゃ〜ん！」

「あっ！」

　翼くんの応援あってか、ストラップの紐に釣り針が引っかかって、持ち上がった。

「わっ！　やったー！　取れ……あっ、」

　取れたと思った瞬間、ポチャンと音がした。

「え、嘘！」

「ざんね〜ん！　あと２回！」

　お店の人のそんな声する。

　なるほど……このこより、思ってたよりも切れやすいんだ……そりゃ難しいよ。

「もう１回！」

　そう言って再び挑戦してみたけれど、残りのふたつでも、やっぱりうまく釣れなかった。

「ゆるちゃん今のめっちゃ惜しかったのにねー！」

「結構難しいよこれ」

「じゃあ今度は俺の番！」

　翼くんがウキウキしながらそう言って、再びお店の人に

200円を渡した。

　こよりを受け取って、翼くんがプールへと視線を向けて。

　そこからはホント、一瞬で。

「はいっ！　取れた！」

　ヒョイッとストラップをすくい上げて、すぐに専用の容器に入れた翼くん。

「えっ、翼くんすごい……」

「へっへーん！　はいこれ、ゆるちゃんに」

「えっ」

　翼くんは、私が狙っていたストラップを今さっき入れたばかりの容器から取り出してこちらに向けた。

　私達がヨーヨー釣りを終えると、タイミングよく早凪くんん達も射的屋さんから出てきてみんなで再び歩き出す。

「翼くん、ありがとうっ！　このキャラクターすごく好きだからうれしいっ。ホント、上手だったね。初めてとは思えないよ！」

　私は翼くんに改めてお礼を言う。

「へへ、見惚れた？」

「うんっ！　とってもカッコよかったよ！」

　さっきよりもずいぶんテンションが上がっている自分がいて、そういえば、最近なんだかんだ翼くんに助けてもらってるなと実感する。

「うんって……」

「へ？」

　翼くんが小さな声で呟いたけど、人混みのせいもあって
よく聞き取れない。
「ううん、なんでもない。俺も楽しかったからよかった！
また来ようねっ！　次はゆるちゃんも取れるように！」
「うんっ、また来たい！」
　そう言うと、突然、翼くんの手が私の頬に伸びてきた。
「つ、翼くん？」
「やっと笑った」
　翼くん……ずっと、私のこと心配して？
「よし、みんなどんどん進んでる、おいてかれないように
しなきゃ！」
　翼くんは、そう言って私の頬に触れていた手を下ろして、
私の手を握った。
　つながれた手に、正直すごく驚いたけれど、翼くんの手
があんまりにも温かくて。
　振りほどいたりなんかできなくて、大人しくつながれた
まま。
　きっと、元気ない私に気を遣ってしてくれてることだか
ら。
　それで、ストラップまで取ってくれて。
　本当は、翼くんがほしいものを取らなきゃいけないのに。
　先程よりも人の多さが増してきて、翼くんの肩と私の肩
の距離がとうとうゼロになって。
「……っ」
「ゆるちゃん、大丈夫？」

　斜め上から優しく心配してくれる翼くんは、やっぱりいつもよりも頼もしくって完全に男の子って感じ。

　いつもの可愛い感じももちろんなくなってるわけではないんだけれど。

「うん、平気だよ」

「はぐれないようにね」

「うんっ、ありがとう」

　私に気を遣って歩幅を合わせて歩くのも、きっと疲れるはずなのに。

　あんまり足手まといにならないように、もう少し早く歩かなきゃ。

　そう思ってさらに歩き出した瞬間。

　——ブチッ。

　と、何かが取れる音がした。

　嘘。

　そう思って、慌てて手に持っていた巾着に目線を移す。

　あれっ!?

　巾着につけてた翼くんに取ってもらったあのストラップが見つからない。

　ついさっき、お店の前でつけたばかりのストラップ。

　何度、巾着を見ても、やっぱりない。

　立ち止まって、すぐに足もとに目を向ける。

　その瞬間、つながれていた翼くんとの手が、人の波によってスルリと離された。

　でも、今の私はそれよりもあのストラップを探すのが先。

　だって、翼くんが私のことを元気づけるために取ってくれたものだ。

　この花火大会に来て、今日、初めてちゃんと笑えた瞬間なんだもん。

　どう考えたって大切なものだ。

　人の流れに逆らいながら、みんなの進んでいた方向とは真逆に向かって人混みをかき分けながら、目線を下に向けつつ道を歩く。

「すみません、ちょっとすみません」

　と、何度も声を出しながら。

　どうしよう……。

　これだけの人の数だ。

　踏まれてボロボロになって壊れてたりしたら。

　誰にも気づかれないまま、どんどん転がされて、どこか遠いところにあったら。

　見つけられるか不安になりながらも、とりあえず、通ったばかりの道をひたすら戻って。

　見つけなきゃ、翼くんの、優しさ。

　悔しさで、目頭が熱くなりながら、必死に目を凝らして。

　でも、見えるのは、見知らぬ人達の足もとやポイ捨てされたゴミばかり。

　もうダメかも……。

　そんな弱音を心の中で吐いた瞬間だった。

「あっ……！」

　目線の先には、丸っこい黄色のクマのストラップが、そ

こだけにスポットライトが当たってるみたいにくっきりと
見えた。

　あった！

　慌てて足を早めて、その場に向かう。

　そこを歩く人達に謝りながら、ジャマにならないように
すぐにしゃがみ、さっとストラップを手にとって。

　急いで、道の端の人気のない落ち着ける場所に移動した。

「わ〜よかった〜！」

　屋台の灯りを頼りに、ストラップが無事かどうかを確か
める。

　幸い、少し汚れた程度で、巾着の中に入れていたハンカ
チで拭いたら、綺麗になった。

　この花火大会で、唯一の思い出。

「ふー」っとホッとして、人混みに目を向ける。

　……やばい。

　完全に、はぐれたよね、これ。

　バカだ……私ってば。

　ストラップをなくしたパニックで、無我夢中で必死に探
してこんなところまで来ちゃったけど。

　あれだけ翼くんに、はぐれないようにって何度も念を押
されたのにこんな風になってしまうなんて。

　今からみんなのところに向かえば間に合う？

　いや、でも……。

　正直、このまま帰ったほうがみんなにとっても自分に
とっても好都合なんじゃないか、なんて考えがよぎる。

　だって、早凪くんや莉々ちゃんが一緒にいるのを見るのは私だってキツくて。

　翼くんだって、私のことをしょっちゅう気遣うのも疲れちゃうだろうし。

　翼くん、こういうイベント初めてだってすごくワクワクしてたから、もっとのびのびと楽しんでほしい。

　そうだよ……。

　帰ろう、その方が絶対いい。

　結局、住む世界が違う私たちは、何もかも違うんだから。

　そう思って、そのまま戻っていたほうに向かおうと踵《きびす》を返した瞬間。

「……何してんの」

「……っ!?」

　突然、うしろから手首を掴まれたかと思うと、聞き覚えのある声がした。

　しかも、すごく不機嫌そうな声。

　声を聞いただけで、胸がギュッて苦しくなるのがすごく悔しくて。

「……さ、早凪くん？」

　恐る恐る振り返ると、やっぱりそこには早凪くんがいて。

　額に少しだけ汗が滲《にじ》んでいて息が荒く、慌てて探してくれたんだっていうのが伝わってくる。

「なんで……」

「なんでって……ゆるってそんなバカだった？」

「えっ、バ、バカって……」

　今日、やっとちゃんとしゃべったのに、かける言葉が『バカ』って、もっとマシなセリフはないんだろうか。

　バカなんて、自分でも一番自覚しているし。

「みんな心配してる、門枝さんなんてゆると連絡つかないって泣き出したんだからね」

「えっ……」

　円……そんなに心配して……。

「翼だって、すっげー青ざめた顔して自分がちゃんと見てなかったからって」

「それは違う!!　翼くんのせいなんかじゃないよ!!」

　私が、少し声を大きくしてそう言うと、早凪くんの表情がなぜだかムッとした。

「わ、私が……落し物しちゃって、それ探すのに必死になってたら……はぐれちゃっただけだから」

「何を落としたの」

「……これ」

　そういって、黄色のクマのヨーヨーストラップを見せる。

「……は……そんなもののために戻ったわけ?」

「……っ」

『そんなもののために』

　早凪くんのその言葉に、カチンときてしまった。

　それだけじゃないんだ。

　ずっと。

　早凪くんへの一方的な私の勝手な不満も含めて。

「そんなものって何?　私の大切なものだよ!　翼くんが、

取ってくれたの。私が取れなかったもの。初めての花火大
会で、初めてできた思い出のものだよ！　それを……そん
なものなんて、まるでなんの価値もないものみたいに言わ
ないでよ！」

「……翼？」

　私のほうが、早凪くんにずっとムカついていて怒ってい
るのに、早凪くんのほうがなぜだか眉をゆがめてイラつい
たような顔をした。

　莉々ちゃんといるときは、いつだって涼しい顔をしてい
るのに。

　どうして私といる時は、そんな顔するの。

「翼くんは優しいよ、早凪くんみたいに全然自分勝手じゃ
ないし、翼くん、女の子みたいに可愛いけれど、中身はすっ
ごくカッコいいの」

　自分でも、自分が何を言いたいのかわからなかった。

　頭は早凪くんのことばっかりなくせに、変に翼くんと早
凪くんを比べて。

　こんなことしたって、早凪くんには本当に大切な幼なじ
みの莉々ちゃんがいて、私のことなんて、これっぽっちも
女の子として見てないってことぐらい、わかっているはず
なのに。

　それでも、この口は黙ってくれない。

「……翼くんはちゃんと私のこと気にかけてくれるの、翼
くんは、翼くんは……」

　早凪くんより、ずっといい男の子だ、なんて。

そんな意味のないことをアピールしようと必死に。

どうしようもなく今にも泣きそうになりながら声を発していたら。

「……っ!!」

突然、やわらかいものを唇に押しつけられた。

目の前には……。

目をつぶった、早凪くんのアップ。

……何、これ。

何が起こってるのかまるでわからなくて、ゆっくり唇が離された時には、放心状態で。

今の……って。

いきなりのことに、泣きそうだと思っていたのもピタリと引っ込んでしまった。

「……翼、翼、うるさい」

目の前の彼は、まるで何もなかったかのように平然とそう言っている。

意味がわからない……。

「早凪くん……今、何して……」

心臓が異常にバクバクして、このまま死んじゃいそう。

身体中、一気に熱を帯びて。

クラクラしそうになる。

早凪くん、今、私に……。

でも、なんでもなかったみたいな顔をしてる彼を見ると、私の短い夢だったのかと思ってしまう。

「……うるさいから、塞いだ」

「はっ……」

『うるさいから』

　それだけの理由で、早凪くんは好きでもない子にキスが
できちゃうわけ!?

　いくらマイペースで自由人って言ったって。

　そんなのひどすぎるよ。

　私にとっては、大事な……ファースト……キス、なのに。

「ゆるのくせに生意気なことばっかり言うから」

「何それ……早凪くんはこういうことなんとも思わないで
できるかもしれないけどね……！」

　ムカついているのに胸の鼓動はおさまらない。

　バカみたいにドキドキして壊れそうなのに。

　何度も、さっきの唇の感触を思い出しては、顔がとても
熱くなって。

　それを隠すように下を向く。

　なんなの、こんなわけがわからない気持ち。

「……あ、瑛斗？　うん、ゆるを見つけた。みんなに伝えて」

　っ!?

　顔を上げると、早凪くんはスマホを耳に当てて電話をし
ていた。

　相手は瑛斗さんらしい。

「うん、俺はゆるとふたりで回ってるから。莉々のこと頼
んだ、うん」

　えっ？

　聞き間違いかと思った。

でも、そう聞こえてしまった。

『俺はゆると ふたりで回ってるから』

『莉々のこと頼んだ』

　いや、あれだけ莉々ちゃんのこと大事にしてるような人が、まさか、そんなこと、ね。

　まさかまさかと思っていると、電話を切った早凪くんが、突然、私の手を握った。

「えっ、ちょ、早凪くん？」

「ってことだから、行くよ。花火が始まるまであと20分しかないから、早足になるけど」

「な、何を言って……早凪くんは早くみんなのところに行かなきゃ、莉々ちゃんだって、待ってる」

　さっきまでイライラと不安でどうにかなっちゃいそうだったくせに、今は、本当に早凪くんとこれからふたりで回れるのかと思うとうれしくなってる自分がいる。

　それなのにこんな時にも、莉々ちゃんの名前を自分で出しちゃうんだから。

　単純なくせにどこかめんどくさいな、と自分自身に呆れてしまう。

「莉々には瑛斗達がついてるから。門枝さんもいるし。本当は、今すぐゆるのこと部屋に連れて帰りたいの、うんと我慢してるんだから。回るの付き合ってよ」

「……えっ」

　あの、マイペースでめんどくさいことが嫌いそうな早凪くんが、自分から、回るの付き合ってって……。

　いったいどういう風の吹き回しなんだ。

　私のうるさい口を塞ぐためのキス。

　突然つながれた手。

　いろんなことがいっぺんに起こってしまって、私はただただ、早凪くんに手を引かれるまま歩くことしかできない。

「お、これゆるに似合いそう」

「えっ？」

　急に早凪くんが足を止めてそう言うので、彼の目線の先を追う。

「これ、つけてみてよ、ゆる」

　早凪くんが何やら楽しそうにそう言いながら手に取ったのは、マヌケな顔をしたひょっとこのお面。

「……嘘でしょ」

　いくら私のことを恋愛対象として見てないからって、ひょっとこのお面を似合うなんて言ってくるって、信じられない。

「自分勝手な行動をした罰だよ、ほら」

「自分勝手なのは早凪くんのほうでしょ……って」

　早凪くんは、私の声に聞く耳をもたずに、お面を私に無理やりかぶせてくる。

「ちょっと──!!」

「……どうしよう、ゆる。想像以上に似合いすぎだよ」

「ホントやめて……」

「あと３秒だけ」

「まったく……」

　お面の目もとから、楽しそうにクククッと笑ってる早凪くんが見える。

　何よ、楽しそうな顔しちゃって。

　莉々ちゃんにはこんなこと絶対しないくせに。

　でも……なんだか変な気分。

　はじめの頃は、早凪くんを笑顔にさせるって必死でタコパなんて突然の提案をしていたのに。

　今はこんなことで自然と彼の笑顔を見られるんだから。

　ひょっとこなんて恥ずかしいお面をしてるのにもかかわらず、彼がこういう表情を私に見せてくれることが、素直にうれしくて。

　早凪くんにずっと怒ってたはずなのに。

　恋ってホント、変だ。

「ハハッ、もうとってもいいよ」

　早凪くんの許しがやっと出て、私はゆっくりとお面を顔から外す。

「早凪くんも、何かかぶってよ」

　早凪くんのことだから乗ってこないに決まってると思いながらも、仕返しをしようと提案してみる。

「何がいい?」

「え?」

「ゆるが選んでよ」

　嘘……。

　まさかあの早凪くんが、そんなこと言ってくるなんて!

　一体どうしたっていうんだ。

「じゃあ……あれっ！」

　そう言って指差したのは一番上にある、おかめのお面。

　ひょっとこを渡されたんだ。

　こっちだってそれなりの仕返しをするんだもん。

　早凪くんは、なんの文句も言わずお面を手に取ると、スッとかぶってこちらを見た。

「……どう」

「うっ、どうって……ふっ」

　あんまりまっすぐこっちを見るもんだから、我慢できなくて思わず吹いてしまった。

　早凪くんのスタイルのよさに、アンバランスなおかめのお面。

　面白いけれど、でもやっぱり、早凪くんのカッコよさは、変なお面をかぶっていても滲み出ちゃうらしい。

「笑ったね？　さらに罰だよ？」

「え、どうして！　そんなルール知らないよ！」

　また勝手なことを言う早凪くんに慌ててそう言う。

「そりゃそうでしょ。今、俺が作ったルールだから」

「……何それ」

　まったく……莉々ちゃんといるときは妙に大人っぽいから忘れかけてたけど、彼のマイペース発言は健在だ。

　ふんっ、と早凪くんから視線をそらして、目の前にあるお面がたくさん並んでるコーナーを見る。

　こんな自由発言に、いちいち振り回される私も私だよ。

「ねぇ、ゆる」

「……っ、何？」

　顔を見ないまま、隣の声に反応する。

　すると、フワッと優しい香りが鼻をかすめて、肩に手が添えられて耳もとに息がかかった。

「……今日のゆる、すげぇ可愛いよ」

「えっ!?」

　早凪くんの吐息が、耳にかかって、一気に身体中が熱くなって。

　彼の少し低くなった声を聞いただけで、バクンと心臓が大きく音を立てた。

　ほんっと……こんなことを、不意打ちでやってくるんだもん。

　ずるいよ……。

　早凪くんを好きになったって、可能性がないのは、莉々ちゃんとの関係を見て十分わかりきってるはずなのに。

　好きだって、ときめいてしまう気持ちはどんどんふくれ上がって。

　もう、この気持ちに気づいてしまった以上、完全に後戻りできなくて。

「ゆる、こっち向いてよ」

「……無理、です」

　こんなまっ赤になった顔、見せられるわけない。

　好きだって言ってるようなものだ。

　どうせ早凪くんにとっては、こんな反応をする私は、た

だのからかいがいのあるおもちゃのような存在にすぎない
だろう。

「ゆる」

　早凪くんがしつこく私の名前を呼んで振り向かせようと
するから。

　とっさに、外していたお面を顔の前に持ってきて、顔を
隠す。

「何してんの」

「……早凪くんが、変なこと言うから」

「変なことなんて言ってないけど。ねぇ、ゆる」

「……っ」

　早凪くんに名前を呼ばれるたびキュンとして。

　どうしようもないんだよ。

　早凪くんは、ゆっくりとお面を横にずらしてから私の顔
をのぞいてきた。

　意地悪だよ。

　ゆっくりと顔を上げると、バチッと視線がぶつかって。

　恥ずかしさが最高潮になる。

「まっ赤、照れてる顔も、可愛い」

「なっ！」

　彼の手が私の頬に伸びてきて、優しく撫でる。

　……莉々ちゃんのことが、好きなくせに。

　なんでそんな甘い言葉を囁いて、こんなことしてくるの。

「花火もうすぐだね」

　どこからかそんな声が聞こえてきてハッとすると、早凪

くんも私の頬から手を離してから「行こっか」とだけ言っ
て、花火がよく見える河原へと向かった。

「すごい人……」

「離さないでよ」

　そう言って手をギュッと握りなおした早凪くんに、素直
にコクンとうなずく。

　河原に着いてから、ちょうどふたりが並んで立てる場所
を確保して、花火が始まるのを待つ。

　なんだかんだ、私、早凪くんとふたりで花火見を見られ
るんだ。

　ほんの数十分前までは、落ち込んで仕方なかったのに。

「始まるぞ！」

　誰かの声がして顔を上げると、目の前に、ヒュ～～っと
花火が上がり出すのが見えて。

　始まった。

　──バ──ンッ！

　大きな花火がドーンと広がって。

　キラキラと火花が水面へと散っていく。

　すごい……。

　今まで、家のアパートのベランダから、遠くの花火を眺
めることしかなかったけれど。

　初めて、こんなに間近で大きな音で、花火を見た。

　綺麗だ。

　すっごく綺麗。

　勢いよく何度も打ち上がるたくさんの花火。

　その迫力は圧巻で、その場にいたみんなが感動で声をあげる。

　あまりの感動に、握られていた手に思わずギュッと力が入って。

　早凪くんとふたりで同じ花火を見ていることにも、胸が熱くなって。

「綺麗だね、早凪くん」

　花火の音と人の多さで、かき消されたかもしれないぐらいの声でそう呟くと。

「あぁ、こんな綺麗な花火は初めて見た」

　と、早凪くんが返してくれた。

　早凪くんの声があんまり優しかったので驚いて思わず目線を向けると、早凪くんも私の視線を感じたのか、こちらを向いてくれてお互いの視線が再びぶつかる。

「最初から、花火はゆるとふたりきりで見るって決めてたんだけど、莉々が落ち着くまではと思って」

「そう……だったんだ……」

　私とふたりきりでって……そんなこと言われたら期待しちゃうよ。

「それと、ごめん。ゆるが翼と楽しそうにしゃべるの見てムカついて、あんな言い方……ほんとごめん」

「そんな！　さっきは私も感情的になって色々言ってしまったから。私こそ、ごめんなさい」

　お互いにさっきのことをしっかり謝り合う。

　仲直りってことでいいのかな？

　私と翼くんが話しているのを見てイラついたっていうのがなんでなのか気になるけど……なんて思っていると。

「仲直り」

　そう言って早凪くんが繋いでいた手をさらにギュッと握り返した。

　花火の音が大きくてよかった。

　普段ならこの心臓の音はもう早凪くんに聞こえてしまっているだろうから。

「ありがとう、ゆる。俺と一緒に見てくれて」

「えっ……」

　早凪くんの口から、そんな素直なセリフが出てくるなんて……と驚いて固まっていると。

　目の前に影ができて、早凪くんの香りがフワッと香った。

　ド―――ンッという花火の打ち上がる音がしたけれど、目の前は花火の代わりに目をつぶった早凪くんの顔でいっぱいになって。

　やわらかい早凪くんの唇が、私の唇を塞いだ。

　唇はすぐに離されたけれど、驚きで目を見開いて固まることしかできない。

　どうして、こんなこと……。

「さ、早凪く、ん……」

「……なんとも思ってないわけないから」

「えっ……」

　嘘……。

　打ち上がった花火のせいなのか。

早凪くんの顔が、ほんのり赤い気がして。

それって、どういう……。

まさか……いやでも。

でも、もしそうなら、おかしい……。

だって、早凪くんは莉々ちゃんのことが……。

話をしよう

　──♪～♪～♪～

　花火が無事終わり、周りの人達がぞろぞろと移動し始めると、早凪くんの持っていた巾着から着信音がしたので彼が電話を取った。

　早凪くんの言動に、どうしていいかわからず戸惑っていたので、このタイミングの電話に正直ホッとする。

　なんであそこでキスなんて……。

　しかも『なんとも思ってないわけない』ってどういう意味？

「えっ……莉々が？」

　っ!?

　電話をしていた早凪くんの声に、思わずビクッと反応してしまう。

「わかった、俺達も今から帰るから」

　早凪くんはそう言って電話を切ると、「急いで帰ろう」とだけ言って私の手首を掴んで歩き出した。

「ちょ、早凪くん……」

　声をかけるけど、早凪くんは無言のまま帰り道を急ぐ。

　え？　何？　莉々ちゃんに何かあったの？

　早凪くんのあの慌てよう。

　きっと、早凪くんが隣から消えてしまったそのせいで、また早凪くんの気を引くようなことを言ったに違いない。

　さっきまでの幸せだと思えた甘い時間が嘘のようだ。

「莉々、何があったの……」
　特別寮に帰るとリビングにみんながそろっていた。
　莉々ちゃんは一番奥のソファでうつむいたまま座っているので顔がよく見えない。
　早凪くんに名前を呼ばれてるのに無反応なんて、なんだか莉々ちゃんらしくない気がした。
「莉々ちゃん、下駄の鼻緒がずれてさ」
「だから、言わなくていいの！　もう……こんな大げさにしなくていいのにっ！　っていうか、なんで早凪も来ちゃうわけ」
　え？
　莉々ちゃんのセリフにすごく違和感を覚える。
　この状況は、莉々ちゃんが作り出したことじゃないの？
　莉々ちゃんの足もとに目を向けると、本当に親指と人差し指の付け根が赤くなっていた。
　痛そう……。
「手当てしようって言ったんだけど、莉々ちゃん全然しようとしなくて。早凪だったらできるかなって」
　困ったようにそう言う瑛斗さん。
「……っ、そんなこと、早凪にさせるわけないでしょ!?」
　特別寮の３人を前にして、莉々ちゃんがこんなに感情的に荒ぶってるところを初めて見た。
　莉々ちゃんが早凪くんの気を引こうとして呼んだんじゃ

ないなら、早凪くんを呼んだのは、莉々ちゃんの足を心配
した翼くんや瑛斗くん達の提案?

「莉々、足を見せて」

　私の隣にいた早凪くんが駆け寄って、莉々ちゃんの座る
ソファの前でひざまずいた。

「……いいっ」

　莉々ちゃんはそう言って足先をソファにおいて、体操座
りになり足の指を手で隠すように引っ込める。

「莉々、ちゃんと手当てしないと悪化したら」

「べつにいいの!」

「よくないだろ?　傷が残ったらどう……」

「だからもういいの!」

　莉々ちゃんはため息交じりに「最悪……」と呟いて、ひ
と筋の涙がポロリと落ちた。

「……今年が最後のチャンスだと思って来たのに。最後の
最後に、こんなおジャマ虫がいるんだもん!　ほんっと最
悪!　ありえないっ!」

　『今年が最後のチャンス』って?

　莉々ちゃんは、まっ赤な目をして涙を流したままこちら
をまっすぐ指差した。

「莉々……」

　莉々ちゃんをなだめようと早凪くんが彼女の肩に手を置
いたけど、莉々ちゃんはそれを振り払ってからそのままリ
ビングを飛び出した。

「……莉々っ!」

「待って宇垣くん」

　慌てて彼女の後を追いかけようとした早凪くんを引き止めたのは、一部始終をソファに座って黙って見ていた円。

「あなたが追いかけないほうがいい」

「……なんで」

「それは、俺も思うな。ゆるちゃんが行ったほうが……」

　と円に合わせた瑛斗さんのセリフに驚いてしまう。

　なんで……私が莉々ちゃんのことなんか……。

「ゆるは関係ないだろ」

　早凪くんの言葉が、また胸にグサッとくる。

　さっきまで、まるで早凪くんと恋人にでもなっちゃったんじゃないかって錯覚に陥るぐらいの気持ちだったのに。

　今はそれが本当に嘘みたい。

　夢だったのかな。

　莉々ちゃんのことがそんなに大切なら、私にあんなことしなきゃいいのに……。

　もしかして、なんて、いろんな可能性を感じちゃうようなこと……。

「もう、早凪だってわかってるよね？　ちゃんと一線を引かないといけないところまで来てること。お前のその中途半端なやり方が、莉々ちゃんのこともゆるちゃんのことも同時に傷つけてる。円ちゃんのことだって」

　瑛斗さんがそう言った瞬間、円が目を見開いて驚いた顔をした。

　瑛斗さんの言いたいこと、すごくわかる。

「……私、莉々ちゃんのところにいってきます！」

　早凪くんが「待って、ゆる」と声を荒げたけれど、関係ない。

　莉々ちゃんは、ちゃんと自分の気持ちを話してくれた。

　それだけで、私の心の中に刺さっていたトゲが少しだけ溶けたみたい。

　あの莉々ちゃんも、余裕のない表情をするんだって、少しホッとして。

　だから、私だけ話さないのは違うと思った。

　ライバルとして。

　莉々ちゃんの話、ちゃんとくわしく、彼女の口から聞きたい。

　私の気持ちもちゃんと、彼女に話したい。

「莉々ちゃんっ！」

　浴衣のまま2階へと上って。

　客室であり、今、莉々ちゃんが使っている部屋のドアの前で名前を呼んで、ノックする。

　ここにいるかどうかわからないけれど……。

「莉々ちゃん、入ってもいい？」

「…………」

　中から声はしないけれどドアノブに手をかけてみると、ガチャリと開いた。

「莉々ちゃん……」

「なんであなたが来るのよ……」

　部屋にいた莉々ちゃんは、ベッドの上で体操座りをして、こちらをにらみつけていた。

　まだ泣き続けていたらしくて、顔が濡れている。

　泣き顔でも充分可愛らしいので、やっぱりすごいなって思う。

「莉々ちゃん、ごめんなさい。何も知らないで、いろいろと」

　よくよく考えたら、私のほうがこの寮に来たのはあとなわけで。

　莉々ちゃんが毎年早凪くんに会うのを楽しみにしててわざわざアメリカから飛んできているのに、私みたいな新顔がいちゃ、そりゃ複雑だ。

「なんの謝罪？　莉々から早凪を奪ったこと？　そうやっていっつも勝ち誇った顔しちゃって、本当にムカつく」

　え？　勝ち誇った顔をしてるのはどっち？

　莉々ちゃんの言葉に、少しカチンとする。

　いつだって、余裕そうに勝ち誇った顔をしてアピールしていたのは莉々ちゃんのほうだったはずだ。

　まるで早凪くんはなんでも莉々ちゃんのことを知ってるって、見せつけるみたいに。

「私は何も勝ち誇ってなんか！　そんな言い方、ひどいよ！」

　なだめにきたはずなのに、なぜか私の火もついてしまって、止まらない。

「はぁー？　何を言ってんのよ！　莉々は不安で不安でたまらなくて！　だから……っ、あーもう！　こんな話した

くないのにっ！」

　莉々ちゃんはそう言ってから黙り込んで顔を下に向けてしまった。

　少しの沈黙が流れる。

「……隣、座るね」

　彼女からほんの少し離れてベッドに腰を下ろす。

　ちゃんと、話したい。

　嫌だなってたくさん思ったけれど、今までとまったく違う莉々ちゃんの表情を見て、だいぶ気持ちが変わっている。

「……初めて莉々ちゃんを見たとき、なんかやだなって思った。早凪くんにべったりで、翼くんや瑛斗くん、明人さんとも仲がよくて。まるで自分の居場所を取られた気分になって。私の方が莉々ちゃんのあとにここに来たのに、変だよね」

「…………」

「早凪くんは、莉々ちゃんのことをなんでも知ってて、きっと莉々ちゃんのことが大好きなんだって思った」

「はぁ!?　何を言って……！」

　なぜか、莉々ちゃんが顔を上げてそう言って怒り出す。

　やっとこっちを向いてくれたことに、少しホッとして。

　莉々ちゃんが、控えめに続けて口を動かす。

「そうね。早凪は、莉々のこと好きよ。莉々のこと、なんでもよくわかってるし、大好きなの」

　本人の口から自信満々にそう言われて、胸のあたりが締めつけられる。

「でも……」

　莉々ちゃんの声は、さらにか細くなりながら続く。

「でも、幼なじみとして。莉々が何をどうがんばったってそれは揺るがない。昔からずっと。早凪はね、莉々のこと女の子として一度も見てくれない。ホント……悔しい。早凪が私の知らない子を思い続けているのは何となくわかってた」

　そう言って、莉々ちゃんは浴衣をシワになるぐらいギュッと握りしめる。

　莉々ちゃんの口からそんなセリフが出てくると思っていなくて、なんて声をかけていいのかわからなくなった。

　莉々ちゃんはずっと、自分自身と自分に向けられてる早凪くんの気持ちに絶対的な自信をもってる子だと思っていたから。

「っていうか、そもそも莉々、早凪に振られてるし」

「えっ……」

「小6の時に、早凪にキスしようとしたの。ファーストキスは、昔からずっと心から好きな人としたかったから。あの頃の莉々は、早凪と結婚するって信じて疑ってなかったし。でも、早凪は……拒んだ。莉々とそういうことはできないって、莉々はずっと、妹だからって」

　そう言いながら、莉々ちゃんは再び涙を流した。

　あれだけ莉々ちゃんのことが嫌でたまらなかったのに。

　今、彼女の話を聞いて同じように泣きそうになる。

　まさか、莉々ちゃんが早凪くんに振られていたなんて。

「まぁどうせ将来は親が決めた相手と結婚することになるし？　それなら、18歳になるまでの間は思う存分好きなことをして、好きな人に会いに行こうって思った。だから今年が最後だって決めて。早凪は優しいから、莉々のわがままを受け入れてそばにいてくれた。今日までのどこかで早凪の気持ちが変わってくれたら、なんて願望もどこかにあったけど、全然ダメ」

「ダメって……」

　正直、私には、早凪くんと莉々ちゃんの関係がすごく深いものにしか見えていなかったから、莉々ちゃんの言葉がピンとこない。

「映ってないの。早凪の瞳には、莉々が映っていない。ある子を見てる目だってすぐわかっちゃう。どんなに優しくされても、抱きしめても、わかっちゃうのよ」

　そう言った莉々ちゃんが顔を上げて真っすぐ私を見る。

「あなたよ、ゆる」

「……っ!?」

「今日だって、ゆるがいなくなったことを聞いて、早凪は一目散にゆるのところに向かった。莉々から離れないようにギュッて手を握ってたつもりなのに、早凪はこっちを一切見ずに、走っていった。あの瞬間、莉々にとっても早凪にとっても、莉々達はお互いに運命の相手じゃないんだって強く確信した。だから最後ぐらい、早凪には迷惑かけないように静かにしてようって、笑顔でバイバイしようって思ったのに。こんなたいしたことないことで、翼くん達が

大騒ぎしちゃうんだもん。ホント、どこまで莉々、早凪に
迷惑かけちゃうのかな……今度こそ、早凪、私のこと嫌い
に……」

「ならないよ！」

「……はぁ？」

「早凪くんは、莉々ちゃんを嫌いにならないよ！」

　早凪くんを見ていたらわかるんだ。

「……自分が何を言ってるかわかってるの？　ライバルの
ことなぐさめられるぐらい余裕ってこと？」

　うっ……なんだか、円にも前に似たようなことを言われ
たっけ。

　でも……。

「余裕とか、そんなんじゃない！　はたから見ても、莉々
ちゃんと早凪くんの絆を悔しいぐらい感じちゃう！　今
だって、早凪くん、ずっと莉々ちゃんのこと心配している
よ！」

「……はぁ……ホント、あなたバカなんじゃないの？　な
んでそんなことが言えるわけ？　あなた早凪のこと好きな
んでしょ？　だったら……」

「好きだからだよ。好きだからわかるの。早凪くんは、きっ
と、これからもずっと莉々ちゃんのことを大切にする。かけ
がえのない、幼なじみだもん。早凪くん、言ったの。莉々
ちゃんと仲良くしてほしいって。すごく莉々ちゃんのこと
考えてた。私はそれがちょっと羨ましくてモヤモヤし
ちゃっていたけれど」

「……っ」

莉々ちゃんが、下唇を噛みながら涙を流す。

そんな彼女を見ていると、私までも泣きそうになって。

知らなかったよ。

莉々ちゃんの中にこんなにいろいろあったなんて。

「……今は、莉々ちゃんのこと、もっと知りたいって思ってる」

ライバルだけれど。

ひとりの女の子として。

もう少し歩み寄れたらと。

「……っ、何それ。バカじゃん」

莉々ちゃんはそう言いながら、小さな子どもみたいにワンワンと泣き始めた。

あれから、泣き疲れた莉々ちゃんに『もう寝るから出ていって』と言われて、仕方なく下に降りて。

みんなに莉々ちゃんが少し落ち着いたことを話したら、安心してくれた。

円の家の運転手さんが迎えにきて、円が寮をあとにして。

翼くんや瑛斗さんは、私に『おつかれさま』と優しく声をかけてくれた。

これからももっと、莉々ちゃんと向き合っていければなって思った。

「……ゆる、ちょっと」

「あ、うん」

　早凪くんに、『話があるからついてきて』と合図されて、私は早凪くんのあとに続いてリビングを出た。

　連れてこられたのは、早凪くんの秘密のハンモックがある屋上。

　夜のそよ風で、後れ毛がなびいて。

　さっきまでバタついて熱くなっていた身体を冷ましてくれる。

　早凪くんがハンモックに腰を下ろしてから、こちらに手を広げてきた。

「おいで、ゆる」

「……っ」

　まだまだ、早凪くんの気持ちが全然わからない。

　そう思っていながらも、手は自然と伸びていて彼の手にふれた。

　その瞬間、身体が引き寄せられてフワッと彼の手の中におさまる。

「……こんな気持ち、生まれて初めてで。自分でもどうしたらいいのかよくわからないんだ」

　早凪くんの声が耳にかかって、くすぐったい。

　でも、それ以上に温かくて、やっぱり好きだと感じる。

「初めてゆるに出会ったあの日、俺に笑顔を向けてくれた時から、ゆるのことがずっと忘れられなかったし、ここで再会して一緒に過ごしてからも、ゆるへの気持ちがもっと大きくなっていった。ゆるが俺以外の奴と話してるとどうしようもなくムカつく」

　早凪くんのセリフひとつひとつに、心臓がバクバクして。

　彼に聞こえちゃうんじゃないかと思うほど。

「ゆるに、俺と同じ気持ちでいてほしいって思うし……いつだって、笑っていてほしい」

「……っ!?」

　信じられない、これこそ夢でも見てるんじゃないかと思って。

　何か冗談のつもりかと疑って、早凪くんが今どんな顔をしているのか確かめるべく、顔を彼のほうへ向けようとすると。

「こっち見ないで。俺、今すごい恥ずかしい顔してるから」

　早凪くんはそう言って私が顔を向けるのを制した。

「同じ……気持ちって……?」

　そう聞くと、早凪くんの私を抱きしめる手に力が入って。

　声が緊張で震えて、心臓はさらにバクバクとうるさい。

「……ゆるが、俺のこと好きになったらいいのにって」

「えっ……」

　早凪くんは、どれだけ私の気持ちをかき乱したら気がすむんだろうか。

　こんな都合のいい話……。

「ゆる？　なんか言ってくれない？」

「嘘……嘘だよ！　早凪くんが私のこと好きなんて！」

　あまりに唐突なことで驚いて、早凪くんから離れようとすると、案外簡単に手は解かれて、今度は彼の隣に少し間をあけて座る。

「……莉々ちゃん」

　莉々ちゃんは、あんな風に言ってたけど、早凪くんが莉々ちゃんのことを本当はどう思ってるのか。

「うん。ごめん。瑛斗に言われたように、俺はすごく中途半端だった。莉々のこと面倒見なきゃいけないって、無意識に使命感が俺の中にできあがってて。でも、それ以上に、ゆるの笑った顔を一番近くで見たいって思ったよ」

「でも、でもでも、早凪くん、私のことは家族みたいな存在だって。それって恋愛感情的なものではないんじゃないかな？」

　前に、早凪くんには家族みたいな存在だって言われた。

　それってつまり、女の子として見られてないってことだよね？

「……バカだね、ゆるは」

　早凪くんはそう言って、私の頬に手を添えた。

　強引に、目を合わせられる。

「夫婦だって、初めはいつだって恋から始まってるじゃん」

「……へっ……えっ、夫婦って……」

　てっきり、『家族』と言われると、なぜか兄妹愛を連想してしまっていた。

　まさか、家族と言われてそれが夫婦に結びつくなんて。

「ゆるのこと、女の子として、好きだよ。俺だけのものにしたいって思ってる。もっと早めにまっすぐ伝えればよかったのに。遠回りになってごめん」

「っ……」

　今、大好きな人に、はっきりと、好きだと言われてしまった。

　女の子として、なんて。

　いつも余裕そうで、私の前では自由気ままで。

　なんとも思ってないみたいだったのに。

「顔、まっ赤」

「だ、だって！」

　大好きな人に、好きだって言われて、赤くならない人がいるだろうか。

「ゆるの答えは？」

「……っ、き」

「全然聞こえないんだけど」

　早凪くんはそう言って、頬に添えていた手を滑らせて、その指で私の唇を撫でた。

「……私も、早凪くんのことが、好きっ、です」

　胸がずっとうるさくて、緊張で手には汗がにじんで。

　早凪くんのこと意識するようになってから、もう全然普通じゃいられなくて、身体中が熱い。

「ゆるの好きはよくわかんない。瑛斗にも翼にも、アキにだって、可愛い顔するから」

「……そんなことない！」

「あるよ、俺だけ特別だって証拠があれば信用できるけど」

「……っ」

　あれ……？

　なんだろうこの流れ。

　今までずっと、私が一方的に早凪くんのことが好きで、勝手に莉々ちゃんに嫉妬してたはずなのに。

　これじゃ、早凪くんも、瑛斗さんや翼くん、明人さんにまるで嫉妬してたみたいな……。

　私のひどいうぬぼれなのかもしれない。

　でも……それでも、今は、私の気持ちを早凪くんに知ってほしいって思う。

「……私だって、早凪くんだけだよ。もっとふれてほしいって、思うのは」

「……っ、何それ」

「えっ!?」

　突然、自分の身体がフワッとしたかと思うと、早凪くんに、ハンモックの上に押し倒されるかたちになってしまった。

「早凪……くん？」

「ずっと、我慢してるのに。ゆるはそうやってすぐ俺の理性を保てなくする」

　早凪くんはそう呟いて、顔を私の首筋に埋めると、吐息で首筋を撫でるようにしながら、耳もとへと移動させて。

　優しく耳にキスをした。

「ちょっ、早凪くんっ」

「だいたい、好きでもない女の子に２回もキスするわけないじゃん」

　わざとらしく吐息交じりで呟かれる声が、身体をゾクッとさせて。

　背筋がくすぐったくなる感覚。

「もっと、ふれてほしいんでしょ？」

　意地悪だ。

　早凪くんは、出会った頃からずっと。

　でも、今はその意地悪さえ愛おしいと思っていて。

　早凪くんとまともに話せなかった期間、気がおかしくなっちゃいそうで。

　自分でも、こんなこと初めてでびっくりで。

　自分の汚いところも知らなかった感情も、早凪くんを好きになったことで、たくさん知ってしまった。

「さわって、ほしい、です」

　自分でもおかしなことを言っているの十分わかっているけれど。

　私だってずっと、ここ数日、我慢ばかりだったから。

「……っ、ホント、今のはゆるが悪いから。やめてって言っても聞かないよ」

　目の前の早凪くんは、夜空の月明かりに照らされて、いつもよりも数倍色っぽくて。

「キス、してもいい？」

　そんな彼の甘い声に、控えめにうなずくと彼の唇が優しくおでこに当たって。

「えっ……」

　予想外のことで思わず声が出てしまった。

　だって、キスっててっきり……。

「フッ、口にすると思った？」

　楽しそうに口角をニッと上げてそう言う早凪くん。

　い、意地悪だ。

「べっ、べつにそんなこ——んっ」

　あまりにも不意打ちで。

　呼吸の仕方がわからない。

　そんな私におかまいなしに、早凪くんのキスの雨は止まらなくて。

　何度も角度を変えながら。

　唇がわずかに離されるたびに、私は空気を吸うことに必死になって。

「可愛すぎ」

　早凪くんのそんな余裕たっぷりの表情に、悔しくなって。

「早凪くんのいじわるっ」

　やっと出た声でそう言ったけど、早凪くんはそんな私を見て「フッ」とかすかに笑う。

「ずっと、ゆるしか見てないから」

　早凪くんはそう言って、私の手に自分の手を絡めてギュッとして、また私の首筋にキスを落として。

　——チクッ。

「ちょ、さ、早凪くん？」

　一瞬、肌に何か刺さるような感触がしたかと思うと、今度は早凪くんの唇が私の肌に吸いついて。

「っ、早凪く……何してっ」

「俺だけのゆるって証拠」

　早凪くんは顔を離すと、私の髪を撫でながらそう言って。

「もうこれからはなんの遠慮もなく、たっぷり可愛がるよ」

「うっ、前から遠慮なんて微塵も感じなかったよ？」

「そんな俺を好きになったのはどこの誰？」

「……っ」

　そんなことを言われちゃ、また意識して身体がボッと火照ってしまう。

　きっとこれからも、この気まぐれ自由人に振り回されるんだろう。

　でも、悔しいけれど、そういうところが大好きだから。

「安心してよ、俺のほうがずっと好きな自信あるから」

　早凪くんはそう言って、再び私の唇にキスを落とした。

──END──

特別番外編

甘々ハワイ旅行

「ゆるちゃん、旅行に行くよ!!」

　莉々ちゃんが帰って数日がたち、夏休みも残り1週間。

　いつものように掃除を終えてひと息つこうとリビングに向かうと、ソファでくつろいでいた瑛斗さんが突然そう言った。

「えっ……りょ、旅行ですか!?　いいですね！」

「なんで人ごとみたいに言ってんの。ゆるも行くんだからね？」

「へっ……」

　フワッと背後から爽やかな柑橘系の香りが鼻をかすめたかと思うと耳もとで大好きな声がして。

　長い腕がギュッと私の身体を包み込んだ。

「さ、早凪くん今なんて!?」

「ハハッ、ゆるちゃん驚きすぎ」

　早凪くんと同時にリビングに来たらしい翼くんが、笑いながら瑛斗さんの隣に座って高級アイスを食べはじめた。

　いやいやだって驚くよ。

　てっきり、瑛斗さんが旅行に行くんだと……。

　ていうか、今の話の流れからして、もしかして……。

「早凪くんや翼くんも!?」

「ん。家族旅行」

　興奮気味に振り返って尋ねると、早凪くんがそう答える

のでその響きにキュンとして。

『家族旅行』なんてワードが、早凪くんの口から聞けるなんて。

特別寮に住んでいるとは言え、本当の私は一般人。

そんな私がみんなと旅行に行ってもいいの?

「円ちゃんと莉々ちゃんも連れていこうって、早凪が」

「え、本当に!?」

瑛斗さんのセリフにさらに興奮する。

円も一緒。

それに、莉々ちゃんに会えるんだ。

また会いたいって思っていたからすごくうれしい。

花火大会の翌日、莉々ちゃんは私達になにも言わず、朝早くに帰っていってしまって、まるでケンカ別れみたいになっちゃったけど。

あのあと実は莉々ちゃん、私のエプロンのポケットに手紙を入れてて。

ずっとそのお礼をしなきゃって思っていたから。

何度も読み返したから、もうそらで言えるほど。

『ゆるへ この数日間、ずっと莉々のわがままに付き合ってくれて我慢してくれてありがとう。莉々のわがままに付き合えるのは、この世界で早凪とゆるだけだと思うわ。そこは自信をもって。世界一かわいいのは莉々だけだけど。そんな世界一かわいい莉々が早凪から身を引いてあげたんだから、早凪と全力で幸せになりなさいよ。じゃないと許さないからね。話を聞いててくれてありがとう 莉々より』

　本当は、誰よりも繊細で寂しがりやで。

　でも上手に甘えることができない不器用な子なんだって、手紙をもらって初めて痛感して。

　早凪くんが莉々ちゃんを特別に気にする気持ちがわかって。

　今度はもっと彼女と打ち解けて話せたらって願っていたから、こんなすぐにその願いが叶うのかと思うとうれしくて自然と口もとがゆるんでしまう。

「旅行、みんなで行きたいです！」

「もし行かないって言われても、無理やり引っぱってでも連れていくつもりだったけどね」

　早凪くんのそんなセリフにさらにうれしくなって。

　みんなと一緒で嫌なわけがないのに。

「よーし！　そうと決まれば旅行の準備だよ、ゆるちゃん！俺、ゆるちゃんに着てほしい服がたくさんあるんだ！」

「露出が多い格好は許さないよ」

　翼くんのセリフに早凪くんが何やらボソッと呟いて。

　私たちの旅行の準備が始まった。

　旅行当日。

　天気は快晴。

　目を疑うような光景に、固まってしまう。

「プ、プライベートジェットって、本当にあるんだ……」

　まるで映画の世界に迷い込んでしまったかのよう。

「さすが宇垣くん。桁違いね」

　ツバの幅が広い黒のガルボハットがよく似合う円がサングラスを外しながらそう言う。
「円のところもあるの？」
「いや、あるけど。ここまで立派じゃないわよ。ホント世界のトップクラスって感じ」
　かなりお金持ちの円でもこう言うんだから、よっぽどだ。
「アロハ〜円ちゃん。俺と素敵な空の旅をしようね？」
　瑛斗さんがサングラスをちょっとずらし、ウインクしてアロハポーズをしてみせる。
「ここはまだ日本です。瑛斗先輩」
　円は肩に手を回してきた瑛斗さんに、ピシッとそう言って瑛斗さんの手を振り払う。
　最近よく思うんだ。
　このコンビ、すごく相性いい気がするって。
　けれど、まだこのことは円に黙っていようと思う。
　絶対、ありえないって言われるのが想像できちゃうし。
「あ、早凪くん、そういえば、莉々ちゃんは……」
　一緒に行くと聞かされていたはずなのに、まだ莉々ちゃんの姿は見当たらない。
「あぁ、莉々とは空港で落ち合うことになってる」
「え、あ、そうなんだっ」
　そうか、アメリカ在住だもんね。
　やっぱりすごい世界だとつくづく感じる。
「早凪様、ご搭乗の準備が整いました」
　軽く会釈をしたスタッフさんのその声に胸が高鳴る。

「行こ」

　早凪くんの合図で私たちはワクワクしながら飛行機へと乗り込んだ。

「うわ……なんてこと」

　まるで空飛ぶ高級ホテルだ。

　夢のような空間に目を疑う。

　ソファやテーブル、周りにあるインテリアはすべて材質や素材がこだわり抜かれたものだと、素人の私から見てもわかるほど上品でどれも高級そう。

　この飛行機、一体いくらするんだろう。

　きっと私なんかが想像できない額。

　これじゃ飛行機じゃなくて家だよ。

　しかもかなりの豪邸。

　本来なら、私みたいな人間が絶対踏み入ることのできない世界……。

「ゆる、早く座って。シートベルト」

「あっ、はい……」

　慣れたようにフカフカの座席に座ってシートベルトを締めるみんなをよそに、あまりのすごさに固まっていると、早凪くんに注意されてしまい、すぐに彼の隣に座る。

　向かいのソファには、円。

　通路を挟んだ隣のソファに翼くんと瑛斗さんが座ると、機長さんのアナウンスが流れて、飛行機はついに離陸。

　およそ7時間のフライトが始まった。

「わ〜！ 雲だ〜！ まっ白！ フワフワ〜！」

　シートベルト着用のサインが消えてから、前のめりで窓の外を見つめる。

　絵に描いたように綺麗な青い空と白い雲。

「ゆる、飛行機乗ったことないの？」

「あるよ。去年パパが商店街のくじで台湾旅行券当てて。パスポートもその時に作ったの。でも往復どっちも窓側に座れなかったから。こうやってちゃんと景色見るのは初めて」

　パパとの旅行を思い出して少し思い出にひたる。

　あの頃は、まさか自分がセレブ学校に通うことになるなんて思ってもみなかったけど。

　あの時、パスポートを作っておいて本当によかった。

　人生初のハワイ旅行。

　しかも、大好きなみんなと一緒に。

　いつかパパにも、みんなのこと紹介できる日が来たらいいな。

　飛行機が空を飛んで数十分。

　瑛斗さんと翼くんは、用意してもらった飲み物やお菓子を食べていて、私と円の座るテーブルにもパンケーキが用意されていた。

　そして早凪くんの前には、なんと……。

「なにそれ」

　向かいに座る円がむずかしい顔をしながら、早凪くんの前におかれた熱々の球体を凝視する。

「タコ焼き」

　早凪くんはそれだけ言うと、お箸で掴んだタコ焼きをひとつ取り皿において円に差し出した。

　特別に用意してもらったらしいタコ焼き。

　そりゃめったにいないだろうな。

　プライベートジェットに乗ってタコ焼き食べる御曹司なんて。

「ゆるが教えてくれたんだ。庶民のソウルフードだって。門枝さんも食べてみてよ。すっごいおいしいから。あ、でもよく冷ましてね。じゃないと、フフッ、大変だから、フッ」

　早凪くんがなにか思い出したように笑うので、円はさらに首を傾げる。

「あっ、早凪、今、俺のことを思い出して笑ったろ！」

　瑛斗さんがすかさずそう言うと、早凪くんは瑛斗さんの顔を見て再び吹き出した。

「いつも偉そうにしてるからバチが当たったんでしょ、自業自得だ」

「はー？　偉そうにしてるのは、お前のほうだろ！」

　ワーワーと言い合いをするふたりを、翼くんが毎度のことながらなだめて。

　空の上でもいつもどおりのみんなにほっこりする。

「ねぇ、ゆる、どういうこと？」

　一部始終を黙って見ていた円にそう聞かれて、あの時の

ことを少し懐かしく感じながら話す。

　初めてのタコパで、瑛斗さんがアツアツのタコ焼きをひとくちで食べてしまい、大変だったけど、そのおかげで早凪くんの笑顔を見れたこと。

「なるほどね……」

「本当はあの時、円のことも呼びたかったんだけど」

「何を言ってんの。特別寮は基本、寮生以外立ち入り禁止だし、私だって、ほら、ね」

　まだ完全に円が私に心を開いてくれなかった時の話だから、円もいろいろ思うことがあるのかもしれない。

「っていうか、今こうやってここにいることが最高に楽しいからいいのよ。３人とも本当はゆるだけ連れてきたかったはずだよ。気遣ってもらちゃって」

「そんなことないよ！　みんな、円のこと大好きだから誘ったの！」

「……っ」

　円は、少し目を見開いてから視線を私からそらした。

「よくそんな恥ずかしいこと大声で」

　そういう彼女の頬がほんのり赤くて。

　こっちまで照れてしまう。

「へへっ。タコ焼き、食べてみて」

　私がそう促すと、円がタコ焼きをパクッとほおばった。

「ん！　パリパリ、トロトロ！」

「ね。うまいでしょ」

　私が反応する前に、早凪くんがうれしそうにそう言って

くれて。

「ゆるの作るタコ焼き、もっとうまいから。今度タコ焼き
するときは門枝さんもおいでよ」

　早凪くんのセリフに、円の瞳がウルッとして。

「うん、今度は円も一緒にやろう！」

　私がそう言うと、円は再び頬を赤らめてから「しょうが
ないな」とうれしそうに笑ってくれた。

　円とみんなと、そろってこうして笑い合える日がきて、
本当によかった。

「ねぇ、ゆる」

　ほっこりした気持ちでいると、隣に座る早凪くんが甘え
たような声で私を呼んだ。

「何？」

「パンケーキ、ひとくちちょうだい」

「えっ、あ」

　まさにいまから口に運ぼうとしていた切ったばかりのパ
ンケーキをじっと見つめる早凪くん。

　ホント、この間のタコパの時もそうだったけど、早凪く
んってそういうところあるよね。

　人のものをほしがるというか。

　甘やかしちゃう私も私なんだけど。

「ど、どうぞ」

「ん。ありがとう」

　早凪くんはそう言って、パクッと私のパンケーキをほお
ばった。

「よくもまあ、人が見ているところでイチャイチャできる
わね」

　円に指摘されて、ハッとする。

　そうだ。

　そりゃ、好きだった人が誰かと親しげにしててよく思う
わけないよね。

「円、ごめんなさ……」

「違う」

「えっ……」

　謝ろうとしたら円の声に遮られる。

「……宇垣くんだけのゆるじゃないから」

　ボソッと円が呟いて目をそらした。

　それって……。

「えー円ちゃん、もしかして早凪にゆるちゃん取られて嫉
妬？　可愛いね〜！」

「先輩、ホントうるさいです」

　一部始終を見ていた瑛斗さんが円の隣に座りながら彼女
の肩に手をおくと、円はその手を振り払う。

　ふたりがいつものように言い合ってるのを眺めている
と、突然、テーブルの下に隠れた左手がギュッと包まれる。

　びっくりして目線を横に向ければ、早凪くんとバチッと
目が合って。

　まるで私にだけわかる合図のように、片方の口角をク
イッとあげて笑った。

「ん……」

　うっすらと目を開ければ、薄暗い機内にスースーとみんなの寝息が聞こえる。

　みんなで食事をしたあと、機内のスタッフに仮眠をすすめられて眠ったんだっけ。

　どれくらい寝ていたのかわからないけれど……。

「おはよう」

「……っ」

　いきなり、耳もとで声がして、身体がビクッと反応する。

「そんな反応されたら、もっとしたくなっちゃうけど」

「ちょっと早凪くんっ」

「みんな気持ちよさそうに寝てるんだから、騒いで起こしちゃったらかわいそうだよ」

「……だって早凪くんがっ」

　『早凪くんが悪い』と言おうとしたけれど、それを遮るかのようにチュッとおでこにキスが降ってきた。

　まるで、わざと音を響かせてるみたいな。

「ダメだよ、みんな寝てる」

「寝てるから、でしょ？　隣にずっと好きな子がいて手を出せないとか、生き地獄にも程があるんだけど」

「そんなこと言われても……」

　『好きな子』

　早凪くんの口からそう言ってもらえるのは、すごくうれしい。

　けど……。

「ゆるが声を出すのを、我慢すればいいだけだよ」

　そんな意地悪なことを言って、今度は私の首筋にキスが落ちてきて。

「んっ……」

「ゆる、首が弱いよね」

「そんなこと」

「あるでしょ」

　そう言った早凪くんが、再び私の首に顔を埋めるので、身体が熱くなって。

　『やめて』と言えばいいのに、結局、私だって、早凪くんに触れてもらえてうれしいから、拒めなくて。

　早凪くんの唇や舌が私の肌をなぞるたび、触れられたところが熱をもって、勝手に声が出そうになるのを必死に抑える。

「声我慢してるゆるの顔、好きすぎて、もっとイジメちゃいそう」

「うっ……性格悪いよ、早凪くん」

「でも、好きでしょ？」

　しっかりと瞳を捉えてそんなずるいことを聞く。

　完全に早凪くんのペースだ。

「意地悪っ」

「知ってる」

　早凪くんはそう私の耳もとで呟き、今度は唇にそっとキスをして。

　お互いのだんだん乱れる呼吸と機内の薄暗さ、加えて、

みんなが寝静まっているなかで行われていることへの背徳感は、さらに、ドキドキを高鳴らせて。

「やめてっていわれても止めないけど」

　そんな台詞とともに、早凪くんの甘いキスは加速した。

「ハワイ————!!」

　高級プライベートジェットでの約７時間のフライトを終えて、私達は、無事、空港に到着した。

　本当に、ハワイに着いたんだ。

　至るところに外国人。

　これからの時間が楽しみすぎて、口もとのゆるみが抑えられない。

「アロハ〜〜♪」

　背後から、聞き覚えのある声がして振り返ると、高めのツインテールに、可愛らしいワンピースを着た女の子が立っていた。

「莉々ちゃん!!」

「まったく、待ちくたびれちゃったわよ」

「そんなこと言って。楽しみすぎて空港に早く来ただけなんじゃないの？」

　と円。

「そ、そんなことっ」

　図星だったのか、莉々ちゃんは顔をまっ赤にしてごにょごにょと口ごもる。

　初めて会った時よりも、ずいぶん表情がやわらかくなっ

てる気がしてうれしい。

「莉々ちゃん！　お手紙、ありがとうね。すっごくうれし
かった。あのあとすぐに帰っちゃうんだもん」

「え、何、莉々ちゃん、ゆるちゃんにお手紙書いたの？
聞いてないよ〜俺」

　私と莉々ちゃんの会話を聞いて、翼くんがさらに煽るよ
うにそう言う。

「はっ、べ、べつに手紙とか書いてないし！」

「わ〜莉々ちゃん、顔がまっ赤じゃん」

「あ、赤くないから！」

　まっ赤な顔で瑛斗さんに反論するから、ただただ可愛い
としか言いようがない。

　この間よりも、さらにツンデレに磨きがかかってるな、
莉々ちゃん。

「莉々、予定大丈夫だったの？　今、いろいろ忙しいでしょ」

「大丈夫なわけないじゃない。莉々はいつも予定は詰め詰
めなんだからね。早凪がどうしても来てほしいって言うか
ら仕方なく……」

「みんなと旅行に行く予定だって話したら、『莉々のこと抜
きで遊びにいくつもり？』ってふくれたの、どこの誰」

「うっ……知らない！　時間ないんだから早く行くわよ！
ゆるなんてどうせハワイに来たことないんでしょ？」

「うん。初めて！　楽しもうね、莉々ちゃん！」

　莉々ちゃんは、「ホントおめでたい人ね」なんて言って
から、私の隣を歩いた。

「へっ……何ここ」

　用意してもらったリムジンに乗って数十分。

　車を降りて目の前に見えたのは、ショッピングモールのような大きな建物。

　高級感あふれる外観と周りに生えているヤシの木などの植物が融合している。

　まさに南国の楽園って言葉がぴったりだ。

「早凪パパの会社が運営する高級ホテルよ」

　まるで映画の世界に登場しそうな建物を眺めながら、莉々ちゃんが得意げに言う。

「えっ……これ、早凪くんのお父さんのホテルなの？」

「ハワイだけじゃなくて、日本とほかの国でも、ここは最高級のリゾートホテルだって話題になっていて、その界隈ではつねにトップに君臨しているよ」

　と、瑛斗さんが付け足して説明してくれる。

「うわ……すごいね」

　いや、早凪くん本人からちょこっと聞いていたけれど、想像を遥かに上回るレベルで、言葉が出てこない。

　こんな立派なホテルを運営している会社の社長って。

「父さんにはみんなのこと話してあるし、好きなように使って」

　なんてことだ。

　改めて、早凪くんのいる世界のすごさを痛感して、ちょっと恐怖すら感じるよ。

「やっぱりすごいなー！　スペーズのホテルは。うちの親

もホテルに泊まる時は、絶対に早凪んちのところだもん」

　翼くんがホテルを眺めながら言う。

　やっぱりお金持ちならではの親同士のつながりもあるんだな。

　本当、会話のレベルについていけないよ。

「最高。早くビーチ行こうぜ!!　泳ぐの楽しみ〜!!」

「エイちゃん絶対、べつのこと楽しみにしてるんでしょ」

　サングラスを外しながら空を仰いだ瑛斗さんを、キリッとにらみながら翼くんがそう言う。

「べつに、女の子達の水着姿が見たいとか、言ってませんけど」

「なんでそこ気持ちだだもれなの。普通、黙るところでしょ。ここまでくると清々しいよ逆に」

「お褒めの言葉ありがとうございます」

「誰も褒めてないし、ゆるは水着は着ないから」

　え!?

　今度は早凪くんがそう言って、ふたたび瑛斗さんをにらんだ。

　水着、着ないんだ。私。

　実は、翼くんが、翼くんママに旅行のことを話した時に送ってもらったMilgの水着があったんだけど、それはお預けかな。

　円や莉々ちゃんみたいにスタイルに自信をもてるほどじゃないから、これでいいのかも。

　でも正直、少しは、女子３人で水着を着てはしゃぎたかっ

たな、なんて。

「え──！　女の子達と部屋が別なの!?」

「当たり前でしょ。何を言ってんの」

「ホント、エイちゃんのその四六時中ピンク色の脳みそ、どうにかならないわけ？」

「お前ら……同じ男として情けないぞっ」

「「こっちのセリフ」」

　客室のある階に案内してもらってから、部屋に入る寸前。

　部屋のドアの前で男性陣が言い合う。

　瑛斗さんのプレイボーイかげんは、ハワイでも健在です。

「バカバカしい。私たちは早く着替えよう」

　円がそう言って、専用のキーカードをドアにかざすと、ピッと部屋のロックが解除された。

　高級リゾートホテルのスイートルーム。

　最高ランクのさらに上。

　空気を吸うのだっておこがましく感じてしまう。

　──ガチャ。

「うわぁ……」

　部屋のドアを開けば、目の前には大きなオフホワイトのテラスドア。

「きゃ──！　海──！」

　莉々ちゃんの手によって開かれたテラスドアの先には、息を飲むほど綺麗なオーシャンビュー。

　太陽に照らされた水面がキラキラしてる。

「綺麗……」

「部屋も、さすがスペースホテルのスイートルームね」

　そう言って冷静に部屋を見渡す円。

　本当、3人でもかなり持て余してしまうぐらい広い。

　どこもかしこもゴージャスなのに慎ましさや品も兼ね備えていて、外国映画に出てくるセレブになったかのよう。

「このホテルは、早凪パパのホテルの中でもかなりレベルが高くてね。豪華な客室やほかのホテルにあるサービスはもちろん、高級ブランドばかりがならぶホテルアーケードや、映画館、水族館までついてるのよ」

「え、映画館と水族館!?」

　ホテルの概念とは一体……。

「観光客はもちろんだけど、そうじゃない人たち、たとえば長期の出張や仕事で訪れた人達にも、このホテルでできる限りのおもてなしと癒しを提供することをコンセプトにしてるからね」

「なるほど。莉々ちゃん、くわしいんだね」

「そりゃ、早凪の幼なじみですから。このホテルでもよくかくれんぼして早凪と遊んだものよ」

　と、ドヤ顔の莉々ちゃん。

「ホテルでかくれんぼ……」

　ホント、小さい頃から遊びの次元も違うなぁ。

　高級ホテルでかくれんぼって。

「同じセレブでも、幼少期からちゃんとしつけられて慎ましさを心がけてる人達もいることを忘れないでね。ある意

味、私も住む世界違うわ〜」

「え、なに、嫌味？　円ってホント性格悪いったらありゃ
しない」

「どっちがっ」

「ちょっとふたりとも……」

　ふたりをなだめながらも、こうやって３人だけになるの
はあの花火大会の着付けぶりかと思うと、少しくすぐった
い気持ちになる。

　あの時はまさか、こうやって３人で同じ部屋に泊まれる
なんて考えても見なかったし。

　なんだかんだこのふたり、今回の旅行にお互いが来るこ
と知っていながらも参加してくれてるんだもんな。

「そんなことよりも、早くビーチ行かなきゃじゃない？」

「あ、そうだ」

　円のひと言で、このあとホテルのロビーに集合して、み
んなでビーチに行く予定だったことを思い出して、慌てて
準備する。

「あ……」

　リュックの中にある水着を取り出して、早凪くんの言葉
を思い出してしまった。

『ゆるは水着は着ないから』

「ん？　どうしたのゆる」

　先にバスルームで着替えていた円が、水着の上から薄手
のロングワンピースを着て出てきた。

「あ、うん。私、水着は着なくていいかなって」

「はい？　なんで。……あ、もしかしてゆる、さっきの早凪の言葉を気にしてるわけ？」

　円よりも先に莉々ちゃんがそう反応する。

　莉々ちゃん聞いてたんだ。

「え、宇垣くんがなんか言ったの？」

「ゆるの水着姿、ほかのふたりに見られたくなくて、ゆるは水着は着ないって勝手に言っちゃったのよ」

「え、マジか」

　莉々ちゃんが説明してくれて、円の反応にコクンとうなずく。

「でも、全然大丈夫。円と莉々ちゃんと一緒に着たいなって思ってたからちょっと寂しいけど……」

「何言ってるの。一緒に着ようよ！　せっかく相川くんから可愛い水着もらったのに！」

「円……でも」

　早凪くんが嫌がってるのに、水着を着るのはどうなんだろうって思う。

「めんどくさいわねー。あんなこと言ってたけど、早凪だって本当はゆるの水着姿見たいに決まってるでしょ。莉々は早凪の幼なじみよ？　ずっと彼のこと見てきたの。悔しいけど、早凪がゆるをどれくらい好きなのかなんて、ムカつくぐらいわかるんだから」

「莉々ちゃん……」

「ほら！　わかったらとっとと着替える！　遊ぶ時間なくなっちゃうじゃない！」

　莉々ちゃんに背中を押されて、足が自然とバスルームへ向かって。

　いいのかな、私、水着着ても。

　早凪くん、嫌がらないかな？

　不安になりながらも、私は渋々着替えた水着の上からパーカーを羽織って、3人でロビーへと向かった。

「わぁー!!　綺麗……」

　一面に広がる光り輝くエメラルドの海とまっ白い砂浜に、それ以上の言葉が出てこなくて見惚れる。

　こんなにキラキラした海、生まれて初めて生で見た。

　ホテルから出て、早凪くんに案内されるまま着いたビーチは、それはそれは絵に描いたようにとてつもなく綺麗な海で。

「本当、すっごく素敵。……あれ、ほかのお客さんは？」

　円がビーチを見渡しながら早凪くんに尋ねる。

　円の言うとおり、私達以外に人は見当たらない。

「ここはプライベートビーチだから」

「へっ、プ、プライベートビーチ!?」

　平然と言った早凪くんのセリフに、びっくりして聞き返す。

「うん。本来はあの岩の先がホテルと直接つながったビーチになってる」

　早凪くんが指さした先には、大きな岩と木々が生茂っていた。

「じゃあ、このビーチは、莉々たちだけで独り占めってこ

と？」

　莉々ちゃんの声に、早凪くんがコクンとうなずいた。

　うわぁ……すごいなぁ。

　パッと視線を横に移せば、ビーチパラソルやビーチチェアもいくつか並んでいて。

　考えられない世界だよ、ホント。

「よーし！　さっそく泳ぎにいくぞー！」

「あー！　ちょっとエイちゃんずるいー！　一番に入るの俺ー！」

　大興奮しながらシャツとズボンを脱いだ瑛斗さんと翼くんが、水着になって猛ダッシュで海に飛び込む。

「私たちも行こう!!　ゆる!!」

　円もすごく目を輝かせながらロングワンピースを脱いで、ビーチチェアにそれをかけた。

「う、うんっ」

　返事はしたものの早凪くんを目の前に水着姿になることに躊躇してしまう。

　莉々ちゃんもすぐに水着姿になって、ホテルから借りた可愛らしい大きな浮き輪を手に持って、瑛斗さんや翼くんを羨ましそうに見つめている。

　どうしよう……。

　スタイルのいいふたりを目の当たりにして、さらにパーカーを脱ぐ手が動かない。

「ちょっとゆる……」

　急かすように円が小声でそう言う。

　せっかくみんなが楽しそうにしてるのに、そんな空気を乱すようなことをしてるのはよくわかっているけれど、私もどうしたらいいのかわからない。

「んもう！　早凪のせいでゆるが水着になれないじゃない！」

　痺(しび)れを切らした莉々ちゃんが、早凪くんに向かってほんの少し声を荒げる。

「え、ゆる、それで泳ぐんじゃないの？」

　長めのパーカー。

　もちろんこれでも海には入れるけれど。

「なわけないでしょ！　初の海外旅行！　しかもハワイで恋人と一緒よ!?　何が楽しくてそんな地味な格好で海水浴するって言うのよ！」

　莉々ちゃん……。

　サラッと言ってくれているけれど、私と早凪くんが、莉々ちゃんの中で『恋人』として認められてることがうれしくて、なんだかちょっと泣きそうになる。

「な〜に揉めてるの？　みんな海に入らないわけ？　お、円ちゃん超セクシーじゃんっ！」

　なかなか入らない私達を心配して、海から上がってきた瑛斗さんが、円の華奢な肩に手をおくと、その手はいつもどおり彼女の手によって振り払われた。

「ゆるちゃんは？　その下に着てるんでしょ？」

　翼くんがそう言うと。

「えー！　見たい見たい！　脱いで！」

　瑛斗さんが騒ぎ出したかと思えば、その長い手が伸びてきて。

「……わっ！」

　あっという間に、パーカーのチャックが全部下ろされてスルリとそれが身体から離れた。

　肌が潮風にふれる。

「……うわっ、やっば。翼、なんてものをゆるちゃんに着させてるの」

「……うん、我ながらこのセンス、罪だと思うよ」

　瑛斗さんと翼くんが何やらボソボソと話しているけど、この格好がみんなの目に晒されてると思うと恥ずかしくて、なかなか顔を上げられない。

　白のオフショルフレアビキニ。

　水着だけ見れば本当に可愛いけれど、私に似合うとは思えない。

　これで早凪くんに嫌われちゃったらどうしよう。

「めっっっちゃ可愛いじゃん!!　ゆる、すごく似合ってるよ！」

　円が興奮気味に私の肩を掴んでからそう言ってくれて、ゆっくり顔を上げる。

「ほ、ホント？」

「なんでわざわざ嘘つく必要があるのよ！　似合ってるに決まってるんだからもう少し堂々としてなさいよ！」

　続けて莉々ちゃんもそう言ってくれて。

　ふたりが優しすぎてもう涙がこぼれ落ちちゃいそうだ。

「やばいよ、ゆるちゃん。これはやばい。俺、早凪がいなかっ
たら確実に今ゆるちゃんのこと——」

「おいで、ゆる」

「……へっ」

　まるで瑛斗さんの言葉を遮るように早凪くんが私の名前
を呼ぶと、手首を優しく掴まれて。

「莉々ちょっとこれ借りる、ごめん」

　早凪くんは、そう言って反対側の手で莉々ちゃんから浮
き輪を借りると、スタスタと海の方へと向かっていく。

「え、ちょっ、早凪くん？」

「…………」

　ダメだって言われたのに水着姿になってしまって。

　やっぱり、怒らせてしまったかな。

　気づけばあっという間に、私の身体は浮き輪とともに肩
まで海水に浸かっていた。

　浅瀬からだいぶ移動していて、砂浜のところに目を向け
れば、みんなが水を掛け合って遊んでいるのが見える。

　青春って感じだ。

　ここまでの道のりやホテルのスケールは、全然普通の青
春じゃなかったけれど。

　海の水は思ったよりも冷たくなくて、ちょうどいい温度
で気持ちがいい。

　身体を少し動かすたびにピチャピチャと鳴る水の音も心
地よくて、今、自分が海の中にいるんだと実感する。

　そして、目の前には、私の身体を囲っている浮き輪に片

手だけおく早凪くんの姿。

　いつもは見えない彼の鎖骨とか濡れた首筋とかが間近に見えて、それがいちいち色っぽくて。

　恥ずかしくて目をそらす。

「あ、あの、早凪くん、ごめんなさい。勝手に水着……」

　私が水着姿になってからというもの、まだ一度も目が合っていない。

　きっと相当怒っている。

「ホント、勘弁してよ。ゆるのバカ」

「……え、早凪くん？」

　思わず、名前を呼んでしまう。

　だって、早凪くんの頬が少し火照っている気がするから。

　耳なんて、まっ赤だ。

　日焼け……？

　まだ海に来て10分もたっていないのに。

「ああ、ホント、鈍感な彼女をもつと苦労するよ」

「っ、だから、ちゃんと謝ってるでしょ。早凪くんがそんなに嫌なら、水着、着替えるから……」

　そんなに私の水着姿が嫌だったのかと思って必死にそう言うけど、内心、ちょっと、いや、かなり傷ついている。

　そりゃあ、たとえ、円や莉々ちゃんみたくスタイルがよくないとしても、恋人には、嘘でも可愛いって言ってほしかった。

　すごく、わがままになったもんだと自分で呆れてしまうけれど。

「ホント嫌、こんなところで理性を保てなくなるとか、嫌
に決まってるじゃん」

「えっ……それって」

　バチッと視線がぶつかって。

　早凪くんの身体がさらに浮き輪に密着する。

「今すぐゆるのこと襲いたいってこと」

「お、おそ……」

　早凪くんのセリフで一気に暑くなる。

　全身、水に浸かっているのに変な気分だ。

　早凪くんったらそんな破廉恥なことを、よくもまぁ平然
と……！

「こんな水着を着るってことは、その覚悟があるってこと
でいいんだよね？」

「そ、それは……」

「しかも、瑛斗とか翼にも簡単にそんな格好を見せちゃう
し。ゆる、俺の彼女って自覚ないの？」

　えっ……早凪くん、もしかしてそれって……？

「早凪くん、それってヤキモチ？」

「はー？」

「うっ、ごめんなさい、調子に乗りました」

　怒ったような口ぶりに、慌てて謝る。

　いつも余裕そうな早凪くんが、そんなわけないよね。

「当たり前でしょ」

「えっ、」

　早凪くんのひと言に、驚きでパチパチと大きく瞬きをす

る。

「好きな子の水着姿とか、ほかの男に見られたくないに決まってるから。たとえそれが瑛斗や翼だとしても当然でしょ。俺、ゆるの彼氏なのにヤキモチ妬いたらダメなの？」

「え、いや、……その」

　まさか、早凪くんが素直に『ヤキモチ』なんて口にするなんて意外で反応に困ってしまう。

　ひたすら顔は熱いままだし。

「妬く権利ぐらいあるよね」

「は、はい……」

「ん。じゃあ、悪いと思ってるんなら、ゆるからキスしてよ」

「えっ……」

「ゆるが俺以外の男にふれられて水着姿を見られて、俺、すごい嫌な気持ちになった。だからキスして謝って」

　海に来たって早凪くんの自由な発言や行動は止まらない。

　というか、さらにひどくなってる気もする。

　仮にもここは公共の場なわけで、みんなだっている。

　そんなところでキスなんて無理だ。

「早くしないと、俺の機嫌は直んないよ。せっかくの旅行なのにゆるのせいで台無しだ」

「ちょ、そんな言い方……」

　ホント、意地悪な人だ。

　いつだって弱いところを的確についてきて。

　せっかくの旅行なのに、なんて思うのはそりゃ私だって

同じだから。

「早くキスしてよ、ゆる」

　ニッと口角を上げながら私の名前を呼ぶ。

　彼の押しに私がとことん弱いのも事実で。

「っ、わ、わかったから。じゃあ、早凪くん、目をつむって」

　早凪くんの機嫌が直るなら、みんなともっともっとこの旅行を楽しめるなら、そう意を決して。

　早凪くんは「ん」とだけ返事をして言うとおりに目を閉じてくれる。

　そんなに素直に聞かれちゃ、やらざるを得ないじゃない。

　トクントクンと速まる心臓の音がうるさくて。

　早凪くんのギリギリまで顔を近づけて、あと数センチ、というところでギュッと目をつむる。

　ピチャッと水の動く音がして。

　それと同時に、やわらかいものが唇にふれた。

　ふれてすぐに離そうとしたけれど、そのまま、吸いつくようなキスが降ってきた。

「……んっ」

　浮き輪の上で重なる手がギュッと握られて。

　角度を変えながら何度も何度も。

　『ストップ』と言いたいのに、わずかに唇が離れる時は、息を吸うので精一杯で。

　熱い。

　頭もクラクラして、おかしくなってしまいそうだ。

　みんなもいるのに。

こんなところ見られてバレちゃったらまずいって思うのに、なかなか、やめてと言えなくて。

それはきっと、早凪くんの我慢していた思いが伝わってくるこのキスを、もう少し味わいたい自分が少なからずいるからで。

「……っん……はっ、早凪、くん……っ」

「ゆるが可愛すぎておかしくなる」

そう言いながら早凪くんが再び私の唇を奪って。

唇へのキスが終わったかと思ったら、今度は、首筋や鎖骨、肩にまで、音を響かせるようにキスをして。

ふれられたひとつひとつが全部、気持ちよくて。

「もっとちょうだい、そしたら許してあげる」

早凪くんはそう言うと、ふたたび私の唇に自分の唇を押し当てて。

「口、開けて」

優しくそう呟いてから、私の知らない、頭がまっ白になるような、味わったことのない甘いキスをして。

「ゆるの全部、俺のだから」

そう言って、ふたたび手をギュッと握った。

「はぁー！　幸せー！」

旅行１日目の夜。

ホテルのレストランでの夕食を終えてから、莉々ちゃんがベッドにダイブした。

「ホントよく食べるわよねぇ。私より小さいのに」

「そういう円も、その細い身体のどこに入るのってぐらい食べるよね！」

「そう？　逆にゆるが食べなさすぎなんじゃない？」

「いやいや！　私、前の学校では結構よく食べるほうだったよ！」

　何気ない会話を、円や莉々ちゃんとしている。

　そのことがすごくうれしい。

　ビーチで遊んだあとは、ふたりとホテルの中にあるいろんな種類のお店を見て回ったり、外のお土産屋さん回ったりして、あっという間にあたりが暗くなっていて。

　楽しい時間って本当にすぐ終わっちゃうなって寂しい気持ちに少しだけ浸る。

　旅行は2泊3日の予定だけど、その1日がもう終わってしまうと思うと心の中でしんみりしちゃって。

　3人でたわいもない会話をしながら、歯を磨いたり、スキンケアをしたり。

　そんなことだけでもとっても楽しくて。

「おそろいのパックして写真を撮ろうよ！」

　莉々ちゃんがノリノリでそう言ってスマホを掲げるので、私と円と莉々ちゃんは、それぞれ動物の顔がプリントされたパックをしたままギュッとくっついて。

　カメラにアロハのポーズを向ける。

　そうこうしていると、あっという間に、時刻は夜の0時をすぎていて、時差ボケもあってなのかみんなウトウトしていて、すぐにベッドへと入った。

　一流の高級リゾートホテルのベッドは、ひとり用が通常の３人用ぐらいに感じるぐらい広くて、ふたりと同じ部屋にいるはずなのにちょっぴり寂しい気もするなぁなんて思っていたら。

「……ねぇ」

　という莉々ちゃんの控えめな声がした。

「ん？」

「何？」

　私と円は静かに聞き返す。

「あの、……えっと」

　モゴモゴと口ごもる莉々ちゃん。

　一体どうしたんだろう。

「何よ莉々」

「……うん。……うんと、くっついて寝たい」

「はい？」

　円の声がベッドに響く。

　莉々ちゃんの意外なセリフに、私と同様に、きっとびっくりしたんだ。

「うう、わかってるよ。変なこと言ってるのわかってる。けど、ここのベッドが広すぎるから」

「まぁ、言いたいこと、わからなくもないけど……どうするのよ」

　あの円が、莉々ちゃんの要望に聞く耳をもったことにも、衝撃とうれしさで胸がキューッとする。

「ふたり、莉々のところきてほしい」

「莉々ちゃん……」

　なんて可愛いことを言うんだろう。

　部屋の電気はとっくに消えていて、彼女の顔は見えないけれど、その言い方があんまりにも可愛くて顔がほころんでしまう。

「わかった、莉々ちゃんのところに行くね」

「……ホントめんどくさい子ね」

　そう言いながらもベッドから動き出す音が円のほうからもする。

　円も円で素直じゃないよなぁ。

　莉々ちゃんも円も、どっちも最強のツンデレ。

「これでいいの？　莉々ちゃん」

「……うんっ、あったかい」

　ちょっと前まで、生意気な子だなと思って彼女と関わるのがすごく嫌だったはずなのに。

　窓から差し込む月明かりに照らされた莉々ちゃんの顔があんまりにも可愛くて、胸がキュンとする。

「ふたりとも、旅行に一緒に来てくれてありがとう。今日だけでもすっごく楽しかった。こんな体験、今までしたことなかったし、それ以上にふたりとこうやってすごせるの本当にうれしい」

　莉々ちゃんを間に挟んで円と3人、並んでベッドに横になりながら、私のあふれた気持ちを伝える。

「何よ突然。まだ始まったばかりよ。それに……お礼を言うのはこっち。ゆるは、私のことも莉々のことも許して仲

良くしてくれてるんだから。ありがとう」

「ホント、こんなにお人好しな人間もなかなかよね。……ありがと」

　円と莉々ちゃんがそれぞれお礼を言ってくれるとは思えなくて、もうなんだかうれしくて泣きそうだ。

　こんなに幸せでいいんだろうか。

　いつか仲良くなれたらと思っていたふたりとこうして心から話すことができて。

「ゆるはもう少し自信をもったほうがいいわよ。私達はちゃんと、宇垣くんがゆるを好きになる理由をわかっているし、私達だってゆるのことが好きなんだから」

「円……」

「もう悔しいとか通りこしちゃったよね。まぁ莉々は将来、早凪よりいい男と結婚するし、円にも瑛斗くんがいるし」

「え、ちょっと勝手に決めないでくれる？　誰があんなチャラ男ロン毛となんか！」

　莉々ちゃんの思わぬ発言に私もびっくりしちゃったけど、正直同じ気持ちでいたからなんだかワクワクして。

　慌てて否定する円がおかしくて。

「お似合いだと思うけど。ね、ゆる」

「うん。怒られるかと思って黙ってたけど、円と瑛斗さんいい感じだなって思うよ」

「はぁー!?　い、意味わかんないからっ！　早く寝て！」

　明らかに動揺した円の声が可愛い。

「円、ちょっと図星なんでしょ？　顔が赤いわよ」

　莉々ちゃんがさらに煽る。

「バカっ、暗くて顔なんか見えるわけないでしょ！」

「私には見えるもの」

「ああもう！　うるさい！　さっさと寝なさいって！」

「ちょっ、まって、くすぐったい！　やめてよ！　ゆる、ちょっと円どうにかしなさっ、ふっ、ホント、やめ、ひっ」

　怒った円が莉々ちゃんをくすぐりはじめたらしく、莉々ちゃんが布団の中で暴れ出す。

「もう、こうなったらゆるにもくすぐり攻撃よ！」

「え、ちょ、なんで!?　莉々ちゃ、ひっ、やめっ！」

　何だかんだ3人でじゃれあいながら大笑いして、私たちは、ハワイの夜を目一杯楽しんだ。

　チュッとリップ音が耳もとで優しく聞こえたかと思うと、耳の上を今度はチクリと軽い痛みが走った。

「……んっ」

　フワッと大好きな香りに全身が包まれて暖かい。

「……る、ゆる」

　優しくささやかれて、ゆっくりと目が開く。

「えっ……」

「おはよう」

　重かった瞼が、目の前にいる人物のせいで、一瞬で開いた。

「さ、早凪くん……なんでっ、」

　大きなテラスドアから差し込む太陽の光でいつもより増

して爽やかでキラキラしてる早凪くんが、私と並んでベッドで横になっているではありませんか。

「なんでって、莉々たちから、ゆるが全然起きないから起こしてきてって頼まれて」

「そ、そうなんだ、ごめんなさい」

　マジですか……。

　どんだけ起きなかったんだ私……。

「あの、ふ、ふたりは？」

「門枝さんはスパ、莉々はお土産を見にいくってホテルのアーケードに」

「あ、そうなんだ……」

「ゆるのこと待ってたら起きた時に絶対申し訳なさそうにするからって、ふたりともあえてほかのことしてるんだと思うよ。あのふたり、よくゆるのことわかってるね」

　早凪くんがうれしそうに微笑みながら私の頭を撫でる。

「うん。ホント、あのふたりとこうやってすごせるの、すごくうれしい」

「いいことだけど、俺のこと、忘れないでね？」

「えっ、忘れるわけないよっ」

　何を言い出すんだ。

　私の頭の中は常に早凪くんでいっぱいだっていうのに。

「ねぇ、ゆる、今、かなりやばい状況だってわかってる？」

「へっ……」

　早凪くんはフッと笑いながら体勢を変えて、私の上に乗った。

　これは……。
「こんな時間を作ってくれたふたりに感謝だね」
「ちょ、早凪くん？　今、その、起きたばかりだから……」
　初めての移動距離の長い旅行で、身体もちょっとだけ
凝っていて、起きたばかりであまり思うように動いてくれ
ない。
　早凪くんはそんな私におかまいなしに、頬にキスをして。
「本当は、ゆるとふたりきりの部屋にしてほしくて、たま
らないんだからね」
「……っ」
　サラッと言われたセリフでも私がすごくうれしくなるこ
と、早凪くんこそわかっているのかな。
　早凪くんは、ズボンのポケットから何やら小さな箱を取
り出すとパカッと開けて、私の左手をとった。
「えっ、早凪くん、これって……」
　薬指にひんやりとした感触。
　早凪くんの手がわずかに離れた時、指にはめられたそれ
がキランと光った。
「指輪……」
「絶対、一生誰にも渡さないし、俺だけでいっぱいになっ
てもらうから」
　早凪くんの瞳がまっすぐ私を捉えてそう言うと、頬に彼
の手が伸びてきて。
　よく見ると、早凪くんの左手の薬指にも同じリングが
光っていた。

「俺とゆるがひとつっていう証拠」

　早凪くんはその手を見せて、ニッとうれしそうに笑ってから私の唇に優しく唇を重ねてきた。

「……んっ」

「ゆるのその声、ホントおかしくなる」

　そう言いながら再びキスを落としてきて。

　朝から甘くて、全身が早凪くんでいっぱいになる。

「大好きだよ、ゆる」

「っ、うん、私も、大好きっ」

　大好きな人と両想い。

　幸せすぎて怖いぐらい。

「はぁ……今日の予定を全部キャンセルして、ゆるとすごしたい」

「それはダメだよ！　早く起きてみんなのところに行こ！」

　そう言って慌てて起き上がろうとすると。

「もう少しだけ」

　グイッと私の腕を掴んで甘えた声でそう言うから。

「うっ、本当に、少しだけだよ」

　なんてすぐに負けちゃって。

「ゆるだって本当はもっと気持ちよくなりたいくせに」

　そんな意地悪なセリフを呟いた早凪くんが、今度はさっきよりも深いキスをしてきて。

　私だって早凪くんのせいで何度もおかしくなってるよ。

　いつだって自分が自分じゃないみたいで。

　自分でも聞いたことないような声が自然と出ちゃって。

「あっ、んっ……」

「今日は我慢できそうにないや」

　私達の甘い朝は、まだ始まったばかり。

——END——

あとがき

☆ afterword

この度は『クールな極上イケメンは、私だけに溺愛体質。』を手に取ってくださり本当にありがとうございます。

まさか、一度文庫化していただいた作品を新装版という形で出せることになるなんて本当に嬉しかったです。

しかも10冊目の文庫化で『極上男子だらけの溺愛祭！』という素敵なシリーズの第3弾として参加できたことも本当に光栄に思います！

数年前に書いたお話にはなりますが、久しぶりに読み返して、この作品は私の"書きたい"が特にたくさん詰まった作品だったなと改めて感じました。

再び彼らと向き合うことが出来て楽しい時間を過ごすことが出来ました。

ゆると早凪はもちろん、明人、翼、瑛斗、円、莉々。

個性強めなキャラクターですが、全員が思いやりのある優しい子たちだと伝わっていたら嬉しいです。

とても個人的にはなるのですが、私は今、お話を書くこととは別に新しい目標ができまして。

どんどんその目標に近づくことができていて本当に充実した毎日を過ごすことが出来ています。

それに伴い、サイトでは雨乃めこの活動終了のお知らせ

をさせていただいています。

　なので、読者の皆さんにはびっくりさせてしまったかなと思いますが、目標にしていた文庫化10冊目を達成でき、こうして皆さんに改めて感謝を伝える機会を与えていただけたことに本当にありがたい気持ちでいっぱいです。

　野いちご作家として活動してきて、本当に貴重な経験がたくさんできたこと、素敵な読者さま、作家仲間に出会えたこと。

　そしていつも親身に優しくサポートしてくれ、私の作品を見つけてくださった野いちご編集部の皆さまに本当に感謝の気持ちでいっぱいです。

　本当にありがとうございました！

　次は新しい場所で、たくさんの人を笑顔にできるように頑張ります。

　皆さんの幸せをこれからも心から願っています。

　大好きです！

たくさんの愛と感謝を込めて

2023年6月25日　雨乃めこ

作・雨乃めこ（あまの めこ）

沖縄県出身。『無気力王子とじれ甘同居。』で書籍化デビュー。

絵・朝海たいこ（あさみ たいこ）

2005年集英社「りぼん」でデビュー。以降「りぼん」で活躍中。高知県
出身。趣味は散歩で好きな食べ物はおにぎり。

ファンレターのあて先

♥

〒104-0031

東京都中央区京橋1-3-1

八重洲口大栄ビル7F

スターツ出版（株）書籍編集部 気付

雨乃めこ 先生

本作はケータイ小説文庫（小社刊）より2020年2月に刊行された『クー
ルな無気力男子は、私だけに溺愛体質。』に加筆修正をした新装版です。

KEITAI
SHOUSETSU
BUNKO
野いちご SINCE 2009

クールな極上イケメンは、私だけに溺愛体質。
【極上男子だらけの溺愛祭！】

2023年6月25日　初版第1刷発行

著　者　雨乃めこ
　　　　©Meko Amano 2023

発行人　菊地修一

デザイン　カバー　尾関莉子（ナルティス）
　　　　　フォーマット　黒門ビリー＆フラミンゴスタジオ

DTP　朝日メディアインターナショナル株式会社

発行所　スターツ出版株式会社
　　　　〒104-0031 東京都中央区京橋1-3-1　八重洲口大栄ビル7F
　　　　出版マーケティンググループ　TEL03-6202-0386
　　　　（ご注文等に関するお問い合わせ）
　　　　https://starts-pub.jp/
印刷所　共同印刷株式会社
Printed in Japan

ISBN 978-4-8137-1445-3　C0193

ケータイ小説文庫　2023年7月発売

『CLASSIC DARK
- 姫は漆黒に愛される - (仮)』　柊乃なや・著

NOW
PRINTING

富豪科と一般科がある特殊な学園に通う高2女子のすばる。ある日、ひょんなことから富豪科のトップに君臨する静日と一緒に暮らすことに！ 街の誰もが知っている静日の豪邸で待ち受けていたのは甘々な溺愛で…!?「……なんでそんなに可愛いのかな」とろけるほどに愛される危ない毎日に目が離せない！

ISBN 978-4-8137-1458-3
予価：660円（本体600円＋税10％）

ピンクレーベル